W9-CTS-902

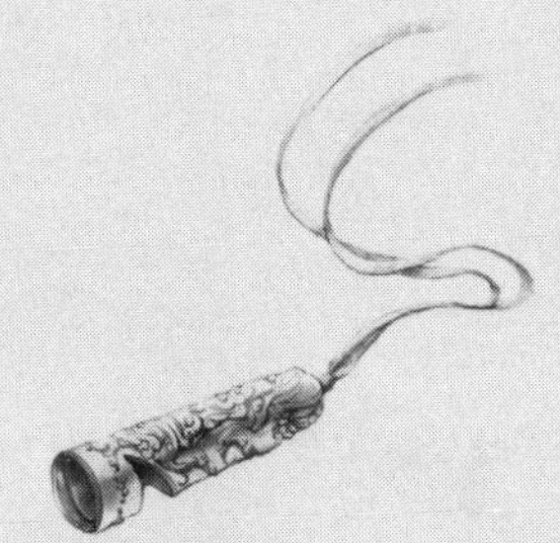

# 大漠謠

卷二 情寄鴛鴦藤

桐華 著

# 目錄


【第十二章】洗塵 004
【第十三章】心结 016
【第十四章】立誓 031
【第十五章】花凋 054
【第十六章】決绝 077
十六番外 盼雙星 094
【第十七章】出走 100

# 大漠謠

【第十八章】情愫 125
【第十九章】鴿魂 139
【第二十章】求親 153
【第二十一章】吻別 169
【第二十二章】故人 192
【第二十三章】歸途 206
【第二十四章】心許 223
【第二十五章】情亂 235

# 第十二章

# 洗塵

我避開他的眼光，笑看向馬車外，
他嘴角噙著笑不置可否，只靜靜看著我。
一別數月，他似乎和以前有些不一樣。
我心裡有些說不清的慌亂。

秋天時，漢朝對匈奴的戰爭結束。雖然衛青大將軍所率軍隊斬獲匈奴萬餘人，但前將軍翕侯趙信、右將軍衛尉蘇建所率軍隊，碰到了匈奴單于的軍隊，接戰一日，漢軍死傷殆盡。前將軍趙信祖上雖是胡人，可歸順漢朝已久，忠勇可嘉，一直受漢武帝重用。然而不知伊稚斜究竟對趙信說了什麼，在伊稚斜勸誘下，他竟然置長安的妻兒老小不顧，投降於匈奴。

消息傳到長安，漢武帝下令抄斬趙信全家。待兵士趕到時，發現趙信的兩個小兒子已經失蹤，霎時龍顏震怒，幸虧緊接而至的消息讓他眉頭稍展。霍去病以近乎不顧一切、目無軍紀的態度，私

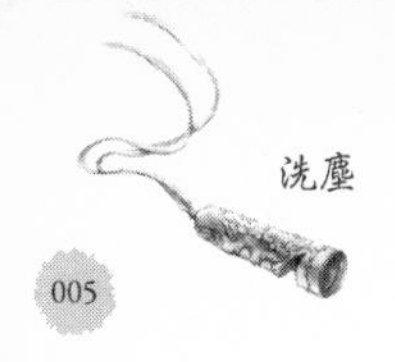



自率領八百個與他一樣熱血沸騰的羽林男兒拋開大軍，私自追擊深入匈奴腹地，在匈奴後方營地殺了匈奴相國和當戶，殺死單于祖父一輩的籍若侯產，活捉單于叔父羅姑比，斬首二千零二十八人。

霍去病一次出擊，以少勝多，竟然活捉斬殺了匈奴的四個重臣顯貴。在兩路軍士陣亡、前將軍投降匈奴的戰敗陰影下，越發突顯了霍去病的戰績。漢武帝龍心大悅，封霍去病為冠軍侯，劃食邑一千六百戶。對衛大將軍，功過相抵，不賞不罰。

聽到這一切時，我心中多了幾分困惑。伊稚斜既然能從長安救走趙信的兒子，應該可以直接用暗處的勢力來殺我，何必再費事請西域殺手？

霍去病呆呆看著一品居，上下三層裡裡外外坐滿了人，絕大多數是年輕女子。聽著鶯聲燕語，看著彩袖翩飛，聞著各色胭脂水粉，他一臉沉默。

我在一旁低頭而笑。他忽然一個扭頭拽著我又跳上了馬車，我嚷道：「喂！喂！冠軍侯，你要請我在一品居吃飯的。」

他沒好氣地說：「我請的是妳，不是妳歌舞坊裡所有的歌舞伎。」

我笑道：「幾間園子的姑娘們一直沒機會聚聚，維繫感情。我有心請大家吃一頓，可請得便宜了，徒惹人笑；請得貴了，又實在心疼。難得你發話讓我揀稀罕的點，我就吩咐一品居盡全力置辦。何必那麼小氣？你這出門轉一圈就封了侯，請我們幾百人吃頓好的還是請得起的。」

「出門轉了一圈？說得可真輕描淡寫！妳下次隨我一塊轉一圈，我把所得分妳一半，如何？」

他緊緊盯著我。

我避開他的眼光，笑看向馬車外，「你要去哪裡？為了多吃一點好的，中飯我可是特意吃得很少。還有不管你去不去一品居，帳你照付。」

他嘴角噙著笑不置可否，只靜靜看著我。一別數月，他似乎和以前有些不一樣。我心裡有些說不清的慌亂，不自禁往後縮了縮，背脊緊緊貼著車壁。

馬車停住，他一個俐落漂亮的旋身，人已經落在地上，伸手欲扶我。我笑著揚了揚下巴，避開他的手，鑽出馬車的剎那，雙手在車座上一撐，借力騰空而起，在半空轉了一圈。裙帶飛揚、袍袖舞動，輕盈地落在他面前，得意地看著他。

他笑起來，「這麼重的好勝心？不過真是漂亮。」

車夫趕著馬車離去，我打量了下四周，清靜的巷子中，左右兩側都是高聳的圍牆。我納悶地問：「這是什麼地方？你要幹嘛？」

「翻牆進去。」

我瞪大眼睛看著他，「看這圍牆的氣派不是等閒人家，我被捉了也就捉了，你如今可是堂堂冠軍侯。」

「現在是真要看妳的手段了。這麼高的圍牆，我不藉助工具上不去。」

我心裡有些好奇，更有些興奮好玩，嘴裡嘟囔著：「真倒楣！吃頓飯也這麼麻煩。」可手中已握住平日綁在腰間的絹帶，上頭一端繫著一顆滾圓的赤金珠子，看著是裝飾，實際卻另有妙用。手一揚，金珠劃出一道美麗的金色弧線，翻捲著纏在探出圍牆一點的槐樹上。

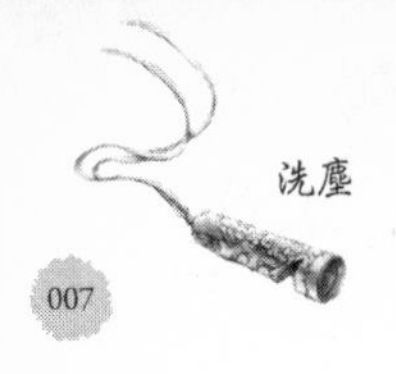



霍去病順著絹帶踏上牆，一個俐落的翻身坐在槐樹上。我取下絹帶纏在腕上，手勾著槐樹樹枝，居高臨下地打量著院落。

霍去病悶聲笑道：「我看妳做賊做得挺開心。」

我低聲道：「長安城中誰敢輕易打這些顯貴們的主意？反正我不用擔心自己的小命，該怎麼玩就怎麼玩，出了事情都是你支使的。你若被捉住，就更好玩了。」

我和霍去病剛跳下槐樹，幾頭黑色大狗悄無聲息地撲了上來。絹帶一揮，金珠擊向牠們的腦袋，身後的霍去病連忙拽住我。我跌入他懷中，他一手攬著我的腰，一手扶住我的胳膊把金珠上的力量卸去。

驚疑不定間，幾條狗已圍在我們腳邊打轉，拚命地向霍去病搖尾巴。我氣道：「別告訴我這是你自個的府邸。」他摟著我的胳膊沒有鬆勁，反倒身子緊貼著我，下巴擱在我肩頭，低低道：「不幸被妳猜中了。」

我使勁了下未掙脫，他口鼻間溫暖的氣息，若有若無地撫過肌膚，又癢又麻。他身上有一股完全不同於女兒脂粉氣的陽剛味道，像青松和陽光，縈繞在鼻端。一時間我竟有些喘不過氣的感覺，身子發軟，腦袋有些暈，似乎任何招式都想不起來。

倉皇失措之際，正想一揮金珠砸向他腦袋，索性將他砸暈了事，又猶豫力道控制不好，不知道會不會砸死他？他卻鬆了勁，彷彿剛才什麼事都沒有，拖著我的手蹲下，對幾條大狗說：「認識一下，以後別誤傷了我的人。」

我無奈地任由幾條狗在我身旁嗅來嗅去，側頭道：「就牠們幾個能傷我，簡直笑話！你這是在侮辱我們狼。」

他輕拍著一隻狗的腦袋，「如果不是我在這裡，妳落地的剎那，牠們不但攻擊妳，還會出聲呼叫同伴。以多取勝，這好像也是你們狼的拿手好戲，何況還有緊隨而至的人。」

我「哼」了一聲甩開他的手，站起身便道：「我幹嘛偷偷摸摸來你這裡？根本不會有機會和牠們鬥。」

他口中呼哨一聲，幾條狗迅速散去。他拍了拍手，站起身看著我，帶著笑似真似假地說：「我看妳很喜歡晚上翻牆越戶，也許哪天妳會想來看看我，先帶妳熟悉熟悉路徑，免得驚動了人，妳臉皮薄就不來了。」

我臉有些燒，把絹帶繫回腰間，板著臉問：「大門在哪裡？我要回去。」

他沒有理會我，自顧自的往前慢行，「我從若羌國的王宮帶了個廚子回來，烤得一手好肉。草原上從春天養到秋天的羊，肉質不老不嫩、不肥不瘦剛剛好，配上龜滋人的孜然，焉耆人的胡椒麵，廚師就在一旁烤，味道最好時趁熱吃，那個味道該怎麼形容呢？」

我嚥了口口水，臉還板著，腳卻已經隨在他身後邁了出去。漢人不流行吃烤肉，長安的羊肉做法以燉燜為主。實在饞得慌時，我也自己動手烤過，可我的手藝大概只有狼才不會嫌棄。

我蹲在炭火旁，雙手支著下巴，垂涎欲滴地盯著若羌廚師的一舉一動。那個若羌廚師年紀不過十六、七，不知道是因為炭火還是我的眼神，他的臉越來越紅，頭越垂越低。

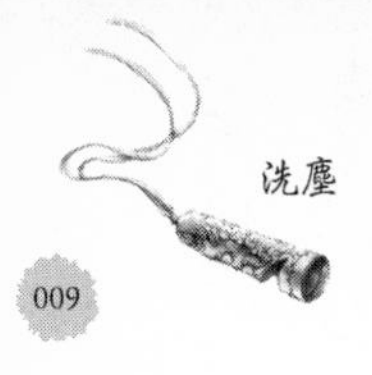



霍去病一把將我從地上拽起，「妳再盯下去，我們該吃糊肉了。」我使勁嗅了嗅空氣中木炭和羊肉的味道，依依不捨地隨他坐回蓆上。

廚師將飄著濃郁香味的肉放在几案上，我立即拿了一塊塞進嘴裡。霍去病吃了幾口後問：「我不在長安時，妳都做了些什麼？」

我隨口道：「沒什麼有趣的事情，就是做做生意。哦！對了，我進了趟皇宮，看見皇上了……」

話音未落，我頭上已經挨了一巴掌。霍去病怒道：「妳發什麼瘋，跑到皇宮去幹什麼？」

我揉著腦袋，怒嚷道：「要你管？我愛幹什麼就幹什麼！」

他恨恨瞪了我一會，忽地問：「打得疼嗎？」

我雙眼圓睜瞪著他，「你讓我打一下試試！」

沒想到他真把頭湊了過來，我又氣又笑地推開他的頭，「打了你，我還手疼呢！」

他面沉如水，盯著我問：「皇上說了些什麼？」

我側著頭邊想邊說：「誇了我兩句，說幸虧我及時出現趕走沙盜，便賞賜了我一些東西，還笑著說，我以後可以常入宮陪李夫人說說話。」

「妳對皇上什麼感覺？」

我凝神思索半晌後搖搖頭，霍去病問：「搖頭是什麼意思？什麼感覺都沒有？」

我道：「怎麼可能？那樣的一個人！感覺太複雜反倒難以形容，皇上實際年歲應該已經

三十七，可看容貌像剛三十的人；眼神像四十歲的人，看氣勢卻像二十歲的人。他說話溫和親切風趣，可我知道那只是他萬千語調中的一種。在他身上一切似乎都是矛盾的，可又奇異地統一。他蔑視身分地位，對李夫人的出身絲毫不在乎，對我也極其善待，可一方面他又高高在上，他的尊貴威嚴不容許任何人冒犯，我回話時一直是跪著的。」說完我皺了皺眉頭。

霍去病一聲冷哼，「明明在外面可以站著，偏要跑進去跪著，活該！」

我看他臉還板著，忍不住道：「不要擔心，李夫人就在我身邊。」

他搖搖頭，一臉不以為然，「牡丹看膩了，也有想摘根狗尾巴草玩的時候。」

我氣得笑了起來，「原來我就是一根狗尾巴草，倒是難為你這隻……」忽地驚覺話不對，忙收了口。

他嘴角逸出絲笑，「我這隻？我這隻什麼？」

我「哼」了一聲不再理他，低頭吃著肉，腦袋裡卻滿是李妍當日微笑的樣子。皇上和公主早知霍去病與我是故交，唯獨她是第一次聽說我與霍去病居然有這麼一層關係。皇上在，我不敢多看李妍，可偶爾掠過的一瞥，卻總覺得那完美無缺的笑容下，滿是無奈和思慮。

霍去病問：「妳想什麼呢？」

我「啊」了一聲，抬頭迎上霍去病銳利的眼神，搖了搖頭，又趕在他發作前，連聲說：「我在想李夫人。」

他脣邊一絲若有若無的笑意，我在水盆裡浸浸手，拿了絹帕擦手，一面想著那幫文人才子背後的議論。甯乘勸衛大將軍用五百金給李夫人祝壽，皇上知道後，竟然封甯乘為東海都尉，李夫人非同一般的榮寵可見端倪。

我擱下絹帕，柔聲說：「讓衛大將軍進獻五百金，絕非李夫人的本意，那些為了討好皇帝四處汲汲營營的人，她也無可奈何。」

霍去病一聲冷笑，「我在乎的是那五百金嗎？甯乘居然敢說『大將軍所以功未甚多，身食萬戶，三子封侯，都是因為皇后。』我們出入沙場，落到外人眼中都只是因為皇后。當初舅父也許的確是因為姨母才受到重用，但這麼多年，進出西域多次未打過敗仗，難道也是因為姨母？文人的那枝筆始終不肯放過我們，司馬遷說我倨傲無禮、沉默寡言，我見了他們這幫腐儒，除了望天還真不知道能說什麼。」

看著他幾分無奈、幾分不平的樣子，我輕聲笑著，「原來你也有無可奈何的人，我還以為你誰都不怕呢！大丈夫行事，貴在己心，管他人如何說？司馬遷說大將軍『柔上媚主』，難道為了他一句話，衛大將軍也要學司馬遷梗著脖子和皇上說話？風骨倒是可嘉，但又置全族老小於何地？而且司馬遷畢竟一介文人，皇上會生氣可是不會提防忌憚，衛大將軍卻是手握重兵，一言一行，皇上肯定都細察其心意，一個不小心後果可怕。」

霍去病輕嘆一聲，一言不發。看他眉頭微鎖，我心裡忽有些難受，扯了扯他的衣袖，一本正經地說：「司馬遷是端方君子，你的行事實在不配人家讚賞你。」

他看著我的手道：「妳這麼和我拉拉扯扯的，似乎也不是君子讚賞的行徑，不過……」他來拉

我的手，「不過我喜歡。」

我佯怒著打開他的手，他一笑收回，眉梢眼角又是飛揚之色。我心中一鬆，也抿著唇笑起來。

人影還沒有看到，卻已聽到遠遠傳來的人語聲：「好香的烤肉，很地道的西域烤炙法，去病倒是會享受。」

我一驚立即站起身，霍去病笑搖搖頭，「沒事的，是我姨父。」

早知道就不應該來！我懊惱地道：「你姨父？皇上還是你姨父呢！是公孫將軍嗎？」

霍去病輕頷下首，起身到門口相迎。公孫賀和公孫敖並排走著，見立在霍去病身後的我，一絲詫異一閃而過，快得幾乎捕捉不到。我心讚果然是老狐狸，功夫不是我們可比。

◈　◈　◈

晚上回到園子，心情算不上好，當然也不能說壞，我還不至於被不相干的人影響到心情。只是心中多了幾分悵然和警惕。

公孫賀看到我握刀割肉的手勢時很詫異，問我是否和匈奴人生活過。我一時緊張思慮不周，竟答了一句「從沒有」。公孫賀本就是匈奴人，我的手勢嫻熟，他如何看不出來？他雖未再多問，卻顯然知道我說了假話，眼中立即多了幾分冷漠。

現在想來，如果當時能坦然回一句「曾跟牧人生活一段時間」，反倒什麼事情都沒有。如此避

諱，讓公孫賀生了疑心又瞧不起。公孫敖似乎更是不喜歡我，甚至頗有幾分不屑。

霍去病覺察出他二人的情緒，嘴上什麼話都沒說，舉止間卻對我越發好，甚至親自替我把肉一塊塊分好放到面前。從來只有他人服侍霍去病，何曾見霍去病服侍他人？公孫賀和公孫敖都很震驚，原本傲慢的公孫敖看到霍去病如此，也不得不對我客氣起來，把那份不喜強壓下去。

◈ ◈ ◈

這幾日一到開飯，我就記起鮮美的烤羊肉和那個好手藝的廚子，滿桌菜餚頓時索然無味。霍去病如果知道我吃了他的美食，居然還琢磨起如何把那個廚子弄到手，不知是否會罵我是一頭貪婪的狼。

我還在作我的美食夢，小丫頭心硯已哭著衝了進來，「坊主，您快去看看，李三公子來砸園子，我們攔不住。我還被推得跌了一跤，新衣裳都扯破了。」

她一面說一面撫弄著衣服的破口子，哭得越發傷心。我笑起來，給她擰了帕子擦臉，「快別哭了，不就是一套衣裳嗎？我送妳一套，明天就叫裁縫來給妳新做。」

心硯破涕為笑，怯生生地說：「我要自個挑顏色。」

「好！說說究竟怎麼回事？」

她臉上仍有驚色，「我們也不知道為什麼，李三公子是頂溫和儒雅的人，說話和氣，給的賞賜

也多，平日我們都最喜歡他來。可今日他一進園子就命紅姑去見他，說著說著就砸起了東西，把整個場子裡能砸的都砸了。想拉住他卻把我們都推開，一副想打人的樣子，我們就跑了，現在他肯定還在砸東西呢！」

正說著，紅姑披頭散髮地走了進來。我沒忍住，噗哧一聲笑出來。

紅姑怒罵道：「妳還有心情笑，再砸下去今年大家都喝西北風。」她一說話，亂如草窩的頭髮晃來晃去，彷佛鳥兒在裡面鑽，連一旁的心硯都低頭咬著唇笑。

紅姑氣得想去掐她，我使了個眼色，心硯趕緊扭身跑出了屋子。

「好了，別氣了。李公子要砸，我們能怎麼樣？別說他一身武藝，我們根本打不過，就是打得過，難道我們還敢把他打出去？讓他砸吧！砸累也就不砸了。」我拖著紅姑坐到榻上，拿了銅鏡給她瞅。她驚叫一聲，趕緊拿起梳子理頭髮。

「這輩子還沒丟這麼大的人，被一個少年推來搡去，直罵我毒婦。問起帕子的事情，我說的確是坊主告訴我是哪個姑娘的。他嚷著要妳去見他，我看他眼裡全是恨意，情勢不太對，所以推說妳出門去了，一時半刻回不來。李公子難道知道李夫人就是他要找的女子？這事只有妳知我知，他怎麼知道的？帕子不是都被妳燒掉了？」紅姑哭喪著臉絮絮叨叨。

「我也不知道。」我替紅姑挽著頭髮，方便她編髮髻。「紅姑，今日起妳要把帕子的事情徹底忘掉，就當這事從沒發生過，以後無論如何都不許再提。」

我和紅姑在鏡中對視，她沉默了會，若無其事地說：「我已經忘了。」

小丫頭端熱水進來，滿面愁容，「李三公子還在砸呢！」

紅姑一聽，眼睛快要滴出血的樣子。

我嘻嘻笑著說：「快別心疼了。妳放心，李敢砸了多少，我就要他賠多少。」

紅姑不相信地說：「妳還敢問他要帳？我是不敢。他現在要是見了妳，砸的肯定是妳。」

我笑道：「我幹嘛問他要帳？『子不教，父之過』，李廣將軍為人中正仁義，傳聞飢餓時士兵若沒飯吃，他也不肯先吃，得了賞賜也都與士兵共用，這樣的人還會賴帳嗎？我們只需把帳款送到李將軍手上，他會不賠給我們？」

紅姑想了會，臉上愁容終散，笑著點頭，「李公子上頭的兩個哥哥都英年早逝，聽說李將軍十分傷心，李公子因此對父親越發孝順，從無違逆。李將軍若知道此事，估計他有再大的怨氣也不能再來鬧事。玉娘，還是妳聰明，打蛇打七寸。」

我拿了胭脂給她，「待會把砸壞物品的清單多準備一份給我。」紅姑納悶地看我一眼，隨後點了點頭。

李妍，不知妳如何點了把火，竟然先燒到我這裡，所以錢妳也得給我賠一份。砸壞東西得翻倍賠償，李將軍是個仗義疏財的人，不好意思太欺負老實人，只能要妳出了。

# 第十三章 心结

我現在明白為什麼那根拐杖被放在書房角落裡，
也明白為何放在角落卻一點灰塵也沒有。
他是醫者，自然明白適量運動對身體的好處，
可那首歌謠和眾人無情的譏笑，
卻讓他只在無人時才願意用拐杖。

大年初一樂呵呵？樂個鬼！我憋著一肚子的氣。爺爺看我眉頭攢在一起，疑惑地看向小風，小風搖頭表示一無所知。我坐了半日實在坐不下去，跳起來給爺爺行個禮後，衝向竹館。

我第一次用腳踹了竹館的門，「砰」的一聲院門敞開，我還未出聲，屋裡傳來九爺帶著笑意的聲音，「是玉兒嗎？」

他的聲音仿佛是最好的滅火藥，我滿腔燒得正旺的氣焰瞬間熄滅。輕嘆口氣，我放緩腳步，溫柔地推開屋門。

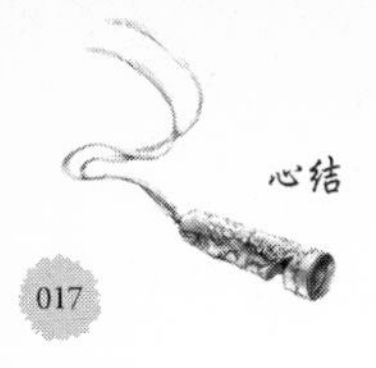



九爺坐在桌前，手中握著一管竹子在雕東西。我站在門口看著他，他放下手中的竹子和小刀，扭頭看向我，「怎麼不坐呢？」

我走到他身側椅子坐下，低頭盯著桌子一言不發。九爺問：「妳在生氣嗎？」

我繼續保持沉默，他便道：「看來不是生氣了。年過得可好？昨晚天照硬拖著我和他們一塊……」

我皺著眉頭恨恨瞪著桌子，他卻絮絮叨叨沒完沒了，從入席講到開席，從開席講到敬酒，從敬酒講到喝醉，從……

我從沒見過他這麼健談，側頭看著他問：「我在生氣，難道你看不出來嗎？你應該關心地問『妳為什麼生氣？是不是我做錯了什麼？』」

他忍著笑意，一臉無辜的樣子，「哦！妳為什麼生氣？是不是我做錯了什麼？」

我又惱又無奈地長嘆口氣，身子軟軟地趴在桌上。他怎麼如此不解風情呢？我究竟看上他什麼？脾氣古怪，表面溫和易近，實際卻拒人於千里之外。雖然知識淵博，可我又不是想嫁給書。身分還有些詭祕，貌似大漢子民，卻似乎做著背離大漢的事情……我腦中拚命想著他的壞處。

他一臉無可奈何，「我問了，可妳不回答，我接著該怎麼辦？」

我惱怒地捶了捶桌子，「一點誠意都沒有，不如不問！你接著說你過年的趣事吧！」

屋裡陷入沉寂，半晌無一絲聲音。

我心裡忽然有些緊張，他不會生氣了吧？正想抬頭看他，眼前攤開的手掌中，一副鑲金的碧玉

耳墜，「不知道這個算不算有點誠意？」

我抬頭看了他一眼，把耳墜子拿起。金色為沙，碧色為水，竟然是個臥在黃沙中的小小月牙泉。難得的是化用了我的名字，卻又很有意境。

漫漫黃沙旁初相見，瀲瀲碧波前不打不相識。能把這麼小的玩意，打造得如此靈動精緻，打造師傅的手藝也是罕見。我看了一會，不聲不響地戴上，板著臉說：「馬馬虎虎。難得你這麼大方，我就姑且不生氣了。」

我一本正經地說著，可唇邊的笑再難抑制，話未說完笑意已蕩了出來，眼睛快樂地瞇成了月牙。他本來看著我的眼睛忽掠過一絲黯然，匆匆移開視線。

石雨在外稟報了一聲，端著托盤進來。我看著面前的碗，低聲道：「你沒叫我，我還以為你說話不算話，故意忘記了呢！」

九爺半晌沒說話，最後小聲地說了句：「怎麼會忘呢？不管怎麼樣，今日妳要開開心心的。」

我一面夾碗中的壽麵，一面含糊不清地嘀咕了句：「開不開心全在你。」

吃完壽麵，九爺一面陪我說話，一面拿起桌上的竹子和薄如柳葉的小刀。我看了會問：「你要做笛子嗎？」

九爺「嗯」了一聲，「這竹子是底下的人特地從九嶷山帶回來，在山石背陰處長了十年，質地密實，不論氣候如何變化，音色都不會受影響。它有一個很美麗的名字，叫『湘妃竹』，音色比一般竹子更多了一分清麗悠揚。」

我忙湊上去細看，「這就是大名鼎鼎的娥皇女英竹？是呀！這點點斑痕可不正像眼淚嗎？看著古樸大氣，真是漂亮！」

九爺身子僵了一下，不著痕跡地與我拉開了距離，笑道：「我手頭笛子很多。這次是看材質難得，怕寶物蒙塵，一時技癢才自己動手。妳若喜歡，做好後就給妳吧！」

我嘻嘻笑道：「我可是個有東西收就不會拒絕的人。」

九爺笑搖了下頭，沒有說話。

出石府時，恰好遇上慎行和天照，我連忙彎身行禮，「祝石二哥、石三哥新年身體康健，萬事順意！」

兩人向我回了一禮，慎行目光在我耳朵上停留了一瞬，面無表情地移開了視線。天照卻盯著看了一會，忽地笑道：「九爺費了那麼多工夫，原來是給妳的新年禮。」

我聽他話中有話，不禁摸了下耳墜，順著他的話問：「此話怎講？九爺費了什麼工夫？」

天照笑說：「九爺幼時雖專門學過玉石製作，可畢竟不是日日練習，這次打磨的又是精巧小件，為了這東西九爺又跟著老師傅學了一段日子，浪費了不少上好玉石。九爺在這些手藝活上很有天賦，從兵器到日常所用陶器，無一不是上手就會，可看了他做東西，我才知道天下最麻煩的竟是女子首飾。」

我呆了一會，喃喃問：「你說這是九爺親手做的？」天照笑而不語，向我微欠了下身子後與慎行離去，我卻站在原地愣怔。

「我不知道我今年究竟多大。李妍已有身孕，都快要有孩子了，我卻還在這裡飄來蕩去，七上八下。如果沒有合適的人，我不一定要嫁人，可如果有合適的人，我就一定要抓住。如果抓不住屬於自己的快樂和幸福，阿爹知道後肯定會氣得罵我是傻子。我是傻子嗎？我當然不是，我是聰慧機敏又漂亮可愛的金玉。

所以即使你是浮雲，我也要挽住你。你是喜歡我的，對嗎？你曾說過你和我是不同的，可我把你喜歡看的書都認真學了，我覺得我可以做和你同樣的人。如果你想做大鵬，我願意做風，陪你扶搖直上；如果你只願做糊裡糊塗的蝴蝶，那我也可以做一隻傻蝴蝶；如果你羨慕的是一頭青驢西出函谷關，從此蹤跡杳然，那我們可以買幾匹馬，跑得比老子更快，消失得更徹底；幸虧你不喜歡孔老夫子，我雖然尊敬此人，但卻不喜歡他，不過假使你真喜歡他，我們也可以老老實實做人……」

我用力咬著毛筆桿，皺著眉頭看著案上的絹帕。我是給自己打氣的，怎麼越寫心越虛？我心裡默默對自己說了好幾遍，他是喜歡我的，是喜歡我的……，再不敢多寫，在帕角記上元狩元年正月初一，之後匆匆收起了絹帕。

我搖了好一會，籤筒方掉出一根籤，霍去病剛欲伸手撿，我已緊緊握在手中。他問：「妳問的是什麼？」

我搖搖頭，「不告訴你。」

他「哼」了一聲，「妳能問什麼？不是生意就是姻緣，現在生意一切在妳掌控中，以妳的性子豈會再去問人，唯有姻緣了。」

「才不是呢！」我硬聲辯道。

一旁的解籤先生一直留意著我們，看我們走來，立即起身。我猛然停下腳步，握著籤轉身走開。霍去病笑問：「怎麼又不問了？」

我握著手中竹籤走了好一會，突然一揚手將竹籤扔到路旁草叢中，「不問了，能解他人命運卻解不了自己命運。就我們這一樁生意，他看你穿著非同一般，肯定是想說出個名堂後，大賺一筆，卻為何不替自己測一下是否能成呢？」

霍去病含笑道：「倒還知道懸崖勒馬，看來還沒有急糊塗。」

現在想來也覺得自己有些荒唐，可當時一看到牌匾上寫的「解姻緣」，腿就不受控制地走了進去，病急亂投醫。雖然心虛，臉上卻依舊理直氣壯，「我不過是看著新鮮，進去玩玩。」

霍去病笑瞟了我一眼，一副懶得和我爭辯，說什麼就是什麼的樣子。

一陣風過，我用力吸了吸鼻子，「真香！什麼花？」

霍去病道：「槐花。」

我側頭看他，「叫我出來幹嘛？難道就是爬山？」

他邊走邊道：「沒什麼事就不能叫妳出來了嗎？隨便走走，隨便逛逛，妳看頭頂的槐花……」

他後面說什麼我全沒聽到，我全副心神盯著前面的馬車，霍去病側頭看向我，又順著我的眼光看向馬車。

馬車停在一座莊園前，我朝他陪笑道：「我突然有些事情，先行一步。」

他一把抓住我，「不許走！」

我用力掙開他的手，「改日我去找你，再給你賠禮道歉。」話未說完人已經飄向了馬車，他在身後叫道：「玉兒！」

我頭未回，徑直向前，落在馬車旁。趕車的秦力握鞭的手猛然一緊，看是我又立即鬆開，笑著點了下頭。我敲了敲馬車壁，九爺掀開簾子看是我，含笑問：「妳怎麼在城外？」

我躬身替他打著簾子，「你不是也在郊外嗎？」說完疑惑地看向秦力，九爺看到我的表情，笑著說：「祖母姓石，單名一個青字，這園子取名『青園』，是祖父年輕時特意為祖母建的。我不願改動任何格局，所以不方便輪椅進出。」

我側頭望著園子，心頭很是羨慕，這位老爺子竟然痴情至此。我當年還納悶，明明姓孟卻將生意命名為石舫，且所收養的孤兒都姓石，今日才明白原來這是他心愛女子的姓。

九爺從車裡拿了一根拐杖出來，是以前我在他書房角落見過的。他撐著拐杖站著，拐杖本該

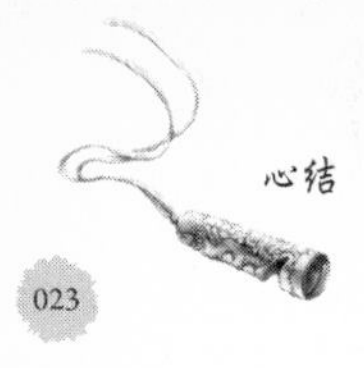


讓他顯得笨拙，可是隱在他的廣袖寬袍間卻讓人絲毫沒有突兀感。反倒我因為第一次見他站立的樣子，人有些痴傻，呆呆地凝視著他。

他自嘲一笑，「可是看著有些怪異？」

我忙搖頭，「不是的，是……是……是好看！」

他看向我，我急道：「難道從沒有人說過，你給人是什麼感覺嗎？你……你……一舉一動都很……」我越急越找不到合適的詞語形容他，可又怕他因為我剛才一直看他而誤會我，話說得幾次險些咬到舌頭。

他伸手替我捋了下被風吹亂的頭髮，凝視著我，極其溫柔地說：「玉兒，不要說了，我懂妳的意思。」

我朝他笑起來，視線越過他的肩頭，看到霍去病依舊站在原地，遠遠看著我們。我的心說不清楚的一澀，忙移開了視線。

九爺拄著拐杖而行，「祖父因為此山多溫泉，特地選在這裡建了一個園子。」我慢走在他身側，笑問：「你是特地來泡溫泉的嗎？」

他回道：「是，溫泉有助於我腿上的血脈運行。」我偷偷瞟了眼他的腿，可惜隱在袍中，無法知道究竟什麼病。但看他行走，似乎不算費力。

進門前，我又下意識看向遠處，霍去病身形仍舊一動未動。

暮春時節，頭頂的槐花正是最後的繁密，一樹賽雪的白。風過時，花瓣紛紛飄落。漫天飛雪

中，一向喜潔的他卻紋絲不動，任由花瓣落在髮稍及錦袍上。

◈ ◈ ◈

鴛鴦藤開始打花骨朵，一朵朵嬌嫩的白在綠葉間和我玩「躲貓貓」，要很細心的數才能發現新吐的花蕊藏在哪裡。昨天是九朵，今天就十五朵，我又數了一遍確定沒有錯，按照這個速度，再過一段時間就數不清了。

我站在藤架前，嘴裡喃喃說：「我可是捉了無數條蚯蚓，初春又專門施了牛糞，你們今年一定要爭氣呀！要開得最多、最美！」

鴛鴦藤的葉片在風中輕輕顫動，似乎回應著我的請求。

「等開到最美時，我就帶他來見你們。」我輕吻一片新長出的葉子，「你們努力，我也努力！」

進竹館時，只見天照坐在桌前抄寫東西，我詫異地指了指院子中空著的輪椅問：「九爺呢？出門了嗎？」

天照笑道：「去蘭屋看小風的爺爺了。」

我點點頭，看著輪椅依舊有些納悶。

天照放下筆走到我身側，看著輪椅道：「九爺一條腿完全用不上力，另一條腿還能用力，拄著

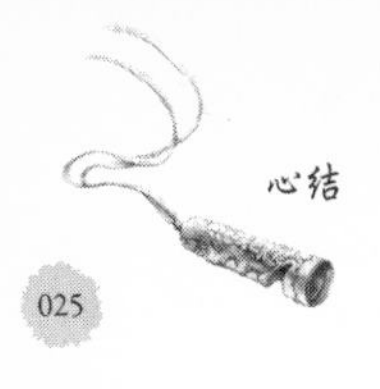



拐杖雖說走不遠，但日常多動動身體還是比坐輪椅好。」

我「嗯」了一聲，天照沉默了會接道：「小時候，九爺雖然腿腳不便，卻很愛動，對什麼都好奇新鮮，總喜歡跟在我們身後玩。可我們那時候不懂事，總覺得帶著他做什麼都不方便，做什麼都要等著他。所以表面上不敢違逆他，背地裡卻總是商量著甩掉他，甚至為誰出的主意高明而得意，我就是自以為最聰明的那個。九爺慢慢明白了我們的心思，開始變得沉默，花更多的時間在書上，也許只有這些沉默的朋友才不會嫌棄他。有次九爺背著老太爺獨自一人拄著拐杖出門，到天黑人都沒回來。老太爺急得把我們痛罵一遍，罰我們跪在青石地上。九爺回來時身上衣服被撕裂，臉上烏青，頭上手上都是血。問他發生了什麼事，卻一句話也不肯說，只說是自己不小心，求老太爺讓我們都起來。」

天照凝視著輪椅沉重地嘆了口氣，我沉默不語，酸楚心疼，種種情緒在心中翻騰。

「那次我們心裡真正感到愧疚，大哥把長安城的小混混一個個敲打了一遍，才問出原由。原來九爺看到《墨子》一書對兵器製造的論述，上街去看鐵匠打鐵。那些頑童跟在九爺身後唱『一個拐子，三條腿，扭一扭，擺一擺，人家一步他十步，討個媳婦歪歪嘴。』邊唱還邊學九爺走路，惹得眾人大笑。九爺和他們大打了一架，吃虧的自然是他，被打得頭破血流，大哥氣得和那些孩子打了一架。我們都想帶九爺出去玩，可九爺卻從此不在人前用拐杖了。」

「一個拐子，三條腿。扭一扭，擺一擺，人家一步他十步，討個媳婦歪歪嘴。」誰說「人之初，性本善」呢？看來還是荀子的「人之初，性本惡」更有些道理。

我現在明白為什麼那根拐杖被放在書房角落裡，也明白為何放在角落卻一點灰塵也沒有。他是醫者，自然明白適量運動對身體的好處，可那首歌謠和眾人無情的譏笑，卻讓他只在無人時才願意用拐杖。

天照側頭看著我問：「妳會埋怨我們嗎？」

「有些。不過九爺自己都不計較，我也只能算了，否則……」我哼了一聲，笑看向天照。

天照笑道：「玉兒，妳的性格可真是認準自己心頭一桿秤，別的是是非非都不理會。」

我微揚著下巴問：「我只要自己過得好，自己關心的人過得好，別人我不會無緣無故傷害，難道有錯嗎？」

天照忙道：「沒錯，沒錯！妳可別誤會我的話。我們幾個感激妳還來不及呢！九爺去了趟青園，回來後使用拐杖居然不再避諱外人目光。妳不知道，連二哥那麼鎮靜的人，看了眼睛都有些紅。九爺這麼多年的心結，我們心上的一塊大石，總算因妳化解了。」

我的臉有些燙，垂目看著地面，低聲罵道：「好個秦力，看著老老實實，嘴巴卻一點都不牢靠。」

天照哈哈大笑起來，「他可不只不牢靠！妳若看了他學妳一臉傾慕地看著九爺的樣子，就知道沒把這樣的人才，招進妳的歌舞坊可真是浪費！我們幾個當時樂得腳發軟，大哥更是笑得沒控制好力道，居然把一張桌子給拍裂了。」

「你說什麼？你有膽子再說一遍！」我插著腰，跳著腳吼道。

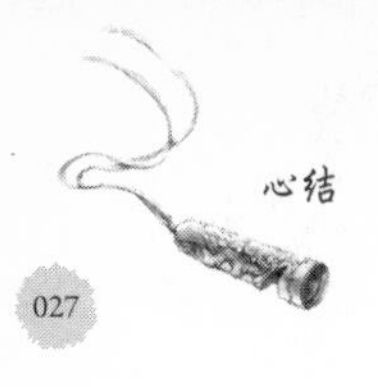



天照還未回答，正拄著拐杖進院子的九爺笑問：「什麼再說一遍？」

我狠狠瞪了一眼天照，跑到九爺身邊道：「秦力不是個好東西，你要好好罰他，或者你索性把他交給我，我來整治他。」

九爺看了眼天照，便問：「秦力幾時得罪了妳？」

天照滿臉愁苦，哀求地望著我。我支支吾吾半晌，不好意思說出原由，只能無賴地道：「得罪不需要理由，反正就是得罪我了。」

九爺走到輪椅旁坐下，天照忙擰了帕子來，九爺擦了擦額頭的汗道：「罰他給妳做一個月的車夫，由著妳處置。」

我得意地笑看向天照，九爺又來了句，「大哥、二哥和三哥最近也是太閒了，我看藍田那邊的玉石場，倒挺需要一個人長期駐守在那看管，三哥覺得誰去比較好？」

天照臉越發垮了下來，一臉誠懇地對九爺道：「大嫂剛生了兒子，大哥樂得一步都不願離開。二哥為了照顧大哥，把他手頭的事情接了一部分來做。我最近正打算把長安城所有生意的歷年帳務清查一遍，再加上要教導小風、小雨他們，天地可表，日月為證，其實我們真不閒！」

我扶著九爺的輪椅背低頭悶笑，九爺輕嘆：「聽上去好像不閒。」

天照忙道：「確實不閒！我們只是極其偶爾一起飲茶聊天，聽了個故事而已，以後再不會發生此類事情，我們肯定忙得連說話的時間都沒有。」

剛開始光顧著樂，竟然沒有聽出九爺的話外話，這會天照的話說完，我猛然明白九爺已經猜到

天照他們幹了些什麼，心裡透著些羞喜，透著些甜，靜靜立在九爺身旁。

謹言大步奔進院子，看到我立即一個燦爛的笑，陰陽怪氣地道：「玉兒怎麼也在？來看九爺的？」

天照幾步推著他往外走，「昨天剛到的香料你還沒驗收完，這事緩不得……」

謹言的聲音從院外傳來，「沒有呀！你不是說……你別捂……啊？……什麼……藍田？……哦！……」幾句後謹言的聲音已不可聞，只聽見天照說：「九爺，那些沒查抄完的舊帳我明天接著弄，今日有事急著辦，先回去了。」說完只聽到腳步飛快，不一會院外已經靜悄悄。

我心中七上八下，甜蜜中帶著尷尬，不知道說些什麼，九爺卻好似未發生任何事情，推著輪椅進了屋子，「湘妃竹的笛子已經做好了，紋理自然雅致，再雕刻裝飾反倒畫蛇添足，我也就偷了懶，妳看看可滿意？」

我伸手接過笛子，「我可不懂這些，你若說好那肯定是好了。」

九爺笑道：「妳園子裡住著一個名滿天下的宮廷樂師，多少人想拜師都不可得，妳不趁機向他討教一二？」

提起李延年，不禁想起李廣利，我眉頭皺了皺，九爺問：「怎麼了？」

我嘆了口氣，「想到李廣利此人，只能感嘆嘆『龍生九子，個個不同』。」

九爺笑說：「妳操心太多，若真煩了，把他轟出去也就完事了。」

我淺笑未語，事情不是那麼簡單，為了他，真要轟李廣利我還捨不得。

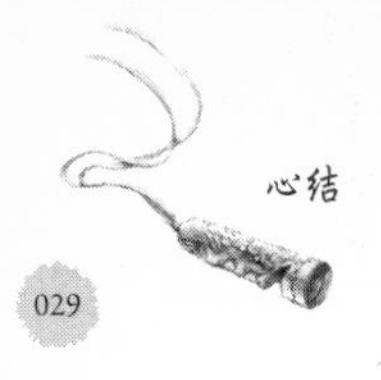



九爺輕輕咳嗽了一聲，「妳最近歌舞坊生意擴張得很快，我還聽底下人說妳做起娼妓坊的生意，這是明面的，妳暗中……還做了其他生意，為什麼？妳若只想賺錢，不妨做些其他生意，如今這樣走得有些急促過頭了。」

我一驚後，心中又是喜，自以為不可能被人知道的事情，卻還是瞞不過他，除非……除非他一直密切留意著我的舉動。我訥訥道：「我自有我的打算。」

他默默發了會呆，忽地問：「玉兒，知道我為什麼一直不在外面用拐杖行走嗎？沒有特殊情形，我都只願坐輪椅，而且我刻意讓人以為我的身體很差，就是天照他們也以為我弱得難以行遠路，身體還經常不妥當。我的腿確有殘疾，身體也很弱，可卻沒有我表現出來的那麼嚴重。」

我愣了好一會，難道不是天照所說的那個原因，不僅是因為幼時的自卑？「為什麼？你是故意做給誰看的嗎？」

九爺輕點下頭，「做給皇上看的。我的母親是竇太后的侄孫女，幼時常常進宮玩耍，當年皇上和母親也算感情不錯的表兄妹。竇太后在世時，石舫和竇氏一直走得很近。竇氏敗落後，皇上對石舫盤根錯節的勢力很是忌憚。父親和母親過世後，偌大的石舫落在我手中，如果不是因為我是個病秧子，一副苟延殘喘的模樣，生意又在我手中一點點沒落，石舫在長安肯定逃不過徹底覆滅的命運。」

他第一次主動提及身世，我聽得怔怔發愣。當年他才多大？竟然要以稚齡擔起眾人的性命，與皇帝周旋。而且他只說了家族中和漢朝的關係，和西域的關係呢？那邊他又肩負著什麼？這一路行

來，他究竟承受了多少？

他凝視著我，慢道：「玉兒，當今天子心思深沉機敏，行事果斷狠辣。必要時，他是對自己以外的任何人都能痛下殺手的人，不要做觸犯天家的事情。妳在長安怎麼和別的商家爭鬥，我都可以……但……」他吞下已到嘴邊的話，只語重心長地說：「玉兒，行事務必三思。」

# 第十四章 立誓

李敢面色驟變，眼光寒意森森，如利劍般刺向我。

我避開他的視線看向李妍，

李妍笑瞇瞇地看著我，嘴脣微動，

無聲中我卻猜出了她的意思：

總不能老是由著妳擺布，妳也不能凡事太順心。

「啪」地一聲，我把筷子扔到了桌上，「這是幹什麼？好好的饃饃，為什麼要亂放東西？」

紅姑瞟了我一眼，繼續吃著手中的饃饃，「用槐花蒸的饃吃著香，是我特意吩咐廚房做的。前些日子看我用槐花煮茶，發了頓脾氣，今日好好的饃饃又惹了妳，槐花究竟哪裡犯了妳忌諱，一見它，就火冒三丈？」

我悶悶坐著，紅姑自顧吃飯，不再理會我。

不是槐花犯了我忌諱，而是我一直不願意再想起那個立在槐花下的人。

躺了好久卻一直無法入睡，索性披衣起身摸黑開門。點點星光下，只見一個黑色人影立在鴛鴦藤架下，心唬得一跳，又立即認出是誰，一時竟然沒有一句合適的話可說。

霍去病轉身靜靜地看著我，半晌後忽地說：「妳言而無信，既說了改日來找我，可到現在也沒有找過我。」

我走到他身前，沉默了會，仍然想不到一句合適的話說，眼睛看向鴛鴦藤，一朵花兒正羞怯怯地半打開了皎潔的花瓣，驚喜下忘形地叫道：「你看！那朵花開了，今年的第一朵花。」

霍去病側頭看向花，「看來我是第一個看到它開花的人。」

我深吸了口氣，「很香，你聞到了嗎？」

「去年人在西域錯過了，它們倒是知情識趣，今年第一朵花就為我綻放。」

我笑道：「沒見過你這麼自大的人，連花都是為你綻放！不過是恰好趕上而已。」

霍去病凝視著花，一臉若有所思，「一個『恰好趕上』才最難求，有些事情如果早一步，一切都會不一樣。」

「一、二、三……」我頭埋在花葉間，一個一個點著花骨朵，霍去病嚇得駭笑，「妳不是打算把這麼多花蕾都數一遍吧？」

我點了一會，笑著放棄了，「就是要點不清我才高興，證明它們很努力地開花了。」

霍去病問：「為什麼叫它們金銀花？銀字好理解，是現在看到的白，可金色呢？」

我笑道：「現在賣個關子，不告訴你，過段日子你來看花就明白了。」

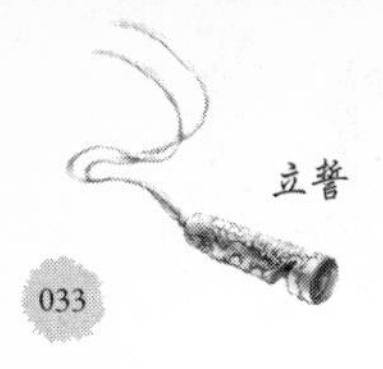



霍去病笑起來，「我就當這是邀請了，一定來赴美人約。」

我「啊」了一聲，懊惱地說：「你這個人……」

他忽地拽著我胳膊向外行去，「今夜繁星滿天，帶妳去一個好玩的地方。」我猶豫了下，看他興致高昂，心下不忍拒絕，遂默默隨他而行。

因為上林苑沒有修築宮牆，視線所及，氣勢開闊雄偉。我看著前面的宮闕起伏千門萬戶，嗓子發乾，嚥了口口水道：「上林苑中有三十六座宮殿，我們要去哪？」

霍去病笑道：「膽子還算大，沒有被嚇跑。」

我沒好氣地說：「要死也拖著你墊背。」

他眼神在我臉上轉了一圈，「這算不算同生共死，不離不棄？」我冷笑兩聲，不理會他的瘋言瘋語。

「我們去神明臺，上林苑中最高的建築，臺頂可以俯瞰整個上林苑和大半個長安城。躺在那看星星的感覺，不會比妳在沙漠中看星星差。整個長安城只有未央宮的前殿比它高，可惜那是皇上起居的地方，戒備森嚴，晚上去不了。」

一覽無餘的視野？毫無阻礙的視線？我心立動。他領著我翻牆走簷，一路安全到了神明臺，因為一無人住，二無珍寶，這裡沒有戍衛，只有偶爾巡邏經過的兵士，

我和霍去病在黑暗中一層層地爬著樓梯，人未到頂，忽隱隱聽到上面傳來一、二句人語聲。我倆立即停了腳步，霍去病低聲罵道：「這是哪個混帳？」

我側頭而笑，「只准你來，不准別人也來風雅一回？既然有人，我們回去吧！」

霍去病卻道：「妳找個地方躲一躲，我去看看究竟是哪個混帳，轟了他走。」我欲拽他，他卻已幾個縱身上去了。

真是個霸王！難怪長安城的人都不敢得罪他。我四處打量了下，正想索性躲到窗外去，霍去病又悄無聲息地落在我身邊，拖著我就往下走。我納悶地問：「誰在上面，竟然讓你這麼快又下來了？」

他淡淡說：「皇上。」

我捂嘴笑起來，低低道：「原來是皇上那個混帳。」他雖是警告地瞪了我一眼，板著的臉卻帶出一絲笑意。我一拽他向上行去，「我們去看看。」

「有什麼好看的？被捉住了，我可不管妳。」霍去病一動不動地道。

我搖了搖他的胳膊，輕聲央求，「皇帝的壁角可不是那麼容易聽到，我們去聽聽。何況他正……留意不到我們的。」霍去病看了我一眼，輕嘆口氣，一言不發地拖著我向上行去。

果然如我所猜，李妍也在這裡。滿天星光下，李妍正坐在劉徹腿上，劉徹用披風把李妍圍了個嚴嚴實實，自己卻隨便地坐在地上。兩人依偎在一起，半晌一句話未說。

霍去病緊貼著我的耳朵道：「沒有壁角可聽，說不定待會倒有春……戲……看。」

我狠狠掐了他一下，他一把攬住我，猛地咬在我的耳上。兩人身體緊貼在一起，我想叫不敢叫，欲掙不敢掙，摸索著去握他的手。他本以為我又會使什麼花招，手雖讓我握住，卻是充滿力量

和戒備。

結果我只是握著他的手，輕輕搖了搖，他靜了一瞬，手上勁道忽然撤去，溫柔地親了下我的耳垂，放開了我。

我輕輕一顫，身子酥麻，一瞬間竟有些無力。反應過來時，剛想再報復他，忽聽劉徹柔聲說：「未央宮前殿比這個更高，等妳生產後，身子便利時，我們去那上面看整個長安城。」我忙凝神聽李妍如何回答。

「未央宮前殿是百官參拜夫君的地方，妾身不去。」李妍和劉徹私下居然若民間夫妻，不是皇上，而是夫君；不是臣妾，而是妾身。

緊站在我身後的霍去病長吁了一口氣，我輕輕握了下他的手。

劉徹哈哈大笑，「我說能去就是能去，誰敢亂說？」

李妍摟著劉徹脖子親了一下，「夫君帶妾身來此眺望遠景，仰看星星，妾身已很開心。最重要的是這裡就我們，你是我的夫君，我是你的妻，還有我們的孩子，是我們一家子在這裡，妾身已心滿意足。夫君想哄妾身開心，妾身絕不願讓夫君因妾身之事煩心。上前殿一事落在他人眼中，只怕又會進言。夫君雖不在意，可總會有些不悅。我不要你不開心，就如你希望我能常常笑一樣。」

劉徹沉默了好一會方道：「此心同彼心。」說完把李妍緊緊擁入懷中。

李妍呀李妍，這樣一個男子近乎毫無顧忌地寵著妳，妳的心可守得住？真情假戲，假戲真情，我是眼睛已經花了，妳自己可分得清？妳究竟是步步為營地打這場戰爭，還是在不知不覺中步步淪

陷了呢？

我有心想再聽一會，想到霍去病，卻覺得罷了，拽了拽他的手示意離開。兩人剛轉身，卻不知道我的裙角在哪勾了一下，「嘶」的一聲，布帛裂開的聲音在寂靜中分外清脆。

劉徹怒喝道：「誰？」

我慌亂內疚地看向霍去病，他向我搖搖頭，示意不必擔心，一切有他。一轉身拉著我，便走上了臺。

「臣想今夜倒是個看星星的好時候，沒想到打擾了皇上和娘娘的雅興。皇上一個侍衛都沒帶，恐怕也是溜進來的吧？」霍去病向劉徹行禮笑道。

他對偷進宮一事渾不在乎，說得好像只是路邊偶遇。劉徹似乎頗有幾分無奈，又有幾分讚賞，掃了眼跪在地上的我，含笑道：「朕還沒審你，你倒先來查問朕。都起來吧！」

我重重磕了個頭，隨在霍去病身後站起。劉徹放開李妍，李妍起身後盯了我一眼，便低垂目光看向地面。我心中輕嘆一聲，盤算著如何尋個機會向她解釋。

劉徹對我道：「既然是來賞星看景的，就不要老是低著頭，大大方方地該做什麼就做什麼，聽聞妳是在西域長大的，也該有幾分豪爽。」

我低頭恭敬道：「是！」說完扭頭看向遠處，其實景物卻無一入眼。

李妍溫柔地說：「皇上，景致已看過，現在夜也深了，臣妾身子覺得有些乏。」

劉徹看了眼李妍隆起的腹部，忙站起來，「是該回去了，這裡留給你們。」笑瞟了眼霍去病，

提起擱在地上的羊皮燈籠，扶住李妍向臺階行去。

霍去病和我跪送，劉徹走到階邊時，忽地回頭對霍去病笑道：「今晚放過你，過幾日給朕把事情交代清楚了。」

霍去病笑回道：「臣遵旨。」

李妍忽道：「過幾日要在太液池賞荷，臣妾想命金玉同去，陪臣妾說話解個悶。」

劉徹頷首准可，我忙磕頭道：「民女謹遵娘娘旨意。」

兩人身影消失在臺階下。

「起來吧！」霍去病拉著我站起，「妳見了皇上居然這個樣子，比兔子見了老虎還溫順。」

我走到臺沿，趴在欄杆上，「那你說我見了皇上該如何？難道侃侃而談？」

霍去病趴在我身側道：「這個樣子好，宮裡到處都是溫婉且低眉順眼的女子，皇上早膩煩了。像李夫人這樣，不失女子溫柔，骨子裡又多了幾分不羈野性，更能拴住皇上的心。」

「你剛才還好吧？」

我細看他的神色，他無所謂地笑笑：「整日在宮裡出出進進，皇上行事又經常全憑一己之心，不是沒見過皇上和嬪妃親暱，倒是妳這還未出閣的姑娘看到……」

我瞪了他一眼，「廢話少說，你知道我問的不是這個。」氣勢雖然十足，臉卻真有些燙，板著臉望向遠處。

霍去病沉默了會道：「就如我所說，皇上和各色女子親熱的場面，我無意撞到的次數不少，可這是我第一次看到皇上陪著一個女子沉默坐著，只靜靜相擁，什麼都不做；也是第一次聽到有妃子和皇上之間你你我我。剛聽到心下的確有些震驚，別的倒沒什麼。」

他輕嘆一聲又道：「皇上也是男人，有時也需要一個女子平視他，因為已經有太多仰視他的人，不然他視線轉來轉去都落了空，豈不是太寂寞？姨母不是不好，可她的性格過於溫婉柔順，當年皇上處在太皇太后壓制下，帝位岌岌可危，陳皇后又刁蠻任性，皇上的苦悶和痛苦的確需要姨母這樣的女子，一個能溫柔體貼地仰視他的人。可現在的皇上正是意氣風發、大展鴻圖時，他更需要一個能把臂同歡，時而也能給他一點臉色看的人。」

我笑道：「你竟如此偏幫皇上，難怪皇上對你與眾不同。」

霍去病笑說：「自古帝王有幾個專情的？這個道理姨母自己都想得很清楚，所以也沒什麼。今日是李夫人，幾年後肯定還會有王夫人、趙夫人，難道還一個個去計較？」

確如他所說，後宮中永遠沒有百日紅花，不是李妍也會有別人得寵，只要李妍不觸碰他們的底線，他們應該都不會計較，可如果李妍生的是男孩，為了讓漢人對西域停止兵戎逼迫，勢必要扶持自己的孩子繼承皇位，李氏和衛氏的鬥爭無可避免。我第一次有些頭疼地嘆了口氣。

「妳怎麼了？」霍去病問。

我搖搖頭，仰頭看向天空。今夜我們並肩觀星，他日是否會反目成仇、冷眼相對？如果一切的溫情終將成為記憶中不能回首的碎片，我所能做的只有珍惜現在。

我笑看向他，指著空中的銀河，「知道銀河是怎麼來的嗎？」

霍去病嘲笑道：「我雖不喜歡讀書，可牛郎織女的故事還是聽過。那個就是牛郎星，妳能找到織女星嗎？」

我仔細地尋找著，「是那個嗎？」

霍去病搖頭，「不是。」

「那個呢？」

霍去病又搖搖頭，「不是。」

我疑惑地看向他，「這個肯定是，你自己弄錯了吧？」

霍去病笑著敲了我額頭一下，「自己笨還賴我。我會弄錯？打仗時，憑藉星星辨識方向是最基本的功課，我可是路還沒走穩時，就坐在舅父膝頭上辨認星星了。」

我摸著額頭，氣惱地說：「我笨？那你也不是聰明人，只有王八看綠豆，才會對上眼……」話還未說完就懊惱地掩嘴，我這不是肉肥豬跑進屠戶家，典型的自找死路嗎？竟然哪壺不開提哪壺。

霍去病斜斜靠著欄杆，睇著我似笑非笑。我被他看得心慌，故作鎮定地仰頭看向天空，「那顆呢？」

他輕笑，「妳臉紅了。」

「現在是夏天，我熱，行不行？」

良辰美景，賞星樂事，兩人細碎的聲音在滿天繁星下隱隱飄蕩，星星閃爍間彷似在偷笑。

岸下芙蓉，岸上美人；芙蓉如面，面如芙蓉。人面芙蓉相交映，我看得有些眼暈。

「妳可看到了後宮這些女子？每一個都是花般容貌，我在想皇上看到這麼多女子費盡心機只為令他多看一眼，究竟是一種幸福，還是一種疲憊？」李妍輕搧著手中的團扇，淡漠地說。

「只要妳是最美的那朵就行，別人我可懶得探究。」我笑道。

李妍扶著我的手，邊走邊說：「希望妳這話是出自真心。」

我停了腳步，側頭看著李妍解釋道：「當日救冠軍侯時，我並不知道他的身分，長安城再見全是意外。妳那晚碰到我們，也是一個意外，我和他之間什麼都沒有。」

李妍淺淺笑著，「妳和他沒什麼？但他肯定和妳有些什麼。霍去病是什麼脾氣？眼睛長在頭頂上的人，可他看妳時，那雙眼卻乖乖長在原處。」

我無奈地道：「我畢竟算他的救命恩人，他總得對我客氣幾分。再說他怎麼看人，我可管不了。」

李妍盯著我的眼睛道：「聽說妳給我二哥請了師傅，還找了伴讀的人。妳手中雖沒有方茹的賣身契，但方茹對妳心存感激，妳不發話，她一日不能說離開，而我大哥就等著她。還有公主，李……」李妍頓了下，一字字道：「我們每個人似乎都是妳的棋子，金玉，妳究竟想要什麼？」

我沉默未語，我想要什麼？其實我想要的最簡單不過，比所有人想的都簡單。非權力非富貴也

非名聲，我只想和九爺在一起。

如果九爺肯離開長安，我隨時可以扔下這裡的一切。可他似乎不行，我也只能選擇留下，盡我的力，做一株樹，幫他分擔一些風雨，而不是一朵花，躲在他的樹冠下芬芳，卻只能看他獨自抵抗風雨。也許如花朵般嬌豔純潔，才是女人最動人的樣子，可我寧願做一株既不嬌豔也不芬芳的樹，至少能分擔些許他肩頭的重擔。

李妍一面搧著扇子，一面優雅地走著，「妳用歌舞影響長安城，坊中不斷推陳出新的髮髻衣飾，引得長安貴婦們紛紛仿效，據說妳還和紅姑專門開了收費高昂的雅居，只接待王侯貴戚的母親、夫人及小姐。而看在外人眼裡，妳不過是在經營歌舞坊而已。可妳既說過我是妳的知己，我也不能辜負了妳的讚譽。毛毛細雨看著不可怕，但連下一年半載，恐怕比一次洪澇更可怕。不是每個兒子都會聽母親的話，也不是每個丈夫都會聽夫人的話，可十個裡面有一、二個已經很了不得。而且女人最是嘴碎，很多話只要肯用心分析，朝堂中很多官員的心思，只怕都在妳的掌握中。」

李妍看來已經在宮中頗有些勢力了。上次來見她時，她對宮外發生的一切，還是道聽塗說居多，現在卻清楚地知道一切。

「我以為我這次做得夠小心，為此還把以天香居為首的眾歌舞坊特意留著，讓它們跟著我學，甚至有些事故意讓它們先挑頭，我再跟風，可居然還是被妳看了出來。」

李妍嬌俏地橫了我一眼，「誰叫妳是金玉？對妳，我不能不留心。還有妳逐漸購進的娼妓坊，男子意亂情迷時，只怕什麼祕密都能套取。金玉，妳究竟想做什麼？」

我握著李妍的手道：「我向妳保證，不管我做什麼，我們的目的沒有衝突。」

「我本來一直堅信這點，肯定妳至少不會阻礙我，可當我知道妳和霍去病之間的事時，我突然不太確定。金玉，我剛剛的話還漏說了一句，我們似乎都是妳的棋子，可妳為何偏偏對自己手旁最大的棋子視而不見？妳處心積慮，步步為營，為何獨漏霍去病？別告訴我是不小心忘了。」

「我……我……」

我無法解釋，心念電轉，竟然編不出一個能說服李妍的解釋。這是我第一次意識到，原來我在步步為營中遺忘了他，我居然真的遺漏了他！

我苦笑道：「我的確給不出一個合理解釋讓妳相信，也許我覺得這個棋子太珍貴，不願輕易動用。」李妍淺笑著瞟了我一眼，神態怡然，漫不經心地欣賞著荷花。

我琢磨了會說：「還記得妳入宮前，我曾去問妳大哥的事情嗎？那首《越人歌》還是妳教會我的。」

李妍「嗯」了一聲，側頭專注地看向我，「那首曲子是為石舫舫主而學的。我知道妳肯定打聽過石舫舫主孟九是什麼樣的人，但我估計妳所獲應該很少。妳想知道什麼，我可以告訴妳。妳如今可信我和霍去病之間什麼都沒有？」

李妍面無表情地盯了我一會，緩緩點頭，「金玉，妳能起個誓言嗎？」

我搖搖頭，「我不可能對妳發誓絕不做妳的敵人，我不會主動傷害妳，可萬一妳想傷害我呢？」

李妍笑起來，「好一個金玉，夠坦白。我不是要妳發誓這個，的確強人所難。我只要妳保證不洩漏我的身分，不會日後用這個要脅我。」

我倆目光對峙著，我笑說：「只怕不給妳保證，我的日子不會好過呢！」李妍不置可否地淡淡一笑，我默默想了一會道：「我用自己的生命起誓，絕不洩漏妳的身分。」

李妍笑搖搖頭：「金玉，忘了妳誇過我是妳的知己嗎？妳心中最重要的不是這個。用妳喜歡的人的生命起誓。」

我有些發怒的盯著李妍，李妍笑意不變，我氣笑著點點頭，「李妍，李娘娘，後宮改變一個人的速度居然如此之快，我好像要不認識妳了。好！如妳所願，我以九爺的生命起誓，絕不會……」

李妍搖搖頭，「不，用妳喜歡的人的生命。」

我冷笑一聲，「有什麼區別？用我喜歡的人的生命起誓，我永遠不會洩漏妳的身分。」

李妍笑著指了指天，「老天已經聽見了。」

我沉默地盯著池中密密的荷葉，李妍臉上的笑意也接著消失，「金玉，不要怪我，妳根本不知道我現在一步步走得有多苦。衛皇后主後宮，外面又有衛將軍、公孫將軍，現在還多了個霍去病。我雖然得寵，可君王的恩寵能有幾時？宮裡的人都是勢利眼，衛皇后看著脾氣柔和，似乎什麼都不爭，但那只是因為她身邊的人，把能做的都替她做了，她樂得做個表面好人。」她望著一池荷葉，長嘆一聲。

兩人各自滿腹心思，無語發呆，身後一個男子的清亮聲音，「娘娘千歲！」我和李妍轉過了身

子。李敢恭敬地曲身行禮，李妍淡淡道：「平身！」李敢抬頭的一瞬，眼中滿是熾熱痛苦，卻立即恢復清淡，彷彿只是我眼花了。

文武兼備的李三公子，雖不像霍去病那般耀眼奪目，但他才該是長安城中每個少女的夢中人。霍去病鋒芒太重，讓人不敢接近亦不敢依靠，甚至完全不知道這個人將跑向何方。而李敢卻如一座山，讓女子看到他心裡就踏實。

李敢目光從我臉上輕掃而過，一怔下笑了起來。我向他請安，他笑道：「去年的新年我們見過，還記得嗎？這回是去病帶妳來的？」

我回道：「記得。不是冠軍侯帶民女來，是奉娘娘的旨意。」

李敢不著痕跡地看了眼李妍，雖有困惑但沒有多問，李妍卻笑著說：「說她的名字，你大概不知她是誰，可如果告訴你這位金玉姑娘是落玉坊的主人，恐怕長安城不知道的人已不多。」

李敢面色驟變，眼光寒意森森，如利劍般刺向我。我避開他的視線看向李妍，李妍笑瞇瞇地看著我，嘴脣微動，無聲中我卻猜出了她的意思：總不能老是由著妳擺布，妳也不能凡事太順心。

我瞪了她一眼，決定垂首盯著地面扮無辜，李敢盯累了自然就不盯了。視線轉向李妍，示意她看李敢的袍袖裡面。

李妍本來臉上一直帶著淺笑，當看到李敢袖裡繡著的那個小小藤蔓狀的「李」字時，笑容頓時僵硬，向我使了個眼色。我得意地笑看她，剛整完我就又來求我，世上哪有這麼輕巧的事情？

李敢眼裡飛出的全是冰刀，李妍的眼裡卻是溺死人的溫柔，我笑得燦爛無比。

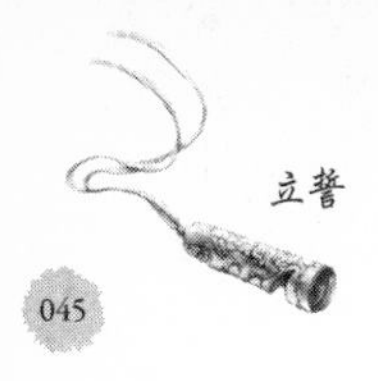


霍去病冷冰冰的聲音響起，「李三，你在看什麼？」他的角度只看到李敢直勾勾地凝視著我，卻根本不知道李敢是用什麼目光在看我，他只看到我燦若陽光的笑，卻不明白我那是和李妍鬥氣。

李敢欲解釋，可這事怎麼解釋？難道告訴霍去病，他因為李妍正恨著我。李敢對著霍去病一臉欲言又止，霍去病的臉色卻是越來越冷。究竟是什麼事情讓李敢難以解釋？估計他心思早想到偏處。事情太過微妙滑稽，讓人無奈中竟然萌生了笑意。

李妍目光在我們臉上打了個轉，「噗哧」一聲，手扶著我笑得花枝亂顫。

我忍了一會沒忍住，也笑出了聲。李敢默默站了一會，忽地長長嘆氣，搖著頭無奈地笑起來，只有霍去病冷眼看著我們三個笑得前仰後合。

劉徹和平陽公主緩步行來，笑問道：「何事讓你們笑得如此開心？朕很少聽到夫人笑得如此暢快。」

我們忙向皇上和公主行禮請安，平陽公主看著李妍笑道：「究竟什麼事情？本宮也很好奇呢！」

李妍瞪了我一眼，神色平靜地說：「剛才金玉講了個笑話。」

皇上和公主都看向我，我張了張嘴沒有聲音，半晌編不出話來。李妍帶著幾分幸災樂禍，笑意盈盈地看著我，我也輕抿了一絲笑，想整我還沒有那麼容易，「這個笑話我是從李公子那裡聽來的，不如讓他講給皇上和公主聽。」

李妍蹙了蹙眉，嗔了我一眼，我向她一笑。以彼之道還之彼身，我做得並不過分。

皇上和公主又都看著李敢，霍去病卻冷冷盯著我。我對他皺了皺眉頭，這個傻子！我有什麼機會能和李敢熟到聽他講笑話？

李敢呆了一瞬後，微笑著向皇上和公主行了一禮，「臣就獻醜了。有一個書呆子，鄰居家著火，鄰居大嫂央求他趕緊去通知正在和別人下棋的夫君。書呆子去後靜靜立在一旁看著兩人下棋，半日後，一盤棋下完，鄰居才看到書呆子，忙問道：『兄弟找我何事？』書呆子答：『哦！小弟有一事相告，仁兄家中失火。』鄰居又驚又氣，『你怎麼不早說？』書呆子作了一個揖，慢條斯理道：『仁兄息怒，豈不聞古云：『觀棋不語真君子？』』」

皇上淺淺一笑，「最義正嚴辭者往往都以君子之名行小人之事，這笑話有些意思，譏諷世人得夠辛辣。」

公主聽到最後一句，卻笑出了聲，「真有這樣的人嗎？」

李敢道：「世上為了成全一己私心，而置他人死活於不顧的人肯定不少。臣講得不好，金玉姑娘講起來才活靈活現，真正逗人發笑。」

我有些惱，這個李敢明嘲暗諷，居然句句不離我。李敢說話時，李妍一直留心李敢的袖口，雖然極力掩飾，臉色也有些不好看，又哀求地看向我。我微微頷了下首，她面色稍緩。

皇上關切地問李妍：「哪裡不舒服？」

李妍道：「大概是站得有些久了。」

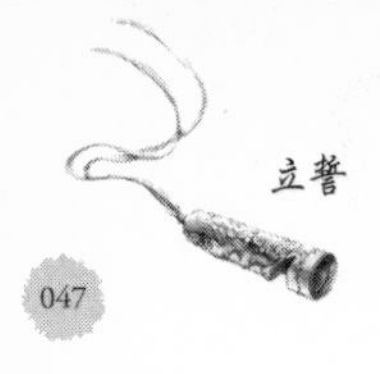



平陽公主忙道：「到前面亭子休息一會吧！」估計李妍本想和皇上先離開，沒想到公主先開了口，只得點下頭，「多謝阿姊。」

皇上扶著李妍，兩人在前慢行，我們在後面跟隨。公主笑著問霍去病話，李敢不敢與公主並行，刻意落後幾步。我也慢下步子，走到李敢身側，他卻寒著臉避開我，霍去病側頭狠盯了我一眼，我皺了皺眉沒理會他。

眼看亭子漸近，李敢卻不給我任何機會說話。我心一橫，腳下一個輕滑落在李敢身旁，悄悄抓住他的袍袖，他反應也極機敏，立即身子向一側躍去想避開我，然而我已料到他的動作，與他恰好反方向各自躍開。我手上刻意加了力氣，兩人又都是習武之人，「嘶」的一聲，李敢的袖口已被我撕下一片。

前面行走的四人聞聲轉頭看向我和李敢，霍去病的臉色已經難看得不能再難看。

李敢一臉惱怒，手指著我，我趕緊跑到他身前，滿臉不安地給他賠禮道歉，又假裝驚惶失措落下手中的衣袖，在上面無意地踩來踩去，硬是把一個銀絲線繡的「李」字踩到再也辨別不出來。

霍去病突然喝斥道：「你們有完沒完？這裡是你們拉拉扯扯的地方嗎？」

李敢已經反應過來我為什麼刻意把他的袖子扯落，眼睛在李妍臉上一轉，向著皇上跪倒，「臣知罪！」我也趕忙在李敢身側跪了下來。

李妍剛欲求情，劉徹卻搖頭大笑起來，對著公主道：「阿姊還記得我年少時的荒唐事情嗎？」

公主笑道：「哪個人年少時沒做過一、二件荒唐事，沒爭風吃醋過？看著他們，我倒像又回到

未出閣的日子。」

劉徹笑著從霍去病臉上看到我和李敢臉上，「都起來。李敢，你衣冠不整就先退下吧！」李敢磕了個頭，起身時順手把地上的衣袖撿起，匆匆轉身離去。

平陽公主笑道：「皇上太偏幫去病了。這麼快就把李敢轟走，讓我們少了很多樂子。」

劉徹笑看著神色冷然的霍去病，「不趕李敢走，還等他們待會打起來？到時罰也不是，不罰也不是，朕這個皇上顏面何存？」

平陽公主笑著點頭，「倒是，去病的脾氣做得出來。」

一場可能釀成大禍的風波總算化解，我有些累，想要告退卻沒合適的藉口，低頭厭厭地坐在下首。李妍神情也有些萎靡，劉徹看她的神色著實擔心，忙吩咐人去傳太醫，帶著李妍先行回宮，我們這才能各自散去。

霍去病走在我身側，卻一句話也不和我說。我心裡想著和李妍的一番談話，有些說不清楚的悒鬱煩惱，也是木著一張臉。

兩人出了上林苑，我向他默默行了一禮就要離開，他壓著怒氣說：「我送妳回去。」

我搖了下頭，「不用了，我現在不回去，我還要去趟別的地方。」

「上來！」霍去病跳上馬車，盯著我蹦了兩個字，神色冷然，絕不允許我反駁。

我無奈地笑了笑，跳上馬車，「你可別朝我發火，我要去李將軍府。」

他瞪了我一會，吩咐車夫去李將軍府。

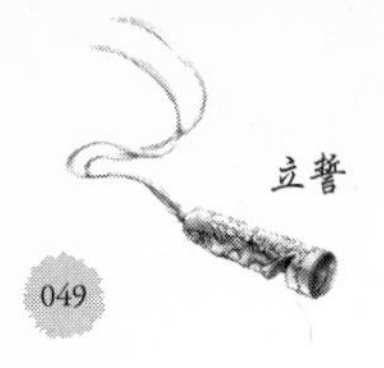


我看著他，將心比心，胸中酸澀，柔聲解釋道：「我和李敢可不熟，上次你帶我去羽林軍營時才第一次見他，今日是第二次見面。」

霍去病臉色稍緩，語氣卻依舊是冷的，「第二次見面就如此？」

「事出有因。李敢於我不過是一個小瓜子，眼神不好時，找都不容易找到。」

霍去病嘴角微露一絲笑意，「我於妳而言呢？」

我猶豫了下，嘻笑著說：「你像個大倭瓜，可滿意？」

他卻沒有笑，緊接著問了句：「那孟九呢？」我臉上笑容有些僵，轉頭挑起簾子看向窗外，刻意忽略腦後兩道灼燙視線。

◈ ◈ ◈

到李將軍府時，我還想著如何讓李敢見我，霍去病已經大搖大擺地走進將軍府。守門人顯然早已習慣，只趕著給霍去病行禮。

我快走了幾步追上他，「是我要見李敢，你怎麼也跟來？」

「現在好像是妳跟著我，而非我跟著妳。如果妳不想跟著我，我們就各走各的，妳可以去門口請奴僕為妳通傳。」

我瞪了他一眼不再說話，靜靜跟在他身後。霍去病問了一個奴僕，回說李敢正在武場練箭。他

對李將軍府倒是熟悉，也不要人帶路，七拐八繞地走了會，已經到了武場。

李敢一襲緊身短打，正在場中射箭，每一箭都力道驚人，直透箭靶。我小聲嘀咕：「好箭術！箭無虛發，不虧是飛將軍的子弟」。

李敢看到我，瞳孔一縮，把手中的箭驟然對準了我。

一瞬間我知道李敢不是在嚇唬我，他臉色森冷，眼中恨意真實無比，他確有殺我之心。我身子僵硬，一動不敢動，一句話也不敢說，唯恐一個不慎激怒了他，那枝箭就向我飛來。而天下聞名的飛將軍箭術，我躲開的機會很少。霍去病一箭步閃身擋在我前面，姿態冷淡，和李敢靜靜對峙著。

李敢手抖了下，猛然把弓扭向箭靶，「嗖」的一聲，那枝箭已正中紅心。整枝箭穿透而過，箭靶上只剩一截白羽輕顫。

我一直憋著的那口氣終於呼了出來，身子發軟。我的地位身分卑賤，對這些顯貴子弟而言就如螻蟻，捏死我都不用多想。我一直用智計周旋，卻忘了我的生命只需一枝箭就可以輕易結束，所謂的智計在他們面前能管什麼用？

今日幸虧霍去病跟來，否則，否則……剛才在生死瞬間，我沒有怕，反倒現在才感到驚恐。李妍究竟有沒有預料到李敢的反應？她這是給我的一個警告嗎？或者她壓根就是想要我死？世上還有什麼比死人更能守密？……

越想心越驚，霍去病轉身扶我，我第一次主動握住他的手。我的手仍在哆嗦，他雙手緊緊握著我的手。因常年騎馬練武，他的手掌繭子密布，摸著粗糙卻充滿令人心安的力量，我的心慢慢安定

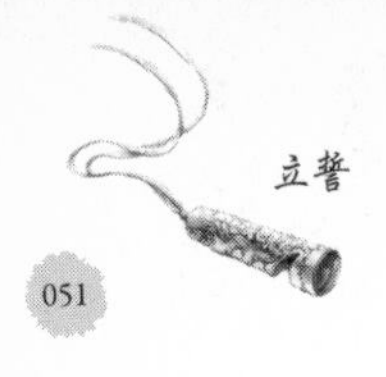


下來，手不再哆嗦。

他看我恢復如常，搖頭笑起來，「看妳以後還敢不敢來找李三？」

我想笑卻笑不出來，聲音澀澀地說：「為什麼不敢？不過……不過要你陪著來。」

李敢走到我們身側，若無其事對霍去病作揖，「剛才多有冒犯，不過你好端端地突然走到我箭前，把我也嚇出一身冷汗。」

霍去病冷冷地說：「三哥，我們在羽林營中一起跌爬滾打，小時候李大哥還指點過我箭術，我們的交情一直不錯，我不想以後因誤會反目，所以今日我鄭重告訴你一聲，你若敢再這麼對她，我的箭術可不比你差。」

我驚詫地看向霍去病，心中滋味難言，他竟然這樣毫不避忌地護著我。李敢也是一驚，繼而卻似明白了幾分，很是震驚納悶地看了我一眼，苦笑著搖搖頭，「今日有些失控，以後不會如此了，我想金姑娘能體諒我。」

我扯了扯嘴角，我能體諒？下次我把匕首架到你脖子上，看你能不能體諒？嘴裡卻只能淡淡道：「我來是為了說幾句話。」霍去病倒是大方，一言不發地走到遠處。

我看著李敢道：「李夫人是從我園子中出去的，我所做的也都是為了護著她，我想經過今天的事情，你應該相信我。我知道你喜歡她，可她知道你的心思嗎？」

李敢沉默了好一會，搖搖頭，「她不知道。她已經是娘娘，我在她眼中和其他臣子沒什麼區別。我也不想讓她知道，我的這些心思不過就是自己的一點念想而已。」

果然如我所想，李妍裝得一無所知，把一切都推給了我。我一邊想著一邊說：「我向你保證，一定不會告訴李夫人。」

李敢冷哼一聲，「妳當年把一些本該告訴她的事情瞞了下來，我對妳這方面的品德絕對相信。明明是我比皇上先遇見她，卻被妳弄得晚了一步，晚一步就是一生的錯過，妳可明白？」他的語氣悲涼又帶著怨憤。

我不敢接他的話茬兒，「我既然已經瞞過了你，那你後來又是如何知道李夫人就是你要找的女子？」

李敢眼中又是痛苦又是喜悅，「有次進宮我恰好撞見她用一條類似的帕子，顏色雖不同，可那個狀似藤蔓的『李』字卻是一摸一樣。我當時如雷轟頂，看著她怔怔不能語，這才知道自己有多傻。這世間除了她，還會再有第二個姓李的女子，有她那般風姿嗎？其實在我看到她像水中仙子般的舞蹈，她和皇上聰明機智的笑語時，我已深為她折服，只是當時……只是當時我不敢面對自己的心。直到看到那個帕子，我才明白我錯過了什麼，而這一切都是妳造成的。金玉姑娘，妳為什麼要故意騙我？老天既然讓我再看見那個『李』字，卻為什麼已是那麼晚？金坊主，妳說我該不該憎惡妳？」

我身子有些寒。當初我不告訴他真相，就是不想他有今日的煩惱。若是一般美貌女子遇見李敢這樣的世家子弟，偏偏又才貌雙全一片痴心，不知道比進那朝不保夕的皇宮強多少倍。

但李妍並不是一個只想尋覓良人的普通女子，她絕對不會選李敢。事情繞了一圈，竟然又詭祕

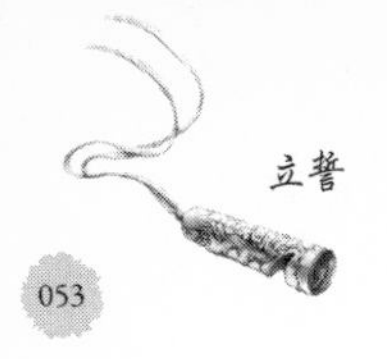


地回到了命運原本的軌跡。

我再不敢看他的神色，低著頭道：「事已至此，一切已無可挽回，但我求你不要傷害李夫人。你可知你袖裡的一個『李』字能闖出多大的禍？這個『李』字十分特殊，只要見過的人就不會忘記。我不知道皇上是否見過，可不管有沒有見過，你都不能把一無所知的李夫人，置於這麼大的危險中。」

李敢聲音艱澀，「我不會傷害她的。今日是我大意，穿錯了衣服。我待會就把所有繡了這個字的衣物全燒了，從此它只會刻在我心中。」

我向他匆匆行了個禮，快步跑向霍去病。霍去病問：「你們倆臉色一個比一個難看，妳究竟怎麼得罪了李敢？」

我勉強笑了下，「一些誤會，現在算是解釋清楚了。」

霍去病看著我，不置一言，漆黑瞳孔中光影流轉，不知道在想些什麼。

# 第十五章 花凋

幾根竹竿折斷，眼前鴛鴦藤架忽悠忽悠晃了幾下，
傾金山，倒玉柱，一聲巨響後，
一架金銀流動的花全部傾倒在地。
我不能置信地搖著頭，怎麼會倒了？
兩年的悉心呵護，怎麼這麼容易？一場夢就散了？

李妍順利誕下一個男孩，漢武帝賜名髆，又重重賞賜了平陽公主、李延年和李廣利。在太子之位仍舊虛懸的情形下，朝中有心人免不了猜測，究竟是衛皇后所生的長子劉據有可能入主東宮，還是這個集萬千寵愛於一身的劉髆。

有人認為衛氏在朝中勢力雄厚，劉據顯然更有優勢；有的卻不以為然，既然衛氏靠著衛子夫得寵而發展到今日，那李氏又何嘗不可能？何況皇長子劉據和皇上性格截然不同，皇上現在雖然還算喜歡，但日子長了只怕不會欣賞。

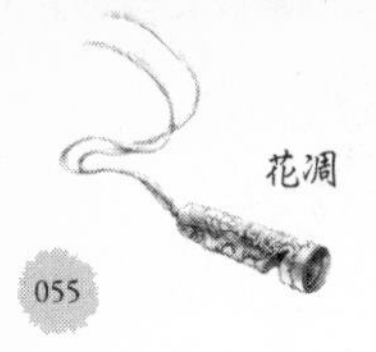



朝中暗流湧動，衛氏一族一直保持緘默，一切如常。衛青大將軍甚至親自進宮獻禮給李妍，祝賀劉髆誕生。以李蔡、李敢等高門世家為首的朝臣也一言不發，只紛紛上奏摺恭賀劉髆誕生。

劉髆未滿一個月時，漢武帝召集重臣，公召天下立皇長子劉據為太子。事出意外，卻又合乎情理。畢竟如今和匈奴的戰役一觸即發，一個衛青，一個公孫賀，一個霍去病，如果劉據不是太子，劉徹憑什麼真正相信他們會死心塌地效忠？

冊立太子的詔書剛公布，生完孩子還在休養中的李妍突然調理失當，一場大病來勢洶洶，昏迷了三日三夜，才在太醫救護下甦醒。

劉徹病急亂投醫，無奈下把我召進了宮中，讓我試著在李妍耳畔叫她的名字。人前，我只細細叫著「娘娘」，可人後時，我只在她耳邊說一句話：「李妍，妳怎麼捨得剛出生的兒子？妳還有機會，難道這就放棄了嗎？」

李妍幽幽醒轉時，劉徹一臉狂喜，和之前的焦慮對比鮮明。那樣毫不掩飾的擔心和喜悅，我想這個擁有全天下的男子，是真正從心裡愛著李妍，恐懼失去她。

李妍望著劉徹，又是笑又是淚，居然毫不避諱我們，在劉徹手上輕印了一吻，依戀地偎著劉徹的手，喃喃道：「我好怕再見不到你。」

那一瞬，劉徹身子一震，只能呆呆看著李妍，眼中有心疼有憐惜，竟然還有愧疚。我陡然一寒，盯向李妍，她是真病？還是自己讓自己病了？

剛回園子，我疲憊地只想立即躺倒，卻沒料到李敢正在屋中等候。一旁作陪的紅姑無奈地說：「李公子已等了整整一日。」

我點點頭，使了個眼色示意她離開。

李敢看她出了院門，立即問道：「她醒了嗎？她可還好？她……」李敢的聲音微微顫著，難以成言。

我忙道：「醒了，你放心，太醫說只要細心調養，兩個月左右就能恢復。」

李敢一臉焦急慢慢褪去，臉上卻顯了心酸之色。她生命垂危，他卻只能坐在這裡苦候消息。

天色轉暗，屋裡慢慢地黑沉，他一直靜坐著不言不動，我也只能強撐精神相陪。很久後，黑暗中響起一句輕喃，十分堅定，「如果這是她的願望，我願意全力幫她實現，只要她能不再生病。」

我身子後仰，靠在墊子上，默默無語。

李妍，如果這場病是巧合，那只能說老天似乎在憐惜妳，竟然一場病，讓一個在某些方面近乎鐵石心腸的男子心含愧疚，讓另一個男子正式決定為妳奪嫡效忠。李敢是李廣將軍唯一的兒子，在李氏家族地位舉足輕重，他的決定勢必影響整個家族的政治取向。

如果不是巧合，那這般行事手段實在讓我心驚。一個剛做了母親的人，竟然可以用性命作賭注。一個連對自己都如此心狠的人？我心中開始隱隱地害怕。

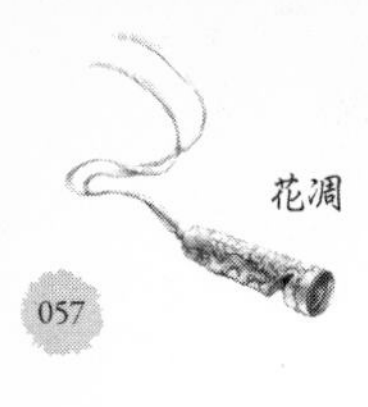


我和李敢猶沉浸在各自思緒中，院門忽地被推開，我和李敢一驚後都急急站起。霍去病臉色不善地盯著我們。我和李敢孤男寡女共處一室，這倒罷了，可我們燈也不點，彼此在黑暗中默默相對，的確有些說不清道不明。

李敢看著霍去病的臉色，無限黯然中也透出幾分笑意，對我笑著搖搖頭，向霍去病抱拳一禮後，一言不發徑直向外行去。

霍去病強控制著自己的情緒問：「你們何時變得如此要好了？妳在宮裡累了那麼久，竟然連休息都顧不上？」

兩日兩夜沒有闔眼，我早已累得不行，剛才礙於李敢，一味撐著，此時再不管其他，身子一倒，隨手扯了條毯子蓋在身上，「我好睏，先讓我睡一會，回頭要打要罰都隨你。」

霍去病愣了一瞬，臉上漸漸帶了一絲笑意，走到榻旁坐下。迷迷糊糊中，聽到他在耳旁低聲道：「這麼放心我？可我卻有些不放心自己，萬一控制不住，也許……也許就要……了妳……」他的氣息在臉上若有若無地輕拂過，唇似乎貼在我的臉頰上，我卻睏得直往黑甜夢鄉沉去，什麼都想不了。

一覺醒來已經正午，我還瞇著眼睛打盹，心頭忽地掠過昨日似真似假的低語，驚得猛地從榻上坐起。一低頭，身上卻還穿戴得整整齊齊，只鞋子被脫去放在榻前。

我愣愣坐著，榻旁早空，究竟是夢不是夢？

鴛鴦藤不負我望，一架金銀，潑潑灑灑，絢爛得讓花匠都吃驚，不明白我是怎麼養的。其實很簡單，我每天對著它們求呀求，草木知人性，也許被我所感，連它們都渴盼著那個男子的光臨，希望我的願望成真。

九爺推著輪椅，我在他身側緩步相伴。步子雖慢，心卻跳得就要蹦出來。

「玉姐姐！」隨在身後的小風大叫，我應一聲，扭頭看向他，「要死了，我長著耳朵呢！」

「那九爺問妳話，妳幹嘛不回答？」小風振振有辭。

我心中有鬼，再不敢和小風鬥嘴，不好意思地看向九爺，「剛才沒有聽到，你問我什麼？」

九爺好笑地問：「想什麼呢？我問妳和天照他們何時那麼要好了？妳一人說話，三個人幫腔，似乎我不隨妳來園子逛一趟，就要犯了眾怒。」

「誰知道他們三個幹嘛要幫我？也許落個人情，等著將來訛詐我。」

說著話，已經到了我住的院子。

我回頭看向石風，他朝我做個鬼臉，對九爺說：「九爺，以前到玉姐姐這裡都沒仔細逛過，今日我想去別的地方逛一圈，看看這長安城中貴得離譜的歌舞坊究竟什麼樣子。」

九爺笑說：「你去吧！」

石風朝我比了個錢的手勢後，跑著離去。

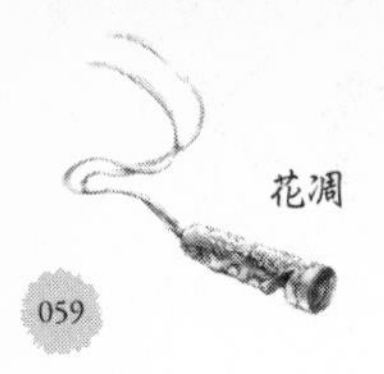



滿院花香，剛推開門，九爺已低問了句：「妳種了金銀花？」我朝他緊張地一笑，沒有回答。一架枝繁葉茂花盛的鴛鴦藤，夏日陽光下，燦如金，白如銀，綠如玉，微光流動，互為映襯，美得驚心動魄。

九爺仔細看了會，「難為妳還有工夫打理它們，能長這麼好可要花不少心血。」

我盯著架上的花，持續幾天的緊張慢慢褪去，心緒反倒寧靜下來，「金銀花還有一個別稱，你可知道？」

九爺沉默了好一會，「因為冬天時它仍舊是綠的，所以又名『忍冬』。」

我苦笑起來，扶著他的輪椅，緩緩蹲下，凝視著他，「你在躲避什麼？為什麼不說出另一個名字？因為它們花蒂並生，狀若鴛鴦對舞，所以人們也叫它『鴛鴦藤』。」

九爺笑道：「我一時忘記了，只想到入藥時的名字。妳今日請我來園子不是只為看花吧？我記得妳們湖邊的柳樹長得甚好，我們去湖邊走走。」

我握住他欲轉動輪椅的手，「我真的只是請你來看花，不管你是否會笑我不知羞恥，我今日就是要把自己的心事告訴你。這些鴛鴦藤是我特地為你種的，前年秋天種下，已經快兩年。九爺，我……我喜歡你，我想嫁給你，我想以後能和你一起看這些花，而不是我獨自一人看它們鴛鴦共舞。」

九爺的手微微顫著，手指冷如冰，盯著我的雙眼中有痛苦憐惜，甚至害怕，諸般情緒錯雜，我看也看不清。

我握著他的手也開始變冷，祈求地看著他：我把我的心給了你，請你珍惜它，請珍惜它！

九爺猛然用力抽出自己的手，避開我的視線，直直盯著前面的鴛鴦藤，一字一字地說著，緩慢而艱難，似乎每吐出一個字，都要用盡全身的力氣，「我不習慣陪別人一起看花，我想妳總會找到一個陪妳看花的人。」

那顆心砰然墜地，剎那粉碎。

我的手依舊固執地在空中伸著，想要抓住什麼，手中卻空落落，一個古怪的姿勢。

他伸手去推輪椅，手上似根本沒有力氣，推了幾次，輪椅紋絲未動。

我抓住他的袖子，「為什麼？難道一直以來都是我自作多情？你竟然對我一點感覺都沒有？你怕什麼？是你的腿嗎？我根本不在乎這些。九爺，人這一輩子可以走多遠不是由他的腿決定，而是由他的心決定。」

九爺扭過頭不肯看我，一點點把我手中的袖子抽出，嘴裡只重複道：「玉兒，妳這麼好，肯定會有一個人願意陪著妳看花。」

我看著衣袖一點點從手中消失，卻一點挽留的辦法都沒有。原來有些人真比浮雲更難挽住。

一道冷冷的聲音傳來，「的確會有人願意陪她看花。」

我一動不動，只是盯著自己的手。他怎麼能這麼狠心推開我？一次又一次。原來最大的悲傷不是心痛，而是沒頂而至的絕望。

霍去病走到九爺身前，「石舫孟九？」姿態高傲，臉色卻蒼白。

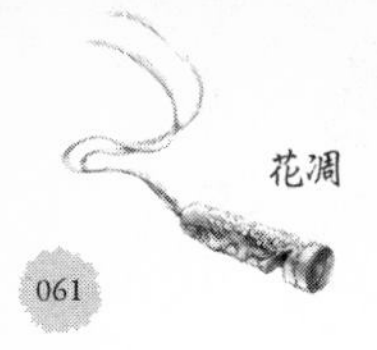


九爺向他揖了一下手，神色極其複雜地看了他一瞬，面色越發慘白，側頭對我說：「玉兒，妳有朋友來，我先行一步。」推著輪椅就要離去。

「我叫霍去病。」

九爺輪椅停了一瞬，依舊向前行去，嘴裡說著：「早聞大名，今日幸會，不勝榮幸。」人卻頭都未回。

「人已走了。」霍去病淡淡地說。

我依舊沒有動，他伸手來拉我，我摔脫他的手，怒吼道：「我的事情不要你管，誰讓你隨便進我的屋子？你出去！」

霍去病的手猛然握成拳，砸在鴛鴦藤架上，「妳不要忘了妳也請過我來賞花，鴛鴦藤？妳只肯告訴我，它叫金銀花。」

幾根竹竿折斷，眼前鴛鴦藤架忽悠忽悠晃了幾下，傾金山，倒玉柱，一聲巨響後，一架金銀流動的花全部傾倒在地。

我不能置信地搖著頭，怎麼會倒了？兩年的悉心呵護，怎麼這麼容易？一場夢就散了？

我恨恨地瞪向霍去病，他似乎也有些吃驚，怔怔凝視著滿地藤蔓，眼中些許迷惑，「玉兒，妳看這一地糾纏不休、理也理不清的藤蔓，像不像人生？」

雖然讓種花師傅盡全力救回金銀花，可傷了主藤，花兒還是一朵朵萎謝，葉子一片片變黃。我看著它們在我眼前一日日死去，感覺內心一直堅信的某些東西，也在一點點消逝。

紅姑看我只顧著看花，半晌都沒有答她的話，低低喚了我一聲。我面無表情地說：「讓他們回，我不想見客。」

紅姑為難地說：「已經來了三趟，這次連身子不好的吳爺都一起來了。玉娘，妳就算給我個薄面，見他們一見。」

我從水缸裡用手掬了水，細心地灑到鴛鴦藤上。對不起，人們的紛爭卻要無辜的你們受罪。

紅姑蹲在我身側，「吳爺於我有恩，石舫是我的老主子，如今石舫的三個主事人在門外候了一日，長安城中還未有這樣的事情。玉娘，我求求妳，妳就見見他們。」

看來我若不答應，紅姑定會一直哀求下去。「請他們過來。」我把最後的水灑進土裡。

我向謹言、慎行和天照行了一禮，謹言剛想說話，慎行看了他一眼，他立即閉上了嘴巴。

天照道：「玉兒，妳這是打算和石舫劃清界限，從此再不往來？」

我很想若無其事地笑著回答他，可我沒有辦法雲淡風輕。我深吸了口氣，聲音乾澀，「九爺不惜放棄手頭的生意，也要立即湊夠錢把向我借的錢如數歸還，好像是石舫要和我劃清界限。」

天照嘴唇動了動，卻無法解釋。

謹言嚷道：「玉兒，妳和九爺怎麼了？九爺來時好好的，怎麼回去卻面色蒼白，竟像突然得了

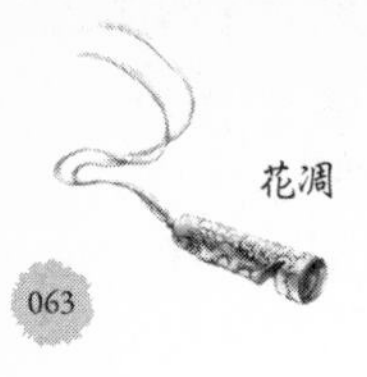


大病。他把自己關在書房中已經多日，只吩咐我們立即給妳還錢。」

我緊緊攥著拳，用指甲狠狠掐著自己。天照看了我好一會，和慎行交換了個眼色，「玉兒，難為妳了。」

一向不愛說話的慎行突然道：「玉兒，再給九爺一些時間，很多心結不是一夕之間可以解開。」

我搖頭苦笑起來，「我試探再試探，他躲避再躲避。我極力想走近他，他卻總是在我感覺離他很近時，又猛然推開我。我一遍遍問他為什麼，可是他的表情我永遠看不懂。事情不是你們想的那麼簡單，如果是因為他的腿，我已經明白告訴他我的想法，可他仍舊選擇推開我。我一個女子，今日毫不顧忌地把這些告訴你們，只想問問，你們從小和他一起長大，你們可知道為什麼？」

三人一臉沉默，最後慎行看著我，非常嚴肅地說：「玉兒，我們給不了妳答案，也許……」他頓了頓，轉而道：「但我們知道九爺對妳與眾不同，我們和他一塊長大，這些還能看得出來。九爺真的對妳很不一樣，只求妳再給九爺一些時間，再給他一次機會。」

我笑了笑，當一個人不能哭時，似乎只能選擇笑，一種比哭還難看的笑。「三位請回吧！我現在很累，需要休息。」說完不再理會他們，轉身進了屋子。

◈ ◈ ◈

去年秋天收穫了不少金銀花果，今年秋天卻只是一架枯死的藤蔓。

霍去病看我拿鐮刀把枯萎的枝條一點點割掉，「已經死了，幹嘛還這樣？」

「花匠說把根護好，明年春天也許還能發芽。」

「我那天不該拿它們出氣。」

我詫異地抬頭看他，譏諷道：「你這是向它們賠禮道歉？霍大少也會做錯事情？這要傳出去，整個長安城還不震驚死？」

霍去病有些惱怒，「妳整日板著張臉，擺明就是認為我做錯了。」

我又埋下頭繼續割枯死的枝條，「太陽都打西邊出來了，我倒是不好不受。」

「玉兒！」霍去病叫了我一聲卻半晌再沒說話，我擱下手中的鐮刀，起身看著他。

「明年隨我去西域。妳既然在長安城待得不開心，不如隨我去西域轉一圈。」

他雙眼幽明晦暗，仿若無邊黑夜，多少心事都不可知，竟壓得我有些心酸，不知是為自己還是為他。近三年沒見狼兄，牠還好嗎？去看看狼兄也好，也是該靜心想想該何去何從的時候了。悲傷不管有沒有盡頭，這一生還得繼續。

「我現在不能答應你，我手頭還有些事情，如果一切料理妥當，也許我會回西域。」

霍去病笑著點了下頭，「比去年的一口回絕，總算多了幾分希望。」

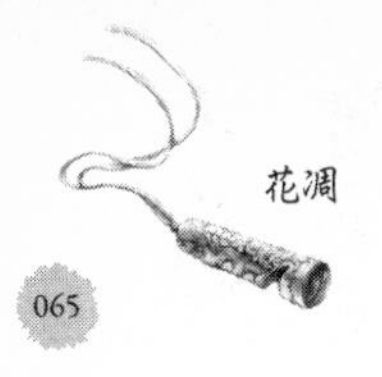


屋內的夫子講得真好，觀點新穎，論述詳細，每個問題都讓學生思考戰爭之理，最難得的是鼓勵學生各抒己見，不強求學生的觀點一定要與自己一致。

「白起究竟該不該活埋趙國四十萬兵士？」夫子一面笑著品茶，一面環顧堂下的學生。

「白起身為秦國大將，一軍主帥，卻言而無信，答應給趙國兵士一條生路，卻在誘降後出爾反爾，坑殺四十萬士卒，言行令人齒冷。所謂『軍令如山，軍中無戲言』，白起卻在大軍前違背諾言，將來何以服眾？此其一。其二，白起此舉讓秦國以後的戰爭變得更加慘烈，沒人敢再投降，怕投降後又是坑殺，所以眾人寧可死戰。白起等於把秦國的征服變得更加艱難，讓每一場戰爭都成了生死之鬥。」

「學生倒覺得白起埋得對，如果沒有白起坑殺四十萬正值青壯年的男丁，趙國人口遽降，國中連耕作農田的勞力都匱乏，令趙國再無爭霸天下的能力，秦國能否一統天下還是未知。或者七國爭霸天下的大戰要持續更久時間，死更多人，受苦的只是平民。從長遠看，白起雖然坑殺了四十萬人，但以殺止殺，也許救了更多人。就從當時看，白起如果不滅趙國，那將來死的就是秦國人，他是秦國的大將，護衛秦國本就是他的職責。」

「荒唐！如此殘忍行徑，居然會有人支持。學生認為……」

我看著趴在案上睡得正香的李廣利，無奈地搖搖頭。

夫子也顯然早已放棄他，目光轉到他面前時徑直跳過。不過這幾個精心挑選的伴讀少年，倒沒讓我失望。衛青大將軍的傳奇人生，讓這些出身貧賤的少年也作著王侯夢，緊緊抓著我提供的機會。可是我這些精心謀劃的棋子還會有用的機會嗎？

細碎的腳步聲傳來，我回頭看去，方茹拎著一個食盒進了院子，看見我有些不好意思地行了個禮。我笑道：「妳這個嫂子做得可真盡責。」方茹霎時滿臉通紅。

屋內學生散了課，鬧轟轟地嚷著，還在為白起爭辯不休。我笑說：「快進去吧，飯菜該涼了。」方茹低頭從我身邊匆匆走過。

幾個伴讀少年看見我，都笑著跑了出來。

「玉姐姐！」

「玉姐姐好久沒來看我們了。」

「玉姐姐，我娘讓我問問您，給您納的鞋子穿得可合腳？說是等農活閒了，再給您做一雙。」

他們一人一句吵得我頭暈，我笑道：「看你們學得辛苦，今日特地吩咐廚房給你們燉了雞，待會多吃一些。小五，我讓廚房特地分出來一些，下學後帶給你娘。常青，你嫂子在坐月子，你也帶一份回去。」

剛才為白起爭辯時，個個一副大人樣，這會聽到有雞吃，卻又露了少年心性，一下子都跳了起來。李廣利捋了捋袖子，嚷道：「明日我請你們去一品居吃雞，那滋味包管讓你們連舌頭都想吞下去。」

幾個少年都拍掌鼓噪起來，「多謝李二哥。」

李廣利得意洋洋地看向我。我笑看著他，這人雖然不肯往肚裡裝東西，但為人直爽，愛笑愛鬧，羨慕權貴卻並不嫌棄貧賤，已是難得。如果不是碰上李妍這麼個妹子，也許他可以過得更隨意自在。

方茹靜靜從我們身邊經過，我打發他們趕緊去吃飯，轉身去追方茹，我倆並肩默默走著。

我感嘆道：「時間過得真快，轉眼我們已認識三年。」

方茹溫婉一笑，「我是個沒多大出息的人，不過是混日子而已。三年的時間，玉娘卻是與當時大不相同，從孤身弱女子到如今在長安城呼風喚雨，難得的是妳心好，知道體恤人。」

我笑著搖搖頭，「妳可別把我想得那麼好。我這人性子懶，無利的事情是懶得做的。妳是我在長安第一個結識的朋友，有些話也許不是好話，但我想和妳談談。」

方茹看向我，「請講。」

我沉默了會，「妳想嫁給李延年嗎？」

方茹低下頭，神情羞澀，雖一字未答，可意思卻很明白。

我長嘆了口氣，「李延年是個好人，妳嫁給他是好事一件，可惜的是他如今有一個尊貴的妹子。」

「李大哥不是這樣的人，他不會嫌棄我。」方茹急急辯解。

我輕柔地說：「我知道他不會嫌棄妳，我說的是……李夫人已經有一個皇子。從太祖皇帝以來，呂氏外戚曾權傾天下，竇氏外戚也曾貴極一時，之後王氏外戚又風光了一段日子，可他們的下

場都是什麼？阿茹，我不想妳陷進這個沒有刀光，卻殺人不流血的世界，再多的我也說不了，妳明白我的話嗎？」

方茹搖頭笑道：「玉娘，妳多心了。李大哥沒有那麼高的心，他不會去爭權奪勢，不會有那麼複雜的事情。」

「阿茹，妳好歹也認得些字，居然說出這麼荒唐的話？李延年沒有，並不代表別人沒有。同氣連枝，一榮俱榮，一損俱損，若真有事情，李延年怎麼躲得過？」

方茹停了腳步默默想了會，握住我的手，凝視著我鄭重道：「多謝妳，是我想得太簡單，我現在約略明白幾分妳的意思。但是，玉娘，我願意。我不在乎前面是什麼，我只知道我願意和他一起。」

我笑起來，「其實我已經知道答案，以妳這不撞南牆不回頭的性格，只要是自己想要的，無論如何都值得。我該說的都說了，也算對得起妳我相交一場。」

方茹笑著說：「我很感激妳，感激遇見妳，感激妳罵醒我，感激妳請李大哥來園子，也感激妳今日的一番話。因為這些話，我會更珍惜我和李大哥現在所有的，以後不管怎麼樣，我都沒有遺憾。」

我點頭笑道：「那我就去暗示李延年來提親了，這禮金可不能太少。」

方茹又喜又羞，「妳這個人，好話說不了兩句，又來捉弄我們。」

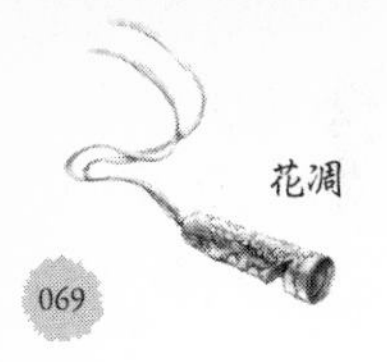



「你說什麼？」我心痛得厲害，不知在想什麼，嘴裡傻傻地又問了一遍。

小風怒吼道：「我說九爺病了，九爺病了！妳到底要我說幾遍？」

「哦！九爺病了，那應該請大夫。你們請了嗎？幹嘛要特意告訴我？」

小風翻了個白眼，仰天大叫了一聲，「玉姐姐，妳是真傻還是假傻？反正我話已經帶到，怎麼辦妳自個掂量吧！」說完使勁踏著步子飛奔離開。

怎麼辦？這個問題我一直在問自己，自那一架鴛鴦藤倒後，一直問到現在。

拍過門環，開門的不是石伯，而是天照。我面無表情地說：「聽說九爺病了，我來看看他，不知道他可願見我？」

天照陪笑道：「肯定願意見，妳都幾個月沒再踏進石府，竹館變得好冷清。」

「什麼病？」

「說是風寒，九爺自己開的藥方。我們抓藥時問過坐堂大夫，說辭和九爺倒不太一樣。說看用藥都是理氣的，感覺病症應該是鬱結於心，嘀嘀咕咕說了一堆『心者，脈之合也。脈不通，則血不流，血不流則……』什麼什麼的，反正我們聽不大懂，只知道坐堂大夫的意思是九爺似乎是心病。」

天照一路絮絮叨叨，我一路沉默。到竹館時，天照停了腳步，「妳自個進去吧！」不等我說

話，他提著燈籠轉身而去。

我在院門口站了好一會，苦笑著喃喃自問：「妳有什麼好怕的？難道還會比現在更壞？」幽暗的大屋，傢俱很少，白日看覺得空曠，晚上看卻只覺冷清。窗戶半開，冷風陣陣，吹得月白的紗帳飄飄蕩蕩，榻上的人卻一無動靜。

我在窗外站了許久，他一點響動都沒有，好似睡得十分沉。

我推窗跳入屋中，又輕輕關上。以我的身手，根本沒有發出任何聲音，原以為在榻上睡得很沉的人，卻立即叫道：「玉兒？」一個聽來極其疲憊的聲音。

被寒風一直吹著，整個屋子冷如冰窖。我沉默地跪坐到榻前，探手進被子一角摸了下，幸好榻還燒得暖和，被子裡倒不冷。

他把一枚鏤空銀薰籠推出被子，我又推回被中，「我不冷。」他卻聽而不聞，固執地又推了出來，我只好雙手捧起放在散開的裙下，倒的確管用，不一會原本沁著涼意的地板已經變得暖和。

黑暗中，我們各自沉默著。許久，許久，久得似乎能一直到天荒地老。如果真能這樣到天荒地老，其實也很好。

「九爺，我有些話要告訴你。你別說話，我怕你一開口，我就沒有勇氣說完。不管你是否願意聽，但求你，求你讓我把這些話說出來，說完我就走。」

九爺沉默地躺著，一動未動。

我鬆了口氣，他總算沒有拒絕這個請求。

「我不知道我什麼時候開始喜歡你的，也許是看到你燈下溫暖的身影，也許是你替我擦耳朵時，也許是你嘴邊笑著眉頭卻依舊蹙著時，我只知道我很想和你在一起，小心地試探你是否喜歡我。九爺，我總是一會告訴你嗓子不舒服，一會肩膀不舒服，一會又吃不下飯，反正三天兩頭我總會有些小毛病。」

我低頭把薰籠挪了個位置，「其實那些都是騙你的，我從沒得過這些病，我身體好得不得了。我只是想讓你每天都有一會想著我，思索『給玉兒開什麼方子好呢？』其實我也不怕吃黃連，我根本不怕苦味，可我就是想讓你為難，為難地想『玉兒竟然怕苦，該如何是好？』我覺得你每天想啊想的，然後我就偷偷在你心裡落了根。」

說著我側頭抿嘴笑起來，「我是不是很奸猾？」

「九爺，你還記得我上次在你書房翻書的事情嗎？我其實想看看你究竟都讀些什麼書。一個人什麼樣的脾性就愛讀什麼樣的書，我知道你愛老莊和墨子。喜歡墨子，大概是因為《墨子》一書中講了很多器械製作，很實用，『君子善假於物』，另一個原因我猜是因為墨子對戰爭的主張，對大國與小國之間交往的主張。」

我猶豫了一瞬，下面的話我該講嗎？

「九爺，你們馴養了很多信鴿。去年大漢對匈奴用兵時，西域又恰逢天災，你急需大筆錢。你懂那麼多西域國家的語言，又對《墨子》的觀點大多贊同。我想這些應該都和生意無關，你也許是

西域人，你所作所為只是在幫助自己的國家。」

我說話時一直盡量不去看九爺，此時卻沒有忍住，偷偷看了他一眼，他雙眼盯著帳頂，臉色如水，清澹沉靜。

「你喜歡讀老子和莊子的書，我仔細聽過夫子講他們的書，有些琢磨不透你對將來有何打算。墨子是用一生心血去盡力而為的主張，老莊卻是若大勢不可違逆時，人應順其自然。可九爺這些我都不在乎，我不管你是西域人還是漢人，你就是你。如果你要自由，我願意陪你離開長安，大漠任你我遨遊。如果你要……如果你要阻擋大漢之勢，奪取江山我做不到，但我可以幫你把這個漢家天下搞亂，讓他們在你我有生之年都無西擴之力。」

九爺臉微側，看向我，眸中帶著震驚，但更多的是心痛、溫暖。我依舊看不懂他的心，我心中輕嘆口氣，低下了頭。

「玉兒，妳是不是暗中做了什麼？妳的娼妓坊、偷偷開的當鋪生意是為了蒐集消息，和掌握朝中大臣的經濟帳和把柄嗎？」

我咬著唇點點頭，九爺一臉心疼和苦澀，「妳這個傻丫頭！趕緊把這些都關了。石舫在長安城已近百年，各行各業都有涉足。朝中大臣暗地裡的勾當、金錢往來或把柄，我若想要並不費力。」他臉色驀地一變，「妳有沒有答應過李夫人什麼條件？」

我想著所發的毒誓，這個應該不算吧？搖搖頭。他神色釋然，「這就好，千萬不要介入皇家奪嫡之爭，和他們打交道，比與虎謀皮更兇險。」

我低著頭無意識地捋著微皺的裙子，幾縷髮絲垂在額前。他凝視著我，微不可聞地輕嘆一聲，手探了探似乎想幫我理一下額前的碎髮，卻又縮了回去，「玉兒，我的祖父的確是西域人，說來和妳還有幾分淵源。」

我瞪大眼睛，詫異地看向他。

他今晚第一次露出笑意，「祖父也可說是受過狼的哺育之恩。他本是依耐國的王子，出生時發生了宮變，父王母妃雙雙斃命，一個侍衛帶著他和玉璽逃出宮，隱入大漠。當時找不到乳母，侍衛捉了一隻還在哺乳的狼，用狼奶養活了祖父。祖父行事捉摸不定，長大後沒有聯絡朝中舊部，憑藉玉璽奪回王位，反倒靠著出眾的長相在西域和各國公主卿卿我我，引得各國都想追殺他。

據說一個月黑風高的夜晚，他突然厭倦了溫柔鄉，大搖大擺闖進依耐國宮廷，把他的小王叔從睡夢中揪起來，用一把三尺長的大刀把小王叔的頭剃成光頭，又命廚子備飯大吃一頓，對小王叔說了句『你做國王做得比我父王好』，扔下玉璽大搖大擺揚長而去，跑回沙漠做了強盜。」

這個故事的開頭原本血光淋淋，可後來居然變得幾分滑稽，我聽得入神，不禁趕著問：「那後來老爺子怎麼又到長安來了？」

九爺笑道：「祖父做強盜做得風生水起，整個西域的強盜漸漸歸附他，因為他幼時喝狼奶長大，所以祖父率領的沙盜又被人尊稱為狼盜，這個稱呼後來漸漸變成沙盜的另一個別稱。祖父為了銷贓又做起生意，可沒想到居然很有經商天分，誤打誤撞，慢慢地竟成了西域最大玉石商人。一時間祖父在整個西域黑白兩道風光無限。結果用祖父的話來說，老天看不得他太得意，但又實在疼愛

他，就給了他最甜蜜的懲罰，他搶劫一個漢人商隊時，遇見了我的祖母……」

原來狼盜的稱呼如此而來，我笑接道：「老爺子對祖母一見鍾情，為了做漢人女婿，只好到長安安家落戶做生意。」

九爺笑搖搖頭，「前半句對了，後半句錯了。祖母當時已經嫁人，是那個商人不受寵的小妾，祖父是一路追到長安城來搶人的。結果人搶到後，他覺得長安也挺好玩，一時興起又留在了長安。」

這簡直比酒樓茶坊間的故事還跌宕起伏，我聽得目瞪口呆，這個老爺子活得可真是……嗯……夠精彩！

九爺溫和地說：「現在妳明白我身世的來龍去脈了。祖父一直暗中資助西域，當年漢朝積弱，西域和漢朝之間沒什麼大矛盾，祖父幫助西域各國對付匈奴人。現在對西域各國而言，日漸強盛的漢朝更加可怕，可我的祖母是漢人，母親是漢人。我不可能如祖父的舊部石伯他們那樣堅定地幫助西域對付漢朝，但我也不能不管祖父遍布西域和滲透在長安各行各業的勢力。祖父的勢力和西域各國都有交集，如果他們集體作亂，不管對西域還是漢朝都是大禍。匈奴很可能藉機一舉扭轉頹勢，而以皇上的性格，定會發兵西域洩憤。」

「你漸漸削弱石舫在漢朝的勢力，不僅僅是因為漢朝皇帝而韜光養晦，還是要牽制石伯他們的野心？」

九爺淡笑著點了下頭。

我一直以為自己猜測到的狀況已經很複雜，沒想到實際狀況更複雜兇險。九爺一面要應付劉徹，保全石舫全族性命，一面要幫助西域各國百姓，讓他們少受兵禍之苦，要考慮匈奴對各方的威脅，還要壓制底下來自西域的勢力，特別是這些勢力背後還有西域諸國的影響。

現在想來，石舫每一次的勢力削弱，肯定要經過內部勢力的激烈鬥爭和妥協，匈奴在遠方虎視眈眈，西域諸國在一旁心存不軌，劉徹又在高處用警惕猜忌的目光盯著，一個不慎就滿盤皆亂。

九爺以稚齡扛起一切，這一路走來的艱辛可想而知，他卻只把它們化作一個雲淡風輕的笑。

想到此處，心裡的希望漸漸騰起，他能把這些隱祕的事情告訴我，是不是代表他已十分信賴我？那他是否有可能接受我？九爺看我定定凝視著他，原本的輕鬆溫和慢慢褪去，眼中又帶了晦暗，匆匆移開視線不再看我。

兩人之間又沉默下來，我低頭咬著唇，心跳一時快一時慢，好半晌後，我低聲道：「我的心思你已明白，我想再問你一次。你不要現在告訴我答案，我承受不起你親口說出殘忍的答案。再過幾日就是新年，你曾說那是一個好日子，我們在那天重逢，現在又是我的生辰，我會在園子裡等你，如果你不來，我就一切都明白了。可……」我抬頭凝視著他，他的眼眶中有些濕潤。「可我盼著你來。」

我對著他燦然一笑，留戀地看了他一會後站起身，「我走了，不要再開著窗戶睡覺。」

正要開門，「等一下，不要回頭，回答我一個問題。」他的聲音乾澀，「玉兒，妳想要一個家嗎？」

我扶著門閂，「想，我想要一個熱熱鬧鬧的家。走在街上時，我會很羨慕那些抱著孩子吵吵鬧鬧的夫妻，聽到你小時候的故事也很羨慕，爺爺，父親，母親，還有偶爾會鬧矛盾的兄弟，一大家子多幸福！你呢？」

身後半晌都沒有任何聲音，我有些詫異地要回頭，九爺壓抑的聲音在寂靜中響起，似乎極力抑制著很多不能言語的情緒，「我也是。」

這是今晚我聽到最好聽的話，我側頭微笑起來。

他突然又問：「玉兒，霍……霍去病他對妳很好嗎？」我沉默了一瞬，對於這點我再不願正視都不得不承認，輕輕點了下頭。

好一會，他的聲音傳來，「妳回去吧！路上小心。」

我應了一聲，推門而出。轉身關門的剎那，對上他的漆黑雙瞳，裡面眷戀不捨、悲傷痛苦各種情緒翻滾，看得我的心也驟起波瀾。他沒有迴避我的視線，兩人的目光剎那膠著在一起，那一瞬風起雲湧，驚濤駭浪。

我關門的手無力地垂落在身側。但門依舊藉緩緩地一點一點在我眼前闔上，他的面容慢慢隱去，他第一次毫不顧忌與我糾纏在一起的視線終被隔開。

短短一瞬，力量好似燃燒殆盡，我無力地靠在牆上，良久才有力氣提步離去。

# 第十六章 決绝

太安靜了，
靜得我能聽到自己的心沉落的聲音，
不覺得痛，只感覺越來越黑，
深幽幽的洞，一點點沉沒，
不知何時會砸在堅硬冰冷的地上。

「讓茹姐給我們唱首曲子，不過內容可要講她和李師傅的。」

「還茹姐呢！該改口叫李夫人了。」

眾人七嘴八舌地商量如何鬧方茹的洞房，我臉上帶著淺笑，思緒在聽與不聽之間遊走。

紅姑有些遺憾地說：「為什麼要讓李師傅搬出去呢？就算娶了方茹，仍舊可以住在園子中呀！」

「讓他們兩人清清靜靜地過自己的小日子去吧！妳請李樂師作詞曲，難道他會因為已經把方茹

娶到手就拒絕？影響不了歌舞坊的生意。」我漫不經心地說。

紅姑盯著我看了好一會，「玉娘，妳這段日子怎麼了？我怎麼覺得妳和我們疏遠起來？」

我搖了下頭，「李樂師身分今非昔比，宴席上肯定有朝中顯貴，宮裡只怕也會有人來賀喜，妳待會仔細叮囑園子裡的姐妹，不要鬧過了。」

紅姑忙應承，我有些疲憊地站了起來，「我已經事先和方茹說過，就不送她出門了，一切有勞紅姑。」

紅姑有些擔心地看著我，我拍了下她的肩膀，示意她放心，人悄悄走出了屋子。

方茹正被幾個婆子服侍上妝，大紅滾金繡線嫁衣攤在榻上，逼人的喜氣。我在窗外聽著屋中時不時傳出的笑聲，「方姑娘真是會挑日子，選在正月初一，讓普天同慶姑娘的大喜呢！」

婆子雙手拇指和食指一張一合，正用棉線給方茹挽面，方茹直著身子一動不敢動，服侍她的丫頭笑道：「日子是坊主挑的。」

「這嫁衣可做得真好！是李娘娘賞賜的嗎？皇家的東西畢竟氣派不一般。」整理嫁衣和首飾的婆子奉承道。

方茹的臉剛挽乾淨，正對著鏡子細看，聞言回頭笑道：「是玉娘置辦的。娘娘本來有賞賜的意思，可聽說了玉娘置辦的嫁衣，說是也不能再好了。」婆子口中嘖嘖稱讚。

我轉身出了院門，緩步向自己的屋子行去。今天真是個好日子，天清雲淡，日光暖和，園中處處張燈結綵，瀰漫在空氣中的喜氣濃得化不開。

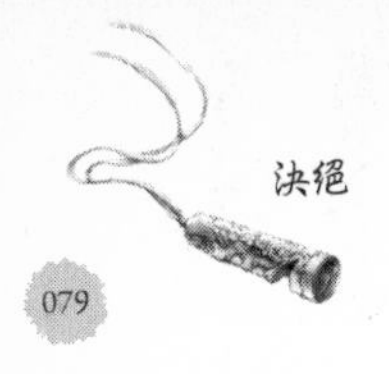


進了自己的院子，關好門，我翻出藍色的樓蘭衣裙，捧在懷中好一會，方攤開放在榻上。舀水淨臉後，打散了頭髮，用篦子一下下把頭髮梳得鬆軟，只把兩側頭髮編了辮子，在腦後挽成一束。膚色已經夠白皙，倒是可以省去敷粉，沾了些許黛粉輕掃幾下，勾了個遠山眉。拿出胭脂蠶絲片，滴了兩滴清水，水跡緩緩暈開，蠶絲片的紅色變得生動，彷彿附著在上的花魂復活，趁著顏色最重時，先抿唇，然後在兩頰拍勻。

窗外的鼓樂聲忽然大響，看來迎親的人到了。側耳細聽，心神微蕩，鋪天蓋地的喜悅。這也許是女子最想聽到的樂曲，一首只為自己而奏的樂曲。

穿好裙子，戴好頭飾，看著鏡中的自己，想起大漠中的狼兄，忍不住在屋裡轉了幾圈，裙裾鼓起如風中怒放的花，心情變得輕快許多。

最折磨人的是等待，心在半空懸著，上不得，落不下，漏壺細微的水聲，一滴滴都敲在心上。凝視久了，覺得那水似乎怎麼都不肯往下滴，越來越慢。我搖了搖頭，強迫自己移開了緊盯漏壺的視線。

得給自己找點事情做，轉移心神。我滿屋子尋著打發時間的物品，最後尋出一條棉繩，閉著眼胡亂打著一個個死結，又睜開眼全神貫注地解繩結。打結，解結，反覆重複中，屋內已是昏暗。

我扔了繩子走到院中，凝視著院門。天光一點點消失，黑暗壓了下來。

也許他不願意見外人，所以不肯天亮時來，過會他肯定會來的。我從迎門而立到背門而站，從盼望到祈求。眾人都去喝方茹的喜酒，園裡出奇地寧靜。

太安靜了，靜得我能聽到自己的心沉落的聲音，不覺得痛，只感覺越來越黑，深幽幽的洞，一點點沉沒，不知何時會砸在堅硬冰冷的地上。

幾點冰涼落在臉上，不一會工夫，一片片晶瑩剔透的素色飛旋而下。雪並不大，落得也不急，隨風輕舞，欲落還羞，竟帶著說不出的溫柔纏綿，可那蒼茫茫的白卻又映得冷冽，直透人心。

「吱呀」一聲，門被推開。心在剎那騰起，一瞬間我竟然心酸得無法回頭，原來幸福來得太艱辛，快樂也是帶著痛苦的。

我靜靜站了會方笑著回身。

笑容還凝結在臉上，心中卻是絕望。我不能相信地閉上了眼，再睜眼，還是霍去病。

「第一次見妳，妳就穿著這套衣裙，在銀色的月光下，一頭銀色的狼身旁，長裙翩飛，青絲飄揚，輕盈得沒有半絲人間氣息。從沒細看過女子的我，也不禁一昧盯著妳看，想看出妳來自何方，又去向何方。」霍去病含著絲淺笑。

我抱著頭，緩緩蹲在了地上。

霍去病驚詫地伸手欲扶我，「不要管我，不要管我……」我無意識地自語，一遍又一遍，他緩緩收回了手。

霍去病也不顧地上塵雪與身上錦衣，一言未發地坐在我身旁，似乎不管我蹲多久，他都打算這麼默默陪著我。

雪花慢慢積在兩人身上，他猶豫了下，還是伸手替我拍落髮上及身上的雪，我一動不動，宛

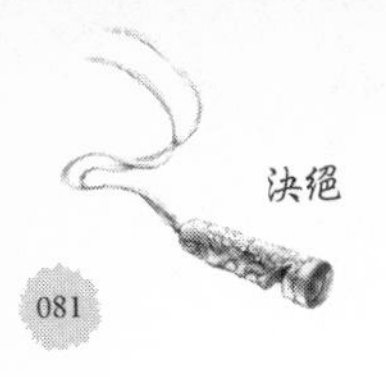


若冰雕。他驀地起身進屋，不一會拿著把竹傘出來，靜靜地坐到我身旁撐傘。雪花細碎無聲地輕舞著，他淡淡地望著漫天素白。

小謙、小淘一前一後飛進院子，小謙一收翅膀落在我面前，小淘卻直撲向我的頭。霍去病袖子一揮，打慢了小淘的撲勢，看這次欺負不到我，牠忙在空中打了個轉，落在小謙身旁。

霍去病去抓小淘，牠趕緊躲開，小謙卻有些怒氣地想啄霍去病。霍去病避開，順手在小謙腦袋上敲了下，「我是要拿小淘腿上的信，可沒打算欺負牠。」

我忙抬頭看向小淘，牠腿上果然繫著絹條。

我猶豫了半晌，打開絹條。「對不起」三個字歪歪扭扭、筆跡凌亂地橫在絹上。

對不起？對不起?!我要的不是你的對不起！我心中苦不勝情，緊咬著唇，一絲甜腥緩緩在口中漫開。欲把絹條扯碎，手卻只是不停顫抖，絹條小，不好著力，扯了幾次都未扯斷。

我跳起衝進了屋中，揪著絹條，見一件物品扔一件。霍去病靜立在門口，面色沉靜地看著我瘋了般在屋子中亂翻。

剪刀，剪刀在哪裡？掃落了半屋子的東西仍沒找到剪刀，眼光掃到一把平日剖水果的小刀，忙抓在手裡。霍去病猛地叫了聲「玉兒」，人已經落在我面前，正要奪我手中的小刀，卻看見我只是狠狠用刀在割絹條，他靜靜退後了幾步，看著我割裂絹條。

我隨手扔了刀，一把扯下頭上連著絲巾的珍珠髮箍，一用力珍珠剎那散開，落在地面叮咚作響，絲巾碎成一隻隻藍色蝴蝶，翩翩飄舞在風中。

我盯著地上的片片藍色，心中那股支撐著自己站得筆直的怨氣忽消，身子一軟跪倒在地上，眼睛瞪得大大地看著前面，其實卻一無所見。

霍去病一撩長袍坐在門檻上，雙手抱膝，下巴抵在膝頭，垂目盯著地面。安靜得宛若受了傷的狼，靜靜臥於一角，獨自舔拭傷口。

不知道跪了多久，聽著隱隱有人語笑聲傳來，鬧洞房的人已經歸來。我驀然驚醒跳起，一面笑著一面語氣歡快地說：「我就早上吃了點東西，現在餓了，我要吃壽麵。今天是我的生辰，我應該開開心心。我要換一身衣服，你……」

他轉過身，我脫下樓蘭衣裙，特意揀了件火紅裙衫穿上。

我不傷心，我偏不傷心，我不為不喜歡我的人傷心！輕握著藍色衣裙，嘴裡喃喃自語，本以為已痛到極處的心，居然又是一陣刀絞劍刺。

月牙泉邊初相見，一幕幕猶在眼前，人卻好像已隔了幾世。我笑著，笑得整個身子都在顫抖，手下用力，「嗤」的一聲，裙子裂為兩半，霍去病聞聲回頭看我，輕聲一嘆，「何苦……這是他送妳的？」

我扔了衣裙徑直走出門，霍去病撐起傘默默走在我身側。心比雪更冷，又怎會畏懼這點清寒？我快走了兩步，「我想在雪裡走走。」他一言不發地隨手扔了傘，也陪著我冒雪而行。

我不願意碰見人，刻意揀幽暗處行走，他忽地問：「妳會做麵嗎？」

我怔了下，回道：「不會。」

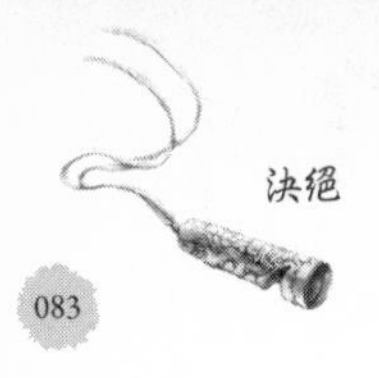

「我府中的廚房晚上灶火也籠著，也有人守夜，正經大菜拿不出來，做碗麵的功夫倒還有。」紅姑在吃穿用度上管得很嚴，用過晚飯後，園中的廚房都要滅掉火。就是有火，今兒晚上也不知道到哪裡去找廚子。我點了下頭，隨在他身後，兩人摸出了園子。

低頭凝視著碗中的麵，剛吃了一口，人還倔強地笑著和霍去病說話，眼淚卻猝不及防掉了下來，落在湯中一個接一個的小小漣漪盪開。我慌忙端起碗，半遮著臉，拚命大口地吃麵。

霍去病假裝沒有看見，自顧說著不相干的話。

我強抑著鼻音問：「有酒嗎？」他起身拎了兩壺酒過來。隨著酒壺一塊遞過來的是一方面巾，他一眼都沒有看我，只望著窗外的沉沉夜色漫天雪花，捧著酒壺一口口喝著酒。

半醒時，只覺鼻端縈繞著一股清淡溫和的香氣，待清醒時才發覺香氣來自帳頂吊著的兩個鎏金雙蜂團花紋鏤空銀薰籠。流雲蝙蝠紫霞帳，藍田青碧暖玉枕，富貴氣象非一般人家，一瞬後明白過來自己是醉倒在霍府了。

怔怔看著頭頂的銀薰籠，我突然極想念狼兄，覺得此時唯有摟著牠的脖子，才能化解些許心中的疼痛和疲憊。

丫頭在外細聲詢問：「姑娘醒了嗎？」我大睜著雙眼沒有理會。

又過了半日，聽到霍去病在外面問：「還沒有起來嗎？」

「奴婢輕叫了幾聲，裡面都沒有動靜。」

霍去病吩咐道：「練武之人哪來的那麼多覺？準備洗漱用具吧！」說完便推門而進，「別賴在榻上，這都過了晌午，再躺下去今晚就不用睡了。」

我躺著未動，他坐在榻旁問：「頭疼嗎？」

我摸了摸頭，有些納悶地說：「不疼。往日喝了酒，頭都有些疼，今日倒是奇怪。昨日夜裡喝的什麼酒？」

「哪裡是酒特別，是妳頭頂的薰籠添了藥草，昨晚特意讓大夫配的方子。」

丫頭們捧著盆帕妝盒魚貫而入，一字排開，屏息靜候著。看來不起是不行了，日子總是要繼續，想躲都無處躲避。我嘆了口氣，「我要起來了，你是不是該迴避一下？」

霍去病起身笑道：「懶貓，手腳麻利些，我肚子已經餓了，晚了就只能給妳留一桌剩飯。」

◈ ◈ ◈

我伸出一根手指逗著乳母懷中的劉髆，小孩子柔軟的小手剛好能握住我的手指。他一面動著，一面呵呵笑著，梨子般大小的臉，粉嫩嫩的。

我看得心頭一樂，湊近他笑問：「笑什麼呢?告訴阿姨。」看到乳母臉上詫異的神色，才驚覺自己一時大意居然說錯了話。小孩子雖然連話都還不會說，可身分卻容不得我自稱阿姨。

我有些訕訕地把手抽回來，坐正了身子。李妍看了我一眼，吩咐乳母把孩子抱走。

「要真有妳這樣一個阿姨，髆兒可真是好命，讓髆兒認妳做阿姨吧！」

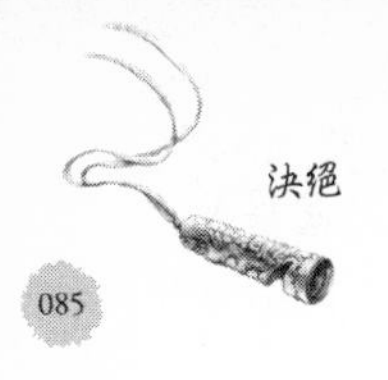


我欠了下身子道：「天家皇子，實在不敢。」李妍淺淺一笑，未再多說。

李妍端詳了我半晌後問：「妳這是怎麼了？眉間這麼重的愁思。」

我輕搖了下頭道：「妳身子養得可好？」

「那麼多人侍候著，恢復得很好。妳和石舫舫主有了波折？」李妍試探地問。

我岔開了她的話題，對她笑道：「恭喜妳了。」

「恭喜我？喜從何來？」

「李廣將軍的弟弟，李敢的叔叔樂安侯李蔡升為丞相呀！百官之首，金印紫綬，掌丞天子，助理萬機。」

李妍面色一無變化，隨意地道：「歸根結柢還要多謝妳。」

我笑了笑，「不敢居功。娘娘召我進宮拜見小皇子，人已見過，我該出宮了。」我向李妍行禮請退。

李妍卻沒有准我告退，沉默地注視我一會，一字字道：「金玉，幫我。」

我搖了搖頭，「送妳進宮的那日我已說過，對妳進宮後的事情，我無能為力。」

「妳說的是假話。妳所作的一切，心中定有所圖，只是我到現在仍看不透妳究竟意欲為何。」

我沉默著沒有說話，本來就有些圖錯了，現在更是徹底沒有所圖。

李妍等了半晌，忽地輕嘆口氣，「金玉，妳性格表面看著圓融，實際固執無比。我強求不了妳，但是求妳不要和我作對。」她帶著幾分苦笑，「人人都說衛青有個好姐姐，可我覺得真正幸運

的是衛皇后。老天賜了她一個如衛將軍這般沉穩如山的弟弟後，居然又給了她一個蒼鷹般的外甥，而我一切都只能靠自己，我真希望妳是我的親姊妹，但凡有妳這樣一個姊妹，我也不會走得這麼辛苦。」

我凝視著她，鄭重地說：「妳放心，我以後和妳的事情一無瓜葛，絕不會阻妳的路。」

李妍點了下頭，有些疲倦地說：「妳要永遠記住現在說的話，妳去吧！」

我起身後，靜靜站了會，這一別恐怕再不會相見了。「李妍，照顧好自己，閒時看看醫家典籍，學一些調理護養方法。聽說道家的呼吸吐納對延年益壽很有好處，皇上好像精於此道，妳不妨也跟著學一些，越是孤單，才越要珍惜自己。」

李妍眼中融融暖意，「我記住了，我還有一個兒子要照顧，肯定會愛惜自己。」

我笑著向她欠了欠身子，「我走了。」李妍笑點了下頭。

剛出李妍所居的宮殿未久，就看見霍去病迎面而來。我向霍去病行禮請安，他看著我來時的方向問：「妳來見李夫人？」

我點了下頭，看著他來時的方向問：「你去給皇后娘娘請安？」霍去病頷首。

我落後他兩三步，走在他的側後方。霍去病道：「妳在宮裡連走路都這麼謹慎小心？」

「你我身分不同，在宮裡被人看到並肩而行，不會有好話的。」我看他神色頗為不屑，忙補道：「你當然是不怕，如今也沒幾個人敢挫你鋒頭。得意時無論怎樣都過得去，失意時卻事事都能挑出錯，如今小心一些，為自己留點後路總是沒有錯的。」

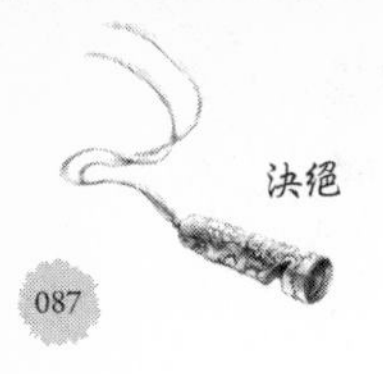


霍去病冷哼了一聲，「我看妳這束手束腳的樣子，煩得慌！妳以後能少進宮就少進。」

我笑問：「你最近很忙嗎？自新年別後，兩個多月沒有見你了。」

他精神一振，神采飛揚地說：「這次要玩大的，當然要操練好。對了，妳究竟回不回西域？」

我猶豫了會，「我不知道。」

「妳不知道？人家都這樣了，妳還……妳……妳……」霍去病霎時頓住腳步，滿面怒色指著我。我神色黯然地靜靜看著他，他忽地一搖頭大步快走，彷彿要把一切不愉快都甩在身後，「我看妳是個賤骨頭，欠打！可我他娘的居然比妳更是個賤骨頭，更欠打！」

◈ ◈ ◈

花匠在土裡翻弄了會，搖搖頭對我說：「到現在還沒有發芽，看來是死透了，我給您重新種幾株吧！」

「不用了。」

花匠站起便說：「可這花圃沒個花草的，光禿著也難看，要不我挑幾株好牡丹種上？」

「不用費那個心思，光禿著就光禿著吧！」

我站在花圃前怔怔發呆，花匠何時離去的也沒有留意。

日影西斜時，紅姑在院子門口叫道：「玉娘，有貴客來訪。」我側頭看去，竟然是霍去病的管家陳叔。

他快走了幾步，笑著向我行禮，我閃身避開，「陳叔，我可受不起您這一禮。」

他笑道：「怎麼會受不起？要不是妳，我哪有命站在這裡給妳行禮？」

「什麼事竟要麻煩您親自跑一趟？」

陳叔看向還立在院門口的紅姑，紅姑忙向陳叔行了個禮匆匆離去。

「少爺從開春後就日日忙碌，回府的時間少，實在不得抽身，所以讓我給妳帶句話，明日黎明時分，他要離開長安趕赴隴西。」

我向陳叔行禮作謝，「麻煩您了。」陳叔笑看著我，滿眼慈祥，我被他看得滿身不自在，他終於告辭離去。

晚飯時，紅姑忍了半晌沒有忍住，說道：「霍府這個管家也不是一般人，聽說是個揮刀能戰，提筆能文的人，雖沒有一官半職，可就是朝中官員見了他也客客氣氣的。我看霍大少脾氣雖然有些難侍候，可對妳倒不錯……」

「紅姑，吃飯吧！」

紅姑用筷子使勁戳了一塊肉，嘟囔道：「不聽老人言，吃虧在眼前。年紀看著也漸大了，難道要學我孤老終身？」

用過晚飯後，我回屋中一個人在黑暗裡坐了很久，摸索著點亮燈，尋出平日烹茶的爐子，架了炭火。從衣櫃裡捧出竹箱，看著滿滿一箱按照日期擱好的絹帕，我忽然笑起來。

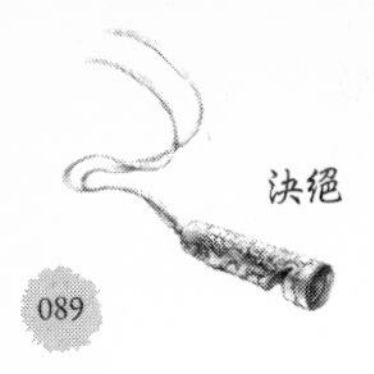



「快樂是心上平空開出的花，美麗妖嬈，宛轉低迴處甘醇沁人。記憶會騙人，我怕有一日會記不清今日的快樂，所以我要把以後發生的事情都記下來。等有一日我老得再也走不動的時候，我就坐在榻上看這些絹帕，不管快樂悲傷都是我活過的痕跡……」

原以為拋開過往，以後的日子只會有偶爾的悲傷，可原來再努力再用心，得的仍是痛徹心腑的悲傷。

原來有很多記憶，人會情願永遠抹掉它，無憶無痛。

我手一揚，把長安城中第一次喜悅丟進了炭火中，炭火驟然變得紅豔，喜悅地吞噬絹帕。

「九爺，這幾日我一直打聽石舫的事情，如果沒有猜錯的話，我們是因為竇氏的沒落遭波及。當年皇上為了克制竇氏和王氏外戚的勢力，刻意提拔衛氏，如今隨著衛氏外戚的壯大，以皇上一貫對外戚的忌憚，肯定傾向抑制衛氏的勢力，扶助其他勢力。只要我們選對人與時機，石舫肯定能恢復昔日的榮耀……」

彼時我思想還那麼單純，看問題也是那麼簡單，做事情的手段更是直接得近乎赤裸，如今想來不無後怕。我搖搖頭，一場一廂情願，自以為是的笑話。手輕抬，又丟進了炭火中。

「我以為我很聰明，猜對了你的心思，可是我沒有。你點青燈，盼的是我去嗎？我聽到你說『燈火爆，喜事到』，很想知道我的到來是你的喜事嗎？我很希望是，可我現在對猜你的心事不再自信滿滿，說不定我又一次猜錯了，騙得自己空歡喜一場。不過有一日我會把這些給你看，你要告訴我，昨夜你點燈等的是我嗎？……」

剛把絹帕丟進火中，心念電轉間又立即搶出來，拍滅火星。幸虧只是燒了一角，帕子變得有些焦黑，內容大致還能看。

將涉及李妍身世的幾篇挑出來燒掉，我盯著其餘的，發呆了好一會，方拿定主意。當日心心念念渴盼著有一日能和他同在燈下看這些女兒心情，如今雖不可能再有那燈下共歡的光景，可這些東西既然是為他寫的，索性給了他，也算了結這段情緣。

手中拿著碧玉鑲金耳墜，細看了一會，用絹帕包好擱在竹箱中。漫漫黃沙，月牙泉旁初見，我手捧羅裳離去時，無論如何都想不到有一日會親手撕了它。

拿著湘妃竹笛，湊到唇邊輕吹幾下，環顧屋子，我已經把他的東西都清理乾淨了。如果人的心也可以和打掃屋子一樣，輕易就能取掉一些東西，也許就會少很多情恨。

在石府外徘徊了一陣，想著已過半夜，還是不驚擾石伯了。我翻身從牆頭跳下，還未落地已有人攻來，我忙道：「在下落玉坊金玉，來見九爺。」

進攻的人一個轉身便消失在黑暗中，只留幾聲隱隱的笑聲。他人眼中是人約半夜，旖旎情天，卻不知道當事人早已肝腸寸斷。

竹館一片黑暗，我把竹箱輕輕擱在門前。默立良久，拿起竹笛吹了起來。

「皚如山上雪，皎若雲間月。

聞君有兩意，故來相決絕。

今日斗酒會，明旦溝水頭。
躞蹀御溝上，溝水東西流。
淒淒復淒淒，嫁娶不須啼。
願得一心人，白頭不相離……」

屋內燈亮，門輕輕打開，九爺拄著拐杖立在門口。暗夜中，臉觸目驚心地煞白。

「……今日斗酒會，明旦溝水頭。
躞蹀御溝上，溝水東西流。
淒淒復淒淒，嫁娶不須啼。
願得一心人，白頭不相離……」

不管你我是否曾經把酒談笑，曲樂相合，從此你我東西別，各自流。

連吹三遍後，心中激蕩的怨意才略平，「你曾說過我的心意和《白頭吟》的曲意不合，所以轉折處難以為繼，今日我的曲意和心意相通，應該吹得很好，但我寧可永遠吹不好這首曲子，永遠不懂它的曲意。」

說到後來，即使極力克制，聲音依舊微微顫著。雙手用力，一聲脆響，手中竹笛折斷，斷裂的竹笛還未落地，人已經飄上了牆頭，身子微頓了頓，身後還是一片沉默。

我搖搖頭，死心地飛躍離去。

◈ ◈ ◈

「紅姑，我走了。妳看到這封信時肯定很生氣，別氣，妳看妳眉都豎起來了，這麼多皺紋，妳說過女人經不得氣的，快把眉眼放平了。

所有在我名下的歌舞坊和娼妓坊，以及只有妳我知道偷著開的當鋪都交託給妳。有兩件事妳一定謹記：一是歌舞伎本就是悉心調教後的女子，待人接物自有規矩，娼妓館的女子卻有些散漫無規矩，要厚待娼館的娼妓，什麼都可以不懂，但一定要記著管好自己的嘴。二是最好把娼妓坊和當鋪都關掉，或至少不要再擴張，守成方為長存之道。這封信看完後燒掉，我另有一張尺素寫明生意全交給妳。

我知道這樣做很任性。自從進了長安城，我一直很努力地學做一個長安人，進退言語都在拿捏分寸，我突然累了，很想念在西域橫衝直撞的生活。我走了，也許有一日會回來，更也許我再不回來。所以，紅姑，勿牽念我。最後麻煩妳一件事，十天半個月後幫我把封好的錦帕送到霍府管家手中。玉兒字。」

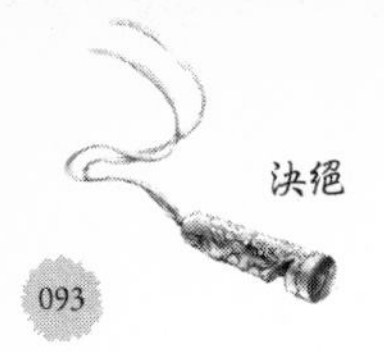



「小霍，我回西域了。但對不起，不是陪你一起走。當你看到這方錦帕，應該已是幾個月後得勝回朝時，而我也許正和狼兄追逐一隻懸羊，也許什麼都不做只是看殘陽西落。

你問過我，那一地糾纏不休的藤蔓可像人生？我在想，人生也許真的像金銀花藤，但不是糾纏不休。花開花落，金銀相逢間，偶遇和別離，直走和轉身，緣聚和緣散，一株藤花演繹著人生的悲歡聚合。這次我選的是轉身離去，此一別也許再無相見之期，唯祝你一切安好。玉兒。」

十六番外

# 盼雙星

暗夜中，她一身紅衣，彷如烈火一般燃燒著。

孟九知道她心情不好，因為她平常並不喜穿豔色，可心情不好時，卻總會倔強地選擇濃烈的色彩，彷彿要告訴他人：我很好，我一切都很好。把委屈和軟弱都藏在華美的顏色下。

她的眼中也有兩簇小小的火焰燃燒著，寂寞清冷的竹館因此而變得溫暖，他多麼渴望能把這樣的溫暖留在身邊，可他不能。

這樣的女子，來去如風，燦爛似火，生命璀璨若朝霞，他希望她永遠明麗地活著，能擁有最完美的幸福，生命中不要有一絲陰翳。

他問她：「想要一個家嗎？」，她回答：「想要，想要一個熱熱鬧鬧的家。」他也想要，可是他給不了她。

她眼中熾熱的火焰，不知是恨是愛，她扭斷竹笛的剎那，他的心也喀嚓碎裂。

她望著他的沉默，眼中一切都熄滅死寂。

她恨他一句話都不肯說嗎？

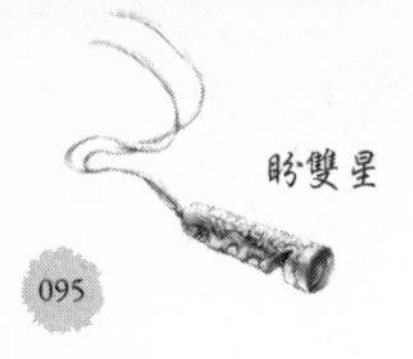



可她是否知道，他怕只要一開口，他就會自私地留住她，不計後果地留住她。

紅影消失在牆頭，他用盡全力克制著自己不要張口。

心痛至極，喉頭一股腥甜湧出，他俯首咳嗽起來，點點殷紅的鮮血濺落。落在他的白衣上，彷若白雪紅梅，落在門側的一個竹箱上，好似綠竹紅花。

本就重病在身，此時又痛徹心扉，他的體力再難支撐，索性扔了拐杖，靠著門框坐下。

捧過竹箱，用衣袖一寸寸仔細地擦拭乾淨剛才濺落的鮮血，卻毫不在意自己脣角的血跡。

一方方絹帕，一日日情思。

她比他所知道的、所想的，做的更多，走得更遠。

一字字讀下去，他的心若火一般燒著，他的身子卻彷佛置身冰窖。他究竟擁有過怎樣的幸福？

天邊已經初露魚肚白，新的一天即將開始，他卻一無所覺，仍舊沉浸在黑暗和絕望的幸福中。

「……臉有些燒，連人還沒有嫁，竟然就想孩子的問題。自問如果我這一生都不能有孩子呢？想了許久都沒有定論，但看到屋外已經只剩綠色的鴛鴦藤時，我想我明白了，生命很多時候在過程，不是每一朵花都會結子，但活過，怒放過，迎過朝陽，送過晚霞，與風嬉戲過，和雨打鬧過，生命已是豐足，我想它們沒有遺憾……」

他的身子驀地發抖，急速地咳嗽起來。臉上卻一掃剛才的黯淡絕望，眉目間竟罕有的光采飛揚。一直病著的身體忽然間充滿力量，他拽過拐杖站起，急急向外走著，大叫：「來人，立即備馬車。」

東邊的紅日半吐，半天火紅的朝霞，絢爛奪目，宛如她的笑顏。他望著朝霞，又是喜又是心疼。玉兒，玉兒，我終究還是看低了妳，傷妳已深，但我會用一生來彌補過往之錯，此後我一定不會再讓妳有半點傷心。

馬車還未到落玉坊，就已經聽到亂哄哄的聲音。

紅姑立在園子前大罵守門人，「一個個全是豬頭，你們都是死人呀！居然什麼都沒有看到?!」

天照跳下馬車，挑起簾子。紅姑望見天照立即收了聲，上前恭敬地給天照行禮請安。

天照笑讓她起身，「這位是家主，石舫舫主，想要見玉坊主。」

這個皓月清風、芝蘭玉樹般的少年，居然就是名震長安的石舫舫主？

紅姑愣愣望著車內的孟九，太過震驚竟然忘了行禮。天之驕子的霍去病好似驕陽霓虹、寒梅青松，本以為他和玉兒已是人間絕配，可不曾想人間還有這般人物，皓月比驕陽，芝蘭較寒梅，竟難分軒輊。

一貫溫和的孟九此次卻有些急不可耐，不等天照點醒紅姑便道：「我想先進去見玉兒。」

紅姑眼中帶了淚意，恨恨地道：「我也想見她，想把她找出來罵一頓，打一頓才解恨。她已經趁夜離開長安，還說什麼再不回來。」

孟九心中劇痛，又急促咳嗽起來，好一會仍不見停。玉兒，見怕才真明白妳的心思，真懂了之後，才知道自己傷妳有多深。

天照趕著問紅姑：「她留什麼話給妳了嗎？說去哪裡？」

「給我的信裡只說回西域了。她還有一封信留給霍將軍，本來讓我晚十天半個月才送到霍府，我一怒之下今日一早就送了過去。不知道那封信是否會具體說回了哪裡。」

天照聽完，揮手讓紅姑退下。

孟九想說話，可剛張口又是一陣咳嗽。

天照知他心意，忙道：「玉兒不會騎馬，她若回西域必定要雇車。我立即命人追查長安城的車馬行，放鴿子通知西域的『蒼狼印』和沙盜都幫忙尋找。石伯可以知會他以前的殺手組織幫忙尋人。九爺，玉兒既然回了西域，我們還能有找不到的道理？現下最要緊的是你先養好病，否則這樣子讓玉兒見了，她心裡肯定又要難受。」

孟九垂目思量了一瞬，淡淡道：「知會西域各國，讓他們出兵尋找。」

天照心中震驚，九爺雖然幫過很多西域國家，可一直盡力避免牽扯太深。對方一意結交，他卻常拒對方於千里之外。西域各國巴不得能賣九爺人情，不說九爺手中透過生意遍布大漢的情報網絡，以及西域的龐大勢力，單是九爺設計出的殺傷力極大的兵器，就讓西域各國渴求不已。

九爺如此直接的要求，西域各國定不會拒絕，看來九爺這次對玉兒是志在必得。只是如此一來，微妙均衡的局面被打破，欠下的人情，日後又需要付出什麼樣的代價？

◈ ◈ ◈

天仍暗著，霍去病已穿好戎衣，整裝待發。

「你告訴她今日我要出征的消息了嗎？」

「老奴親自去落玉坊轉告了玉姑娘。」

霍去病立在府門口，沉默良久。東邊剛露一線魚肚白時，他心中暗嘆一聲，看來她還是寧願留在長安。

收起百種心緒，翻身上馬，清脆的馬蹄聲剎那響徹長安大街。

兒女情長先暫擱一旁，現在的首要任務是專心打這場滿朝上下冷眼相看的戰役。

上回他以八百騎突入匈奴腹地，大獲全勝。可朝中諸人並不心服，認為不過僥倖得勝，就連皇上也心存疑慮，不敢真正讓他帶大軍作戰。

李廣輾轉沙場一生都未有真正建樹，不能封侯，而他一次戰役就名滿天下，十八歲就封侯，讓太多人嫉恨和不服氣。此次給他一萬兵馬，皇上既想驗證他的實力，也為日後帶重兵鋪路。

只有勝利才能堵住朝中文武大臣的反對聲浪，即使皇上也不得不顧忌朝中眾人的意見。

霍去病心裡早已認定自己的勝利，或者更準確地說，「失敗」二字從未在他腦海裡出現過。

只要他想的事情，就一定能做到，除了……

想起那個慧黠固執的女子，霍去病不禁蹙了蹙眉頭，瞟了眼落玉坊的方向，原本冷凝的臉上忽露了一絲笑意。

不，沒有除了。霍去病的生命中沒有不可能的事情，更何況是她？

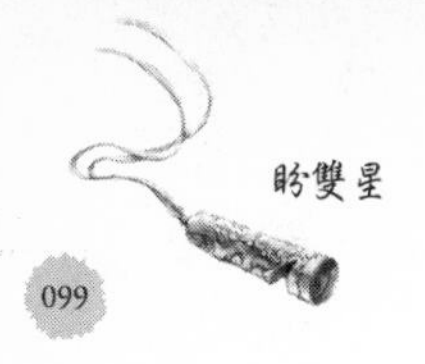


一日急行，晚間剛要休息時，八百里加急信送到。

不是軍務，卻是陳管家派人送來的信件，霍去病心中一動，急急拔開竹筒。

「……當你看到這方錦帕，應該已是幾個月後得勝回朝時……花開花落，金銀相逢間，偶遇和別離，直走和轉身，緣聚和緣散，一株藤花演繹著人生的悲歡聚合。這次我選的是轉身離去，此一別也許再無相見之期，唯祝你一切安好……」

他眼中風雲突起，暴怒與心痛都匯聚在心頭。玉兒，妳又一次騙了我。

他身子一動不動地盯著錦帕，嘴角緩緩勾了一抹冷意澹澹的笑。這是她給他的第一封信，但絕對不會是最後一封。

他驀地站起，對著帳外侍從吩咐，「讓軍營中最快的兩匹馬從今晚起好好休息，隨時待命。」

玉兒，妳會比狡詐迅疾的匈奴人更難追逐嗎？

# 第十七章

# 出走

他這次真的生氣了，不，應該說非常非常生氣。
敵人越是生氣，自己越要冷靜，
特別是敵方處於絕對有利的情況，
更不可以輕易激怒對方，
否則真不知該往何處尋找屍骨。

黑沉沉的天空沉默地籠罩著大地，空曠的古道上只有得得馬蹄聲迴盪。

我坐在馬車棚頂呆呆凝視著東邊，那座雄偉的長安城已離我越來越遠。

不知多久後，東邊泛出了朝霞，雖只是幾抹，卻絢爛無比，天地頓時因它們而生色。慢慢的半邊天已布滿雲霞，如火一般噴湧燃燒著。一輪滾圓的紅日從火海中冉冉升起，不一會就把籠罩著整個天地的黑暗驅除一空。

天下只怕再沒有比日出更燦爛壯美的景色。我被這意外的美景所震懾，心中悒鬱消散許多，忍不住舉臂長嘯一聲，慶賀新一天的來臨。

嘯聲剛出口，馬車一個顛簸差點把我甩下車。我回頭看向車夫，他正用力拉著韁繩陪笑道：「這絕對是我們車行最好的馬，剛才不知怎地竟然蹄子有些軟，現在已經沒事。」

我笑著搖搖頭，示意他繼續趕路。聽到狼嘯，恐怕沒有幾隻馬不蹄軟，幸虧我只是微雜了幾絲氣息，否則現在該在地上啃泥了。

天已亮，路上旅人漸多。不想引人注目，只好放棄我在車頂的暢意，輕盈地翻下棚頂坐到車夫身旁。

車夫倒是一個豪爽人，見我坐到他身旁，也沒有侷促不安，甩著鞭笑道：「看姑娘的樣子是會些功夫的人。既然不喜歡馬車的侷促，怎麼不買一匹好馬呢？」

我笑道：「沒機會學，至今仍然不會騎馬。」

車夫指了指在高空飛著的小謙和小淘，「我看姑娘很有牲畜緣，若下功夫學，肯定能騎得好。」

我笑著沒有說話。回了西域可沒機會騎馬，如果什麼時候能有匹馬敢和狼為伍，我再學吧！

一路西行，原本該是山水含笑，草木青翠生機盎然的春天，卻顯得有些荒涼，時見廢棄殘破的茅屋，野草漫生的農田。

我輕嘆口氣，「戰爭中苦的永遠是老百姓。」

車夫神情頗有所動，長吁口氣，「可不是嗎？前年和匈奴打了兩次仗，死了十多萬士兵，多

少老婦沒了兒子，多少女子沒了丈夫？大前年遭了旱災，作物本就欠收，加上戰爭耗費，為了湊軍費，朝廷下詔可以買官職和用錢為自己贖罪，可是平頭百姓哪來的那些錢？花了錢的人做官，想的能是什麼，苛扣的還不是平民百姓？打仗戰死的是平民兵士，得賞賜和封侯拜將的卻永遠是那些貴人子弟。今年又打，還不知道會是什麼淒涼景況呢？匈奴不是不該打，可這仗打得……唉！……」

一個車夫居然有這麼一番感嘆，我詫異道：「大伯的見解讓我受教了。」

車夫笑道：「年紀老大，倒是沒什麼不好意思說的。不瞞姑娘，幼時家境還算豐裕，也讀過幾年書。現在終年走南闖北，各種人接觸得多，自己沿途所見，加上從一些人那裡聽來的，信口胡說而已。」

我問道：「我在長安城時曾聽聞外面有人吃人的事情，可是真的？」

車夫猛甩了一鞭子，「怎麼不是真的？建元三年時，一場大水後，人吃人的可不少。建元六年時河南大旱，父子都相食，這還是兵戈少時的年景。這些年朝廷頻頻興兵，虧得天災還不重，否則……唉！人吃人的事情，聽人說只有高祖皇帝初得天下時發生過，文帝和景帝在位時可沒這些慘事。」車夫語意未盡，可顯然民間百姓在連年對匈奴用兵，不堪重負下，盼的更是文景之治，而非當今天子的窮兵黷武。

我想了會道：「當年秦始皇修築長城征壯丁五十萬，那時全國人口男女老少加起來不過兩千萬，幾乎家家夫離子散，哀聲遍野。但若無長城這道防線，擋住馬背上一日劫掠千里，所過處屍橫遍野的匈奴，中原百姓受的罪難以想像。百姓對秦始皇修築長城恨怨衝天，甚至編造孟姜女哭倒長

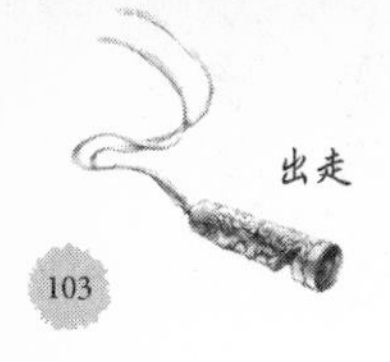



城的故事，可也有讀書人認為修築長城『禍在一時，功在百世』，當朝天子現在所做的事也頗有些這個意思。」

車夫驚詫地看向我，「姑娘這話說得也不一般呀！」他呵呵笑了幾聲後，又斂了笑意，很認真地問我：「姑娘是有見識的人，那我也就直話直說。我想問一句，現在的人是人，後世的人也是人，為什麼要為幾十年後或幾百年後，一個可能的惡果，讓現世之人承受一生的痛苦？秦始皇修築長城時，千家萬戶的椎心之痛，豈是幾個讀書人可以幾句抹煞？『禍在一時，功在百世』，說話的人講得容易，如果把他的兒子征去築長城，最後連屍骨都埋在長城中，他能這樣說嗎？如果是他的女兒痛失夫婿，他能這麼說嗎？如果他從小就失去父親，連祭奠的墳墓都沒有，他還能這麼說嗎？」

我口中欲辯卻無言，沉默了半晌方道：「大伯說得有理，說這些話的人只因為他們可以站在高處，舒適愜意地遙望他人痛苦，所以自以為眼光宏大。其實草木只一秋，人生只一世，誰都沒權利判定他人該犧牲。不過皇上攻打匈奴，也是不得不為。大伯可知匈奴單于調戲呂太后的事情？」

「略聞一二。市井傳言高祖皇帝駕崩未久，匈奴單于修書給呂太后，說是太后既然做了寡婦，他又正好是鰥夫，索性湊一塊過日子。」

我點了下頭，「樹活皮，人活臉，就是民間百姓遭遇這樣的侮辱，只怕都會狠狠打上一架，何況堂堂一國太后？可當時漢家積弱，朝中又無大將，太后只能忍下這口氣，還送了個公主去和親。從高祖登基到當今皇帝親政前，百姓的一時苟安，是幾十位綺年玉貌的女子犧牲終身幸福換來的，

她們又憑什麼呢？皇上親政前，漢朝年年饋贈匈奴大筆財物，那是漢家百姓的辛勞，匈奴憑什麼不勞而獲？難道漢家男兒比匈奴弱？要任由他們欺負？世上有些事情是不得不為，即使明知要斷頭流血，代價慘重。」

車夫好半晌都沒有說話，沉重地嘆了口氣，「人老了，若年輕時聽了姑娘這番話，只怕立即隨了衛將軍、霍將軍攻打匈奴。民間對皇上多有怨言，不過千秋功過自有後世評，得失的確非一時可定。」

我吐了吐舌頭，笑道：「大伯，別被我唬住了。其實這些對對錯錯，我自己都時而會這麼想，又時而會那麼想，沒有定論。我今天說這些話，只因為大伯說了另一番話，我就忍不住辯解一下。如果大伯說的是我的話，我只怕要站到另一邊去。」

車夫響亮地甩了甩鞭子，大笑起來，「妳這女娃看著老成，其實心性還未定。」

當時告訴車行要最好的車夫，最好的馬，沒想到居然是意外之獲。我熟悉的地方不過漠北、漠南、西域和長安，能聽一個走過千山萬水的人講人情世故，這一路絕不會寂寞。

「去敦煌城，最近的路是先到隴西，再經休屠與張掖，過了小月氏後到。」車夫一面打馬一面解釋。

我一聽隴西二字，立即決定不管它是不是最近，絕不會走這條路，「有沒有不用經過隴西的路？」

「有，先到北地，繞過隴西到涼州，再趕往敦煌，這樣一來要多走二、三天。」

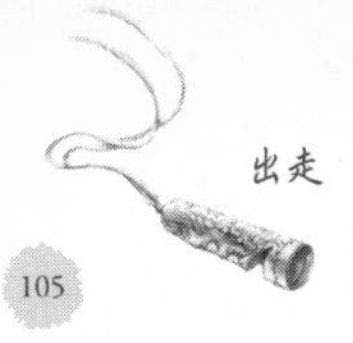


「大伯，我們就走這條路吧！我會多加錢的。」

車夫笑應：「成，就走這條。」

到涼州時，天已全黑，隨意找了家乾淨的客棧投宿。我對吃住要求都很低，唯獨要客棧給我準備熱水和木桶沐浴。

在長安城的日子過得太舒服，三天的路已讓我自覺滿身塵垢，難以忍受。

換過兩桶水後，才開始真正享受霧氣繚繞的愜意。長安城外多溫泉，以後是沒有溫泉可以泡了，青園的那眼溫泉……不許再想，不許再想，要把長安城的一切都忘掉。

感覺一陣冷風吹進來，隔著屏風只看到門開了一線，「啞妹，叫妳阿大不用再燒熱水，那裡還有一桶沒有用呢！」

門又無聲地關上，我拿起擱在一旁的白絹金珠，飛擲出去勾起屏風一側的熱水桶。金珠擲出後，卻怎麼也拽不回，我心裡有些納悶，掛在什麼東西上了？可我明明記得讓啞妹把木桶擱在屏風角處，方便提拿，怎麼可能會勾住？判位沒有錯呀！

無奈何，偷不得懶，只能起身自己去拎了。我立在浴桶中，不甘心地又拽了拽白絹，水桶沒被我拎回，整個屏風卻轟然倒在地上。

霍去病一身黑衣站得筆直，手中正握著我的金珠，臉色森冷地看著我。

太過震驚，我呆了一瞬才猛然反應過來，「啊」的一聲慘叫立即縮回浴桶中。剛才還覺得水有些冷，現在卻覺得身子火燙。

幸虧當時挑了最深的木桶，藏身水中倒無春光外洩的可能。我縮在桶中打量著他，他的神色自始至終沒有變化，雙眼一瞬不瞬地盯著我。

那樣的冰冷，即使隔著距離仍舊能感受到寒意，滿心羞惱全被他眼中的寒意嚇跑。

他這次真的生氣了，不，應該說非常非常生氣。敵人越是生氣，自己越要冷靜，特別是敵方處於絕對有利的情況，更不可以輕易激怒對方，否則真不知該往何處尋找屍骨。

我吞了口口水，強自鎮靜地陪笑道：「不要太打擊我的自尊，此情此景，你好歹有一些男人的正常反應呀！比如雙眼放色光，索性做了小人，或者明明想看得不得了卻還要裝君子，躲躲閃閃地偷瞄。」

他神色不變，冷冷地盯了我一會，猛一揚手把金珠擊向我的腦袋。我不敢赤手推擋，隨手從桶旁拽了件衣服兜向金珠，在空中快速揮了幾個「之」字，才堪堪化解霍去病的力道。如果力道和怒氣成正比，那這次他好像真的氣得不輕。

接了金珠，我忽地發覺隨手拽起的竟是自己的褻衣，於是再裝不了鎮靜，慌亂地把衣服直接塞進桶中，身子又往裡縮了縮。水已經冰冷，衣服就在旁邊，我卻無法穿，只能頭擱在木桶邊上，眼睛忽閃忽閃可憐巴巴地看著霍去病。

他譏諷道：「妳讓我有正常男人的反應，妳怎麼就沒有點正常女人被男人撞見沐浴時的反應？」

他以為我沒有羞惱嗎？我因為怕激怒他，而強壓下的怒氣霎時全湧了上來，「你確定你想讓我反應正常？你不會事後再丟一把刀過來？」

「待在冷水裡的滋味不太好受吧？」他的臉上浮出一絲冷笑。

我望著他，突然扯著嗓子尖叫起來，「救命呀！救命呀……有淫賊……有淫賊……」

他滿臉震驚，眸中終於不再只是冰冷。

「現在該你的正常反應了。」我伸出一根指頭，微點了點窗戶，「正常情況下，你該從那裡跳出去。」

走廊上的腳步聲、喧譁聲漸漸逼近。

「淫賊在哪裡？」

「呼聲好像是從最裡面的屋子傳過來。」

「胡說，那裡住的是一個四十歲的婦人。」

「這可難說，仁兄又不是採花賊，怎麼知道採花賊的品味呢？」

「就是，有人好的是嫩口，還有人就愛老娘這樣風韻正好的，誰告訴你老娘四十歲？我明明還差五個月四天零三個時辰才滿四十，你今日把話給老娘說清楚……」

「你們別吵了，救人要緊，這一排屋子只有天字二號房一點動靜也無，那裡住的好像是一個年輕姑娘，把門踹開看看。」

「仁兄此話有待商榷，把門踹開後，萬一看到不該我等看的場面，我們和淫賊又有何區別？在下建議還是先敲門問清楚較好。」

我聽得露了幾分苦笑，河西人和長安人真是太不一樣，這幫人比較像狼群裡可愛的狼。

霍去病臉上神色古怪，直直向我走來，我一聲驚叫未出口，人已經被拎出木桶，身子在浴巾裡打了轉後，結結實實地被捲在被子中。

我又氣又臊又怒，吼罵道：「你不要臉！」

屋外的爭吵聲立即安靜，在門被踢開前，霍去病的確做了這樣情況下的正常舉動，從窗戶跳了出去，只是不知道把我也帶著算不算正常？

剛出客棧，立即有一個軍人迎上來。看穿著，官階還不低。他目不斜視，對被霍去病扛在肩頭、正破口大罵的我視而不見，恭敬地說：「將軍，馬已經備好，是涼州城中最快的兩匹馬。」

霍去病一言不發急急走著。

我依舊被捲在被中，躺在他懷裡，而他開始策馬疾馳。我顧不上再罵他，急急問道：「你要去哪裡？」

「趕回隴西，天亮時我們就能洗個澡，穿得舒舒服服在隴西街頭喝熱湯。」

「你瘋了？我不去隴西，我的包袱還在客棧，還有小謙和小淘。你放我下來。」我在被子裡像條蠶一樣，身子扭著想坐直了和他理論。

「妳的包袱自然會有人送過來。我時間緊迫，沒工夫和妳鬧，妳若不聽話，我只能把妳敲暈。妳自己選，清醒還是昏厥？」

他的語氣冷冰冰硬邦邦，絕對不是開玩笑。我沉默了很久，決定另找出路，「這樣子不舒服，

我要把手伸出來。」

「我覺得很舒服。妳的手還是捆在被子裡老實一些，妳舒服了，就該我不舒服。」

「霍去病，你個臭不要臉的小淫賊。」

「……」

「你聽到沒有？我罵你是淫賊。你還是個……是個……二氣子，臭魚……」我搜索枯腸地把長安街頭聽來的罵人話全說了出來。可當你對著一面牆壁又是謾罵又是揮拳，牆壁一無反應，最後累的只是自己。我無限疲憊地乖乖靠在他懷裡。

馬速有點慢下來，「我要換馬。」他的話音剛落，人已經帶著我騰移到另一匹馬上。

我發了會呆，問：「你來時也是這麼換著跑的？」

「嗯。」

「那你不累？新備的馬都累了。」

「追擊匈奴時，在馬上二、三日不闔眼也是常事，追妳比追匈奴還是輕鬆許多。」

「你怎麼消息那麼快？」

「別忘了，妳現在還在漢朝疆域中，河西一帶又多有駐軍。陳叔派人飛馳送來妳寫的信，當晚就到了我手裡，只是查妳的行蹤費了些時間，否則哪裡需要三天？」

「可惡！紅姑竟然沒有聽我的吩咐。」

「她沒罵妳可惡，妳還有臉罵她？領兵作戰的將軍，突然扔下士兵跑掉是死罪……」

「我睏了。」我無賴地把這個話題擋開。

「將就著睡一會，明日再讓妳好好補眠。」說著，他幫我調了姿勢，讓我靠得更舒服些。

「這樣子好難受，睡不著。」

「妳還不夠睏，真正睏時，策馬都能睡著。」

「你這樣睡著過？」

「嗯。」

「你現在不會睡著吧？」

「不會。」

「那就好，摔你自個無所謂，可是不能害我。」

「安心睡吧！」他語氣清淡，不慍不火。

我鼻子裡「哼哼」了兩聲。雖然顛簸得難受，可我居然還是時醒時迷糊地打了幾個盹。夜色仍舊漆黑時，我們已到了隴西。

霍去病把我扔到地毯上，冷著臉一句話未說便揚長而去。唉！還在生氣！

全身痠麻，但也顧不上可憐自己，我忙著琢磨怎麼逃走。關鍵是如何從霍去病眼皮下逃走，只要我進了大漠，就如一粒沙子掉進沙海，任是誰都休想找到我。

我在地上連翻帶蹭，好不容易才從被裡抽出雙手，解開繫在外面的絹帶。拖著被子在屋中翻找了一圈，居然沒發現任何可以穿的衣服，難怪他把我往地上一扔就敢走人。

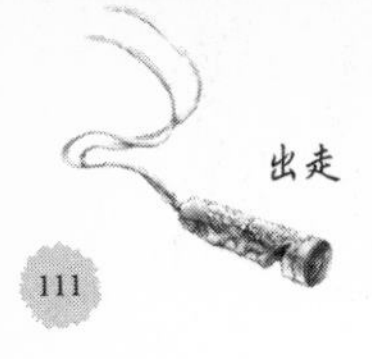



正在屋裡學兔子蹦跳，霍去病掀簾而入，顯然是剛沐浴過，換了一身衣服，仍舊是黑衣，沉重的顏色卻被他穿得颯爽不羈，英俊不凡。

這人是鐵打的嗎？涼州隴西來回一趟，卻毫無倦色。我瞪著他問：「你給不給我衣服穿？」

他把手中包袱扔到榻上，一言不發地轉身出了屋子。

怎麼是一套黑色的男式衣袍？居然連束胸的白綾都準備好了，我恨恨地想，他倒是懂得不少。

雖然不情願，可有得穿總比沒得穿好，我無奈地嘆了口氣開始穿衣。

第一次穿男裝，倒也穿得中規中矩。束好革帶，我裝模作樣地走了幾步，竟覺得自己也是英姿颯爽。剛掀開簾子的霍去病嘲笑道：「把頭髮梳好再美吧！」我這才想起自己還披頭散髮。

我雖然會編辮子，卻從沒梳過男子的髮髻，折騰了好一會仍沒梳好。一直坐在身後看著我梳頭的霍去病，嘴邊又帶出嘲笑，我惱恨地用梳子敲向鏡中的他。不敢打人，打個影子也算洩憤。

他忽地從我手中拿過梳子，我剛想質問他幹嘛奪我的梳子，他已把我梳得一團蓬亂的髮髻解散，手勢輕緩地替我把頭髮梳順。

望著鏡中的兩人，畫面竟十分熟悉。很多年前也有一個疼愛我的男子替我仔細梳頭，教我編辮子。我鼻子酸澀，眼中驀然有了淚意，趕緊垂下眼簾盯著地面，任由他替我把頭髮梳好綰起，拿碧玉冠束好。

「還有些時間，我帶妳去隴西街頭逛逛，多少吃點東西。」他淡淡說完，沒等我同意已站起向外行去。

「隨軍帶的廚子不好嗎？」

「給我做菜的廚子是宮中數一數二的，可妳喜歡的西域風味小吃卻不是他的擅長。」

我剛走了幾步，猛然抓住他的胳膊，「李敢可在軍中？」

霍去病盯了我一瞬，「不在。」

我心中一鬆，放開他的胳膊。

「你究竟對李敢做了什麼虧心事？」

我一口回道：「沒有，我能做什麼虧心事？」

霍去病的眼光在我臉上轉了一圈，沒再多問。我一面走著，一面暗自留心軍營的地形。

霍去病漫不經心地說：「妳有這精神，不如想想待會吃什麼。若哪天晨起，我找不到妳，我就下令但凡我霍去病統領的軍隊，伙食都改為狼肉，鼓勵西域各國國民用狼肉款待大漢軍士。」

我怒道：「你敢！」

他淡然地說：「妳試一下了。」

我惡狠狠地瞪著他，他毫不在乎地一笑，自顧向前行去。我一動不動地恨恨盯著他的背影，距離漸遠，他一直沒有回頭，腳步卻微不可察地一點點慢下來。

破曉時分，春風柔和，晨光輕暖，行走其中的那抹黑影卻與春光格格不入，帶著縈繞不開的冷清。我心下微軟，快步跑著去追他。他依舊頭也未回，可身影卻剎那融入了和暖的春光中。

我雖比霍去病矮了半個頭，但走在街頭卻仍舊比一般人高，讚一聲玉樹臨風翩翩公子絕不為

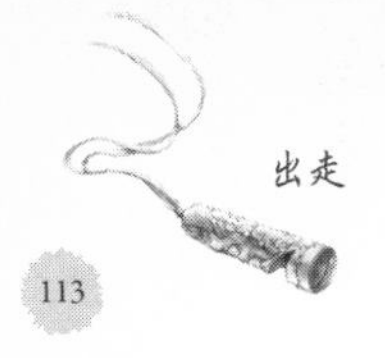



過。大概是我的笑容燦爛，和霍去病的一臉冷漠對比鮮明，婆姨、大姑娘、小丫頭們從我們身邊經過時，眼光都凝在我身上。我笑著對上她們的眼光，年紀大的慈祥地回我一笑，年紀小的嬌羞地移開視線。

一路行走，我玩得不亦樂乎。如果說長安城民風開放，那麼隴西就可說是民風豪放。當一個賣花姑娘從籃中掐了一枝桃花，扔到我懷裡時，來往人都笑起來，更有漢子調笑地哼唱：「三月裡開個什麼花？三月裡開個桃杏花，桃杏開花紅窪窪，小妹子嘴嘴賽桃花。」

我剛想掩嘴笑，忽醒起我如今是男子，忙端正身子，手持桃花向賣花女作揖。

一旁一直冷著臉的霍去病，扔了一錠足夠買幾樹桃花的銀子給賣花姑娘，姑娘卻嗔了他一眼，把銀子丟回給他，「誰要你的錢？這是我送給這位公子的。」

霍去病大概是第一次碰到有人竟然薄嗔含怒地丟回他的銀子，有些呆然地握著銀子，街上的人鬨然一聲喝采，「看公子衣飾，大概是長安來的吧？太瞧不起我們隴西人了。」起先唱歌的人又戲謔地笑唱道：「四月裡開個什麼花？四月裡開個馬蓮花，馬蓮開花遍地蘭，小妹妹愛人不愛錢。」

眾人都鬨然大笑起來，賣花女含羞帶怒地瞪向唱歌人，我笑著向賣花女又行了一禮，拉著霍去病快步離開。

幾家比較後，覺得這家麵鋪很乾淨，遂拉著霍去病走到攤子前。我對著四十多歲的賣麵婦人笑說：「麻煩姐姐下兩碗搓魚子。」她愣了一瞬，左右前後看了一圈，才確定我叫的是她，立即笑得

如盛開桃花，人像年輕了十歲。

我將手中桃花遞給她，「祝姐姐今日生意和桃花一樣紅豔。」

她笑著伸手接過，大大方方地掐了幾朵別在髮髻上，「我年輕時最喜歡簪桃花，好久沒有人送，也好久沒簪過了。」

吃完離開時，霍去病手中的銀子仍沒給出去，賣麵姐姐連忙說著：「我和小兄弟投緣，兩碗麵大姐還請得起。」

霍去病從出了軍營一路板著臉一句話沒說過，此時握著銀子忽地搖頭笑起來，「從來不知道，妳還有吃白食的本事。」我得意洋洋地笑睨著他。

「妳扮男子扮得很像，走路儀態都沒有顯露女兒氣，可以放心讓妳呆在軍中做我的貼身護衛。」

「哼！你小心點，哪天把我惹火了，我隨時會變成刺客。」我半真半假地說。

「隴西好玩嗎？」

「好玩。」

「既然好玩，也算沒有白來。不要再生氣了，好不好？」

我有些無奈地說：「腿長在我身上，要走終是要走的，你能把我扣到什麼時候呢？」

他沉默了半晌，「妳絕望放棄時選擇離開，我心死時也許也會選擇放手。」我剛想說話，他又加了句：「可也許是絕不放手。」

我懊惱地跺跺腳，猛甩了下袖子埋頭走路，再不理會他。

一個滿面風塵的胡人，躲在街頭一角賣匕首佩刀，此處本已遠離繁華街道，很是冷清，他又不吆喝叫賣，只沉默地守著攤子，更是少有人光顧。

我本來已經走過，眼睛瞟到他攤子上的玩藝，又立即轉身走回。他看我盯著刀，沉默地把他認為好的刀一把把放在我面前，我撿起一柄形狀精巧的匕首，抽出細看，和小時候把玩過的那柄一模一樣，「這柄刀你是從哪裡得來的？」

胡人結結巴巴地用漢語解釋，大意是他從別人處買來的，而別人也是從別人那買來的。

我輕嘆一聲，不知當年混亂中被哪個侍衛順手摸去，流出宮廷，這麼多年又在多少個人手中流轉，「這把刀我要了，多少錢？」

胡人指了指我手中的刀，又指了指攤上的另一把刀，生硬地說：「這把刀不好，這把刀好。」

我側頭看向霍去病，他扔了一錠金子給胡人，胡人滿面不安，急急回道：「太多了。」

我道：「這把刀遠遠超出這個價錢，你留下吧！」

一般人只看到此刀樣子精巧、裝飾華美但刀鋒不利，似乎只是給女子佩戴的款式，殊不知這把刀的鍛造工藝價值千金，當年可是匈奴帝國的太子，傳召從西域到漠北漠南最好工匠師傅，費了無數的心血，才打造了這把匕首。

我將刀柄上的一個內嵌機關撥開，想起昨晚受的氣，抬頭看向霍去病，嚷了句：「看你以後還有沒有機會再欺負我！」，舉著刀猛刺向自己心口。

一旁的胡人失聲驚呼，霍去病臉上瞬間一絲血色也無，倉皇來拽我卻已晚了一步，刀整個沒入胸口，他只來得及接住我軟倒的身子。

我眯著眼睛看他，本還想假裝著逗他一會，可他的手甚至整個身子都在發抖，抖得我的心竟然疼起來。

我忙站直身子，笑嘻嘻地把刀抽出，手握著刀尖用力一按，整個刀身回縮進刀柄，「你傻了嗎？你又不是沒殺過人，刀入心口，怎麼可能一點血不流？」

他愣愣看了我一瞬，猛然怒吼道：「我的確是個傻子！」一揮袖子，大步流星離去。

我趕著去追他，「別生氣，我剛才就是一時興起，逗你玩一下而已。」

霍去病一聲不吭，只是快走。我隨在他身側不停地賠禮道歉，他卻一眼都不理會。

如果不是關心則亂，以他出入沙場的經驗，怎麼可能沒看出我的玩笑？再想到他剛才瞬間慘白的臉，我心下內疚，輕聲道：「我知道你不是氣我跟你胡鬧，你氣的是我拿自己性命開玩笑，萬一刀不如我所料呢？」我長嘆一聲，「這把刀是小時候一個極好的朋友送我的禮物，我拿它嚇唬過我阿爹，怎麼可能不認識？刀柄還有個機關可以裝血，刀鋒回縮時，血擠壓出來，和真的一模一樣。剛才看到刀時，滿腦子都是小時候的事情，當年胡作非為的性子又冒了出來。沒想到這麼多年後，竟然在街頭買回自己小時候玩過的東西。」

霍去病也許是因為第一次聽我提起以前的事情，臉色緩和了許多，「妳有父親？」

我把玩著手中的刀，「難道我生出來就能這樣？我當然有父親教了。」

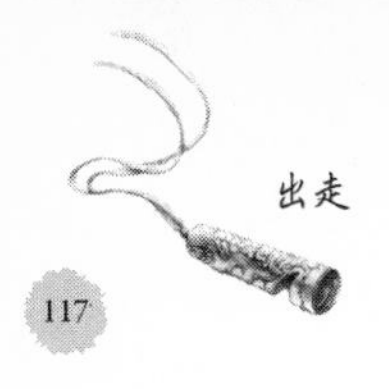


霍去病沉默了會，淡淡道：「有的父親，有和沒有一樣。」

他許是想起了他的生父霍仲孺。當年霍仲孺與衛少兒私通生下他，卻不肯迎娶衛少兒，另娶了他人，霍去病因此一直沒有父親。

直到衛子夫做皇后後，劉徹作主把衛少兒嫁給了陳掌，做了陳夫人，霍去病才算有了名義上的父親。想到此處，我忙岔開了話題，囉哩囉嗦地講些不相干的事情，什麼這把刀花費了多少時間鍛造，什麼刀上的哪塊寶石是我最喜歡的，直到他臉上的黯然淡去，心中方才一鬆。

回了營地，他問我：「要補一覺嗎？」

我搖了搖頭，「現在不算睏，不睡了。」

他帶著我到了馬廄，命一個十五歲左右的兵士牽了匹馬出來，「李誠年紀雖小，可騎術精湛，盡快跟他學會騎馬。」

我皺著眉頭，「不學。」

他也皺著眉頭，沉默地看著我。

隆隆鼓聲傳來，他依舊沉默地看著我，我毫不避讓地瞪著他。鼓聲漸急，他忽地輕嘆口氣，一言未發地跨上馬疾馳離去。

我莫名其妙地看向李誠，「他怎麼跑掉了？」

李誠對我身在軍營卻連戰鼓都聽不懂，感到十分詫異，「將軍要點兵呀！估計過三、四日大軍就要出發去打匈奴。」

我皺皺鼻子，揮了揮袖子就要走，李誠急急攔住我，「將軍命我教你騎馬。」

「我不學。」說著繞開他繼續走，李誠緊緊拽著我的胳膊，「你必須要學，你不學我就不能完成將軍交給我的任務。」

我翻了個白眼，「不完成又如何？關我何事？」

李誠急得鼻尖已經有了汗珠，「不完成，將軍就會對我印象不好，我就不能盡快上陣去殺匈奴。」我哼了一聲，欲甩開他走人，沒想到他手上力氣不小，我用四成勁力居然沒逼開他。

李誠滿臉哀求著急，「你怎麼能不會騎馬呢？匈奴個個都很兇殘，你不會騎馬，如果有什麼意外你會很危險，你會拖累大家的。」

我心中一顫，剛要劈向他後頸的手立即停下。如果我真出了事，第一個拖累的人肯定是霍去病。「你年紀還小，不在家裡侍奉爹娘，跑到軍營裡來幹什麼？」

李誠神色立變，眼中有些水氣，聲音卻冷硬如刀鋒，「去年秋天，匈奴進雁門關挑釁生事，爹娘和姐姐都已經被匈奴殺死了。」

我沉默了會，拍拍他的肩膀，「小師傅，我們學騎馬去。不過記住不許對我不耐煩，不許嘲笑我，更不許罵我笨，否則拳頭侍候。」

李誠一面揉眼睛，一面笑著用力點頭。

從早晨練習到天色全黑，除了中午吃東西時稍微休息了會，我一直重複著翻身上馬，摔下，再翻上，再摔下……

「金大哥，你人長得斯文清秀，性子卻夠硬。」

李誠剛開始還頻頻誇讚，漸漸的他看我的眼神從讚賞變成崇敬，從崇敬變成震驚，從震驚變成畏懼，到後來是帶著哭腔求我別再騎了。

我一瘸一拐地走進屋子，霍去病正在燈下研究羊皮地圖。看到我狼狽的樣子，他眉頭皺了皺，望向李誠。李誠哭喪著臉，用看瘋子的眼神瞅了我一眼，向霍去病細細稟報我的學馬進度。

霍去病聽完後，嘴邊緩緩帶出一絲笑，吩咐李誠讓人準備沐浴用具。

李誠一出屋子，我立即挪到榻旁躺倒，全身骨頭真是被摔散架了，剛才身子軟得只想往地上滑。霍去病坐到我身旁，碰了碰我臉上的淤青，「疼嗎？」

我閉著眼睛冷哼道：「你摔幾十個跤看看，不就知道了！」

「轉身趴著。」

「幹嘛？」

「剛開始學馬，腰背都很容易痠，我幫妳捶一捶。」

我想了想，翻身面朝下趴好，「你輕點，我左肩摔得有些疼。」

他一面輕輕敲著我的背，一面道：「學馬要慢慢來，妳這麼著急幹嘛？看妳這架式，好像一天之內就要自如地策馬飛奔。」

我哼哼道：「誰早上和我說要盡快學會的？」

「我覺得妳不會盡心才那麼說。」

我哼了一聲，沒有答話。他道：「明日清晨大軍出發。」

我吃驚地撐起身子，扭頭看著他，「明早就走？我才剛能快跑，還不會及時轉彎和停，且一不小心就有可能被摔下去。不過……不過勉強也能成，回頭我用帶子把自個綁在馬上，看牠還能不能把我摔下去。」

霍去病笑道：「發什麼瘋？第一次聽到有人這麼學騎馬。剛學了一天，妳就敢說自己能策馬快跑？不過是仗著自己武功高超，反正摔不死，豁出去讓馬亂跑而已。若真讓妳隨大隊而行，非把整個隊伍衝散不可。妳不用隨我去，在營裡慢慢學。」

我疑惑地看了他一會，又趴回榻上，「你不怕我逃跑了？」

他還未回答，屋外有兵士稟道：「將軍，沐浴用具備好。」

他坐著未動，吩咐道：「送進來。」

我看他自己都不在乎將軍威儀，我也懶得在乎什麼禮節，遂趴在榻上紋絲不動。送用具進來的兵士眼光剛掃到榻上又立即迴避，低著頭把浴桶和熱水抬進了裡屋。

「去洗一下吧！軍中沒有奴婢服侍，妳將就一下。不過妳若樂意，鄙人倒是很樂意效勞。」霍去病拉我起身。

我冷哼一聲，歪歪扭扭地晃進裡屋，回身放下簾子掩上門。

「玉兒，妳最近嘴巴有問題嗎？」

我一面脫衣一面問：「有什麼問題？」

「我看妳現在不用嘴回話，動不動就鼻子哼哼幾聲，倒是挺像某種家畜。」

「哼！」我爬進了浴桶，懶得和他廢話。

他在外面笑起來，「再哼哼，以後就叫妳小豬。」

我舒服地在浴桶裡閉上了眼睛，全身散掉的骨頭開始慢慢往一起收攏。

「玉兒，妳在軍營裡等我回來。這次我是以快制快，所以少則幾日，多則十幾日就會返來，不會讓妳等太久。」

我一聲未吭，他等了一會又道：「據說狼肉不太好吃，我也不想逼自己吃難吃的東西。」

我大大地哼了一聲，「你既然心裡早已有主意，何必還假惺惺地徵求我的意見？」

他剛叫了聲「玉兒」，門外有士兵稟報：「將軍，有人送來一個鴿籠、兩隻鴿子和一個包袱。」我立即睜開眼睛，這兩個小東西終於到了。

「將軍，客棧裡的東西都在這裡。末將失職，從昨日夜裡，這兩隻鴿子就一直不肯進食也不肯飲水，我們強餵時，牠們便啄得凶，無法餵食。」

這兩個小傢伙怎麼這麼倔強？我聽到此處，再顧不上享受什麼熱水，急匆匆地胡亂擦洗，趕著去見牠們。

霍去病道：「沒事，牠們待會見了主人，就不會這麼驁了。」

「將軍，還有一事。我們離開客棧時，有人正在打聽落腳在天字二號房的姑娘去了哪……」

聲音猛然低了下去，我正在擦乾身子，側著腦袋聽了聽，只聽見低沉的語聲，說什麼卻不可分辨。聽到腳步聲出了屋子，我忙跑出去，「小謙，小淘，我在這裡呢！」

蜷縮著趴在籠裡的小謙和小淘聞聲立即站起，我把籠子打開，放了兩個小東西出來。籠裡的食盒和水盒都是滿滿的，我倒了穀粒在掌心，小淘立即撲上去啄，小謙卻只是扭著腦袋看我，似乎在研判我為什麼會拋棄牠們這麼長時間。我討好地把水盒拿到牠面前，「先喝口水，這次不能怪我，要怪他。」我瞪了霍去病一眼。

不知道小謙究竟懂了幾分，反正牠不再用牠的小紅眼睛盯著我，抖了抖翅膀，不緊不慢地喝了幾口水後，也湊到我掌旁開始啄穀粒。

霍去病走到我身旁蹲下，看著牠們吃東西，「沒想到這兩隻鴿子居然比人都硬氣，寧可餓著也不吃別人餵的東西。」

我輕輕理了理小淘的羽毛，笑道：「那是當然，全天下只有我和九……」我磕巴了下，話語噎在喉嚨裡，深吸口氣，強笑著若無其事地繼續道：「牠們只認我，絕不會吃別人的食物。」

我很希望自己能笑得自然，笑得似乎已遺忘一切，卻發覺自己完全做不到。既然笑比哭難看，索性不再笑，靜靜地看著小謙和小淘埋頭啄穀粒。

霍去病猛然從地上站起，走到案前坐下，低頭看地圖。

我發了半晌呆，忽地想起剛才的事情，側身問道：「剛才我聽送包袱的人說有人打聽我，怎麼回事？」

霍去病在地圖上點點畫畫，似乎沒有聽到我的話。我又問了一遍，他才頭未抬地隨口道：「妳

突然消失不見，妳那個車夫可是費了不少工夫找妳，不屈不撓地鬧到官府尋妳，壓都壓不住。妳身邊怎麼盡是刺頭貨？連只跟妳走了一段路的車夫，都這麼難打發？」

我心中幾分感動，「你可別欺負人家，這個大伯人很不錯。」

霍去病「嗯」了一聲，「肯定是懷柔，不會武鬥。」

我噗哧一下笑出來，「你和皇上是否整天琢磨的就是懷柔和武鬥？以威震懾匈奴？以柔分化蠶食匈奴？」

小謙和小淘已經吃飽喝足，在我手邊親暱了會，踱著小方步進籠子休息。

我起身看著霍去病，「昨日沒有休息，明日一早就要走，你還不睡嗎？」

他扔了筆，起身撐了個懶腰，「是要好好睡一覺，否則要等打完這一仗，才有可能躺在榻上安心睡覺。」

我掩嘴打了個哈欠，「我睡哪裡？」

他朝裡屋輕抬一下下巴，「妳睡裡面，我就睡外面。」

命人收拾好屋子，各自安歇。躺在榻上時，我本還想琢磨一下從昨晚到現在的荒唐事情，將來有什麼應對之策，可太過勞累，頭一挨枕就立即沉入夢鄉。

正睡得酣甜，忽覺得有人在榻旁，我心中一緊，立即驚醒，又瞬間明白是誰，翻了個身子，面朝外眼睛未睜地問：「什麼時辰？要走了嗎？天還未亮呢！」

他低聲道：「要走了。」黑暗中，他的臉離我越來越近，我能感覺到他溫熱的呼吸，我的心越

跳越快，越發不敢睜眼，只閉著眼睛裝迷糊。

「有什麼事情就吩咐李誠幫妳辦，學馬時別再那麼心急，盡量待在軍營裡，若實在煩了也可以去集市上找小姑娘玩，但記得只能穿男裝。」

我輕輕嗯了一聲。他也未再說話，只靜靜地看著我。

好半晌後，他輕撫了下我的頭，「我走了。」人站起，向外大步行去。

「霍去病！」我不禁叫住他，他回頭看來，我半撐著身子道：「一切要小心。」

黑暗中一個燦若朝陽的笑，「一定會！」

# 第十八章 情愫

我的心神幾分恍惚，想起當初隨手扔掉的那支籤，
也想起立在槐花樹下一動不動的他。
想到他竟去亂草中找回了這根籤，
我胸中充滿酸楚的感覺，
傷痛中還奇異地夾雜一絲窩心的暖。

李誠一副沒精打采的樣子，嘴裡不停嘟囔著：「怎麼軍隊說走就走？我一覺醒來營地居然就空了。」

我看他實在無心教我騎馬，遂自己琢磨著練習，這次不那麼心急，慢慢和馬兒磨合著來，慢慢跑著，倒是一跤未摔。遛了一上午，李誠仍然一臉難過地坐在地上發呆。

我跳下馬，走到他身旁逗他說話，可他一直鬱鬱寡歡，問十句他才心不在焉地答一句。

「你非報仇不可嗎？」

李誠重重點了下頭，「如果不親手殺幾個匈奴人告慰爹娘和姐姐在天之靈，我這輩子什麼都不會做，我一定……」他的眼中又浮出淚意，「一定要報仇！」

我看著他默默出了會神，又是一個有殺父之仇的人。「小師傅，如果你和我對打百招內不落敗，我就幫你求將軍下次打匈奴帶上你。」

李誠抬頭看向我，「男子漢大丈夫，說話算話？」

我鄭重地點了下頭，李誠立即站起，拔出腰刀看著我。我隨意擺了個姿勢，喝道：「難道匈奴人會等你攻擊他嗎？」他大喝一聲立即向我揮刀砍來。

我的武功如果和人對招練習，很有可能輸，但如果是生死之搏，死的更可能是對手。

狼群裡沒有所謂強身健體的功夫，只有殺死獵物的技能。我所會的招式都是用來殺敵的，招招狠辣，務求用最節省體力的方法殺死對手，所以我從沒真正使用自己的武功，這是第一次真正地攻擊一個人。

李誠原本還有些束手束腳，幾招過後，他握刀的胳膊差點被我折斷，而我連眼睛都未眨一下。他再不敢有所保留，被我逼得也是招招狠辣。

第五十一招時，我一個騰起避開他砍向我雙腿的刀鋒，雙指順勢直取他的雙眼，他往後仰盡力揮刀擋避，我腳踢他的手腕，刀脫手飛出。

我拍了拍手，輕盈地落回地上，看著半跪在地上的李誠，「我再加點勁力，你這隻手已經廢了，匈奴人肯定不會捨不得這點力氣。」

李誠一言不發撿起刀，二話不說揮刀砍來。我笑起來，孺子可教也！只有生死，沒有禮讓。

六天的時間，我除了練習騎馬就是和李誠相搏。他非常倔強，有次我打到他的鼻子，他居然不理會鼻子鮮血直流，眼淚狂湧，定定地大睜著雙眼，連砍七刀，最後一刀把我整片袖子削去。

可惜的是他只支撐了八十七招，當我大叫了聲「好」，毫不留情地給了他鼻子一拳後，他晃了兩晃，翻倒在地。

六日內，霍去病率領一萬鐵騎，一出隴西就以迅雷不及掩耳之勢快速推進，採取遠距離、機動迂迴的戰術，包抄敵人側翼和後方，連續地快速奔殺。靠著就地補充糧草、取食於敵的策略，孤軍穿插於敵境，縱橫幾千里如入無人之境。

短短六天，霍去病率領的軍隊如沙漠中最狂暴的風，席捲了匈奴五國，大敗休屠、渾邪王部，過焉支山向西北掩殺近千里，殺折蘭王，斬盧侯王，俘獲渾邪王子、相國與都尉，共斬匈奴八萬九千多人。此一役，匈奴人最美麗的焉支山劃入大漢版圖，大漢疆域再次西擴。

匈奴人最引以為傲的騎兵快速突擊和機動性的優勢，在霍去病的千里雷霆下蕩然無存，霍去病第一次作為主帥領軍出征，就造成匈奴極大震懾。

雖然此役拚鬥慘烈，傷亡慘重，去時一萬人，活著回來的只有三千人，可這是漢人的騎兵第一次以快打快，大獲全勝，是農耕民族對游牧民族第一次馬背上的勝利，雖然不知是否後無來者，卻的確是前無古人。

我坐在屋中，聽著營地中遙遙傳來的歡呼聲，這次戰功頗豐，皇上肯定對全軍上下都有大賞，但凡活著歸來的肯定都喜笑顏開。

推門聲剛響起，霍去病已經站在我面前，一身煙塵，滿臉倦色，眉目間卻全是飛揚的喜悅。我笑著站起，「還以為你會先喝慶功酒呢！」

他一言未發，只是暖意融融地笑看著我。我避開他的眼睛，盡力淡然地說：「只怕七天都沒怎麼下過馬背，先洗個澡吧！」

話音剛落，他人就直挺挺倒在了榻上。我嚇得趕緊去扶他，他握著我的手含含糊糊地說：「不行了，天塌下來我也要先睡一覺。」話說著鼾聲已經響起。

我抽了下手沒有抽脫，他反倒下意識握得更緊。我輕嘆口氣，坐在他身旁。黑袍下擺滿是暗紅色印記，袖口也不少，四周浮著一股怪異的味道。湊到他身前聞了下，馬汗味夾雜著血腥氣直衝腦門，我立即皺著鼻子躲開。

扯開毯子給他蓋好，滿心鬱悶地瞅著他。從太陽正中到天色全黑，他睡得和一頭死豬一樣，一動不動。

我狠著心試圖把他的手掰開，他居然在夢中還知道反手打開我，我現在真相信他所說的一邊策馬一邊睡覺了。看他這個樣子，就是一邊睡覺一邊殺敵也可以。

後來實在熬不住，看了看地上，鋪的恰是厚羊絨毯，索性挨著榻邊躺到地上，身上隨意搭了點毯子邊角，闔目而睡。難聞的味道一直在鼻端繞著，我頭疼地想了會，摸索著拿了條香熏過的帕子蓋在臉上，方覺得心靜下來，安然睡去。

霍去病拿下我臉上帕子的瞬間，我已經醒來。一屋燦爛陽光和頭頂一張更燦爛的笑臉，我一時有些恍惚，定定看著他。

「好久沒有見我，是不是有些想念？」他仍舊握著我的手，一手拎著帕子，用帕角撫著我臉問。我揮手打開帕子，「你一回來我就要睡地，我有病才會想你！」

「這麼大個榻，妳幹嘛不睡上來？」他說著就要拉我上榻。

我一面推他一面道：「作你的春秋大夢！」

兩人推搡間，我的頭倒在他肩上，忙掩著鼻子嚷道：「求求你了，霍大爺，別再玩了。臭死了，趕緊去洗澡，昨晚熏了我一晚上。」

他舉起胳膊聞了聞，「臭嗎？我怎麼沒聞到？妳再仔細聞聞，肯定弄錯了。」說著強把胳膊湊到我鼻子前。

我一面躲一面罵：「你故意使壞。」拉拉扯扯中，他大笑著從榻上翻下，我閃避不及恰被他壓在身下，氣氛一變，兩人瞬間沉默下來。

他盯著我，呼吸漸漸變得沉重。

我想移開目光，卻只是瞪眼看著他，心越跳越快。他的臉慢慢俯下來，我的身子越繃越緊，他的唇剛要碰到我時，「金大哥，你今日不學騎馬了嗎？啊……」李誠慘叫一聲，剛衝進屋就又立即跳了出去，手忙腳亂地關門，聲音顫抖地說：「我什麼都沒有看到，我真的什麼都沒有看到……」

門被李誠推開的剎那，蠱惑立即解開，我猛然把頭扭開，臉頰似拂過霍去病的唇又似乎沒有。

霍去病狠狠一拳砸地，惱恨未消，人又突然笑起來，「玉兒，妳躲不掉的。」

我心中說不清是什麼滋味，一聲不吭地推了推他，示意他讓開。他立即雙手一撐地站起，我卻躺著沒動，怔怔盯著屋頂。

霍去病笑道：「我去洗澡了，回頭檢查妳的騎馬學得如何，應該不會讓我失望。」

他走了半晌，我才遊魂般地起身洗漱。冷水澆在臉上，人也清醒了幾分，臉埋在帕子中，心緒紊亂。

「金大哥。」李誠在身後極其小心地叫道。

我回身看向他，有些沒精打采地說：「用過早飯，我們就去練習騎馬。」

李誠一面吃飯，一面小心翼翼地打量著我，「金大哥，你若心裡難過，我們今日就不要練習了。」

我抬頭看向他，忽地反應過來他腦子裡琢磨些什麼，口中饅頭差點噴出來，連連咳嗽了幾聲，一巴掌甩在他腦袋上，「年紀小小，不想著如何把功夫練好，在胡思亂想些什麼？」

李誠委屈地揉著腦袋。一隻眼睛大，一隻眼睛小，鼻子烏青，嘴巴歪歪，一張豬頭臉，居然還滿面同情地看著我。

我怕噎著自己，再不敢吃東西，擱下手中饅頭先專心笑個夠。琢磨著不能在李誠年紀小小時，就給他心裡投下陰影，「剛才純屬誤會。我和將軍正在對打，將軍可不像你武功那麼差，我們自然是勢均力敵，近身搏鬥時不小心就扭著摔倒在地上，你恰好撞進來，所以就誤會了。」

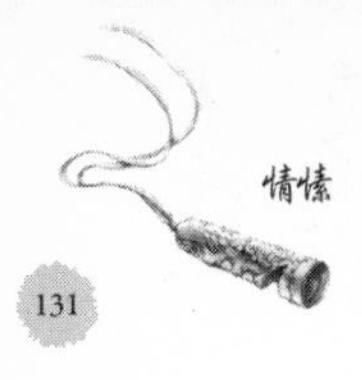


小孩子還真好哄，李誠聽完，立即開心起來，幾口吃完手中的饅頭，大叫著今天要再和我好好打一架。

霍去病到時，我和李誠剛把馬牽出。霍去病看看神清氣爽的我，再看看臉腫如豬頭的李誠，忍俊不禁地問：「命他教妳騎馬，妳有不滿也不用把他打成這樣吧？」

我撇了撇嘴沒有答話，李誠趕著回道：「金大哥在教我功夫，不是打我。」

霍去病微有些詫異看了我一眼，「教功夫？如果師傅都是這麼教徒弟，還有誰敢學武？」

我拍了拍馬背，翻身上馬，「我只會這種教法，讓他在生死之間學會變通，沒有什麼招式，有的只是殺死對方的一擊而已。」

霍去病笑了笑也翻身上馬，對李誠吩咐，「今日不用你教她騎馬，回去休息吧！」

李誠低低應了聲是，耷拉著腦袋，慢騰騰地往回走。

我揚聲說：「回去找剛下戰場的大哥們打幾架，他們現在骨子裡的血腥氣還未散盡，只要你有本事逼出他們心中的狠厲，打完你肯定所獲頗豐。」

李誠回過頭高興地大叫了聲好，一溜煙地跑走。

霍去病和我並騎而行，「妳要帶個狼崽子出來嗎？小心被我手下的狼敲斷腿。」

我嘻嘻笑著，「我已經提醒他了呀！『所獲頗豐』似乎就包括斷胳膊斷腿、從小豬頭變成大豬頭的可能。」

霍去病好笑地搖頭，「我還納悶妳怎麼這麼好心，居然肯教他，如今倒覺得他運氣有點背，居

然碰上了妳。」

我瞪了霍去病一眼，「他的父母都喪生在匈奴刀下，你知道嗎？」

「不知道，軍營中那麼多士兵，我可沒工夫研究他們的出身來歷，我只關心他們上了戰場是否勇猛。這小子是因為我要找人教妳騎馬，趙破奴推薦的。」

「我答應李誠，如果他能在我手下走過一百招，就請你讓他上戰場。」

「照妳這樣的教法，戰場應該能上。這些回頭再說，先看看妳這幾日學得如何。」霍去病話剛說完，雙腿一夾馬從我身旁竄了出去。

我也有心在他面前顯擺一下這幾日苦練的成果，忙策馬去追。沒想到他根本不是和我比速度，而是時而左轉時而右轉，又或者猛然勒轉往反方向奔馳。我拚盡全力也未能趕上他，反倒幾次突然的急速轉彎，韁繩勒得太重，惹火了馬，差點又把我摔下去。

和李誠打上半天都面不改色，幾圈跑下來，我卻是滿額頭的汗。霍去病氣定神閒，笑吟吟地看著我。

顯擺未成，我有些沮喪地跳下馬，一屁股坐在地上。霍去病坐到我身旁，「騎得很好，幾天的時間能學到這個程度，很讓我意外。」

我帶著疑問，側頭看向他。

他笑道：「不是哄妳開心，說的全是真話。」

我嘴邊不自禁地含笑。

「玉兒，明天我要率一部分軍隊返回長安。」

我嘴邊笑意立消，低頭俯在膝蓋上，悶悶地盯著地面。

「妳不用擔心，我不會逼妳隨我回長安，不過妳也不許偷偷跑回大漠。反正妳不是還要教李誠功夫嗎？再把馬術好好練習一下，我會盡快回來。」

我一句話未說，他也安靜地坐著。身旁的馬兒突然長嘶一聲，打破了周圍的寧靜。

霍去病笑說：「妳應該已經領略到些許在馬上任意馳騁的樂趣，我逼妳學馬不僅僅是希望有一日妳能和我並騎，縱橫在天地間，也覺得妳肯定會喜歡這種像風一般的感覺，不想妳錯過人生中如此愜意的享受。」他一面說著，一面拉我起身，「來，今日教妳幾招本將軍馭馬的不傳之祕。」

◈ ◈ ◈

夜半時分，正睡得香甜，我突然感覺一個身子滑入了被中，心中大怒，立即用胳膊肘去擊打他的小腹。

霍去病緊緊環抱住我，用力摁住我掙扎的身體，低聲央求道：「玉兒，我沒有別的意思，我一早就走，現在就在旁邊躺一會。妳別踢我，我就躺在榻沿，保證不碰妳。」

我想了一瞬，安靜下來。

他縮回了手，身子也移開，我往榻裡移了下，給他讓出些位置，他低低說了聲「謝謝」。

他將一個竹片塞到我手中，我摸了下問：「什麼東西？怎麼像籤條？」

「就是籤，還是妳自己求來的。」

我的心神幾分恍惚，想起當初隨手扔掉的那支籤，也想起立在槐花樹下一動不動的他。想到他竟去亂草中找回了這根籤，我胸中充滿酸楚的感覺，傷痛中還奇異地夾雜一絲窩心的暖，痛楚好像也變淡了，一時間完全辨不清心中究竟是什麼感覺，這些感覺又為何而來。

「籤上的話是：迢迢銀漢，追情盼雙星。漠漠黃沙，埋心傷隻影。」

我想了一瞬，不明白籤上的意思究竟指什麼。是說我盼雙星，後來卻傷隻影嗎？忽又覺得前一句話用在霍去病身上更適合。

但不管怎麼解，後一句總透著不祥，於是不願再多想，「籤上永遠都是這些模棱兩可的話。」

「剛才作了個夢，夢見我從長安回來時，卻怎麼也找不到妳。我一個人騎著馬不停地跑，可就是找不到妳。玉兒，妳答應我，不管發生什麼事情，妳一定會等我回來。」

夜色中，他的眼睛少了些白日的驕傲自信，多了些困惑不定，安靜地凝視著我。

沒有逼迫，也沒有哀求，清澄明透，流淌的只是絲絲縷縷的感情，撞得我心一疼。腦子還未想清，話已經脫口而出，「我以後不會不告而別，即使要走，也會和你當面告別說清楚。」

他的唇邊綻開一抹笑，「我會讓妳捨不得和我告別。」

這人給點顏色就能開染坊，我冷哼一聲，翻身背對他，「對了！你回長安，千萬別告訴別人我在哪。」

霍去病沉默了一會問：「任何人嗎？」

我腦中閃過李妍、紅姑等人，「嗯。」

「好。」

我扭頭對他道：「天快要亮了，你趕緊再睡一會。」

他笑著輕點下頭，閉上了眼。我也闔上眼睛，腦中卻難以平靜。如果讓李妍知道我居然和霍去病在一起，說不定她會立即動手剷除落玉坊。

我以為幾封信一扔，就可以跳出長安城的是非糾纏，可人生原來真如霍去病所說是一架糾纏不休的藤蔓，而不是我以為的一個轉身就可以離開和忘記一切。

腦中各種思緒翻騰，不知什麼時候才迷糊睡去，早上醒時榻旁已空，不知道是他動作輕盈，還是我睡得沉，何時走的我竟然毫無察覺。輕摸了下他躺過的地方，我怔怔發呆。

◈　◈　◈

「一百！」滿手是血的李誠大叫一聲後再無力氣，刀掉到地上，人也直接撲倒在地。

我皺眉看著李誠，「你若不想未上戰場就流血而死，先去把傷口收拾乾淨。」

李誠齜牙咧嘴地笑著，強撐著站起，「一百招了，金大哥，你可要說話算話。」

他眼中淚花隱隱，我笑點了下頭，「知道了，找大夫包紮好傷口，今晚我請你到集市上吃頓好的，給你補補身體。」

點了一份紅棗枸杞燉雞，李誠的臉有些苦，「就吃這個？」

我詫異地說：「這難道不比軍營中的伙食好很多？軍營中的伙食可是連油水都少見。」

「當然沒法比，可這雖好卻太清淡了，像是女人家坐月子吃的。」李誠盯著白色的雞肉，鬱鬱地說。

我笑著遞給他一根木勺，「你最近沒少流血，特意給你點來補血的，少廢話，趕緊喝吧！」

兩個男子用過飯後騎馬離去，馬從窗外奔過時，我無意間掃了一眼，馬臀上的蒼狼烙印栩栩如生，總覺得在哪裡見過似的。

李誠看我皺著眉頭發呆，用筷子敲了敲我的碗，「金大哥，你在想什麼？」

我忙笑搖搖頭。小二來上茶時，我隨口問：「剛才出去的兩個大漢可是本地人？」

小二一面斟茶一面道：「不是。看上去像富豪人家的家丁，好像家裡人走失了，四處打聽一個姑娘。唉！如今兵禍連連，人活不下去，只好做強盜。商旅都要雇傭好手才敢走河西和西域，一個姑娘家只怕凶多吉少了！」

李誠冷哼道：「都是匈奴！打跑了匈奴，大家就可以安心過日子，就不用做強盜了。」

小二臉上有些不贊同，微張了下嘴卻又閉上，陪笑著斟好茶，退了下去。

❖ ❖ ❖

生活變得極其簡單平靜，將近一個月，每天除了和李誠打架練馬，逗逗小謙和小淘，就是四處轉悠著打發時間。正覺得無趣時，霍去病的信到了。

「……我與公孫敖率軍從北地郡出發，各自領兵進攻匈奴。李敢此次也隨軍出征……」我眉頭皺了起來，「別皺眉頭，他隨父親李廣從右北平出軍，我們各自率軍征戰，不到最後碰面機會不大。接信後，請隨送信人一塊走，北地郡見。」

送信來的陳安康等了半晌，見我仍然坐著發呆，輕咳一聲，「將軍命我接公子前往北地郡。」

我嘆口氣，「將軍肯定對你另有吩咐，不走恐怕不行，走就走吧！不過我要帶李誠走，你可能辦到？」

陳安康作了一揖，「此事在下還有資格說話，命此地統領放人即可，到了將軍那邊，自然一切可便宜行事。」

我站起，「那就出發吧！」

陳安康如釋重負地輕輕吁了幾口氣，我嘲笑道：「不知道你們將軍給你囑咐了些什麼，竟搞得你如此緊張。」

他笑著說：「不光將軍囑咐，臨行前家父整整嘮叨了一晚，讓人重也不是，輕也不是，禮也不是，兵也不是，我是真怕公子拒絕。」

我詫異地看著他，「你父親？」

陳安康笑道：「公子認識家父的。將軍的管家。」

我「啊」了一聲，指著自己，「那你知道我……」他含笑點頭，我心裡對他生了幾分親切，抱怨道：「看看你家將軍把我折磨的。這輩子只有我折磨別人，幾曾被別人折磨過？」

陳安康低頭笑道：「不是冤家不聚頭。」看我瞪他，忙又補了句：「不是我說的，是家父說的。」

我把鴿子籠塞到他手裡，沒好氣地說：「提著。」又扔了個包袱給他，「拿著。」左右環顧一圈後快步出了屋子。

我躺在馬車裡假寐，李誠興奮地跳進跳出，又時不時湊到陳安康身旁絮絮問著戰場上的一切。習慣了馬上的顛簸，此時坐馬車覺得分外輕鬆，還未覺得累，已經到了北地郡。

剛跳下馬車，眼前一花，霍去病已把我攬在懷裡，低聲道：「一個月不見，我整整擔心了一個月，只怕哪天醒來接到信說妳人不見了，所幸妳這人雖然經常不說真話，但還守諾。」

此人真的是興之所至，由心為之，毫不顧忌他人如何看如何想。我又敲又打地想推開他，他卻攬著我的肩沒有動。

陳安康低頭專心研究著北地郡的泥土色澤，李誠滿面驚恐，大睜雙眼地看著我們。

我長嘆口氣，這回該編造什麼謊言？有什麼功夫是需要抱著練的？

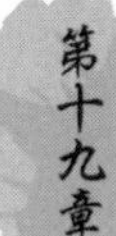

# 第十九章 鴿魂

茶隼是鳥中最兇殘的捕獵者，
被小淘激怒，一聲尖嘯，雙爪急速撲向小淘。
我拚命吹哨子召牠們回來，
但是鴿子的速度完全無法和茶隼相比，
還未到射程內，小淘已籠罩在茶隼的爪下，
眼見身體就要被利爪貫穿。

大軍休息兩日後準備出發，霍去病與公孫敖商議好從左右兩側進攻，相互呼應，李廣將軍所率的一萬騎兵隨後策應西征大軍，確保萬無一失。

青黑的天空，無一顆星星，只有一鉤殘月掛在天邊。清冷的大地上，只有馬蹄踩踏聲。無數鎧甲發著寒光，向前看是煙塵滾滾，向後看依舊是煙塵滾滾，我心中莫名地有些不安。

霍去病看了我一眼，握住我的手，「沒事的，我不會讓匈奴傷著妳。」

我咬了下嘴唇，「我有些擔心李誠。我是否做錯了？我並不真的明白戰爭的殘酷，當他跨上馬

背時，生與死就在一線之間，很多時候並不是身手好就可以活著。」

霍去病手握韁繩，眼睛堅定地凝視著蒼茫夜色中的盡頭，神色清冷一如天邊的冷月。「如果殺匈奴是他這一生最想做的事情，即使死亡，只要做了想做的事情也沒有遺憾。難道他會願意平平安安地活著？沒有人可以保證自己能在戰場上活下去。」

我撇了撇嘴，「自相矛盾。剛才還保證不會讓我有事。」

他側頭看向我，含了一絲笑，「因為我是霍去病，所以妳是例外。」

我不屑地皺皺鼻子，搖頭笑起來，剛才的緊張和壓抑不知不覺已經消散。

大軍急行一日一夜後，就地簡單紮營休息。我雖然已做好準備，可第一次在馬上待如此長時間，只覺得腿和腰快要不是自己的了。聽到霍去病下令休息，我立即直接撲向地面，平躺在地上。

霍去病坐在我身旁，笑問道：「現在知道我的錢也賺得不容易了吧？以後也該省著點花。」

我剛要說話，陳安康匆匆上前行禮，臉色凝重。霍去病沉聲問：「還沒和公孫敖聯繫上？」

陳安康抱拳回稟道：「派出的探子都說未尋到公孫將軍，到現在公孫將軍都未按照約定到達預定地點，也沒有派人和我們聯繫。張騫和李廣將軍率領的軍隊也失去了消息，未照計畫跟上。」

霍去病沉默了一會，淡淡道：「再派人盡力打探，公孫敖的消息不許外傳，下令今夜大軍好好休息。」

我凝神想了會，雖然我兵法背得很順溜，可還真是書面學問作不得準，唯一想出的解決之道是立即撤退，絕對不適進攻。配合的軍隊不知什麼原因竟然失蹤，隨後策應的軍隊更不知道被困在什麼地方，這仗剛開始，我們已亂了局，完全居於弱勢。

霍去病在地上走了幾圈後，回身對我說：「好好睡覺，不要胡思亂想。」

「你呢？」

「我也睡覺。」他竟然真就扯出毯子，裹著一躺，立即睡著。

情況轉變太快，我有些反應不過來的發了會呆，難道他不該想想對策嗎？轉念一想，將軍不急，我操什麼心？天塌下來先砸的自然是他，裹好毯子也呼呼大睡起來。

東邊剛露了魚肚白，大軍已整裝待發，公孫敖和李廣依舊沒有任何消息。霍去病笑著對我道：「以前是李廣迷路，今次怕他又迷路，特意求皇上讓熟悉西域地形的張騫和他一起，沒想到現在居然是跟了舅舅多年的公孫敖迷路。」

我道：「那我們怎麼辦？」

霍去病看著東邊緩緩升起的紅日，伸手一指祁連山的方向，「我們去那裡。」

我立即倒吸了口冷氣，遙望著祁連山，心又慢慢平復。

孤軍深入，他又不是第一次。第一次上戰場就領著八百騎繞到匈奴腹地，上次更是領著一萬騎兵轉戰六日，縱橫五個匈奴王國。雖然這次原定計畫並非孤軍作戰，可結果卻又是要孤軍打這一仗了。祁連山水草豐美，是匈奴放養牲畜的主要區域，也是匈奴引以為傲的山脈。這一仗肯定不好打，可如果打勝，阿爹應該會非常高興。阿爹……

霍去病看我望著祁連山只是出神，有些歉然地說：「本以為這次戰役會打得輕鬆一些，沒想到

又要急行軍。」

我忙收心，不想他因我分神，故作輕鬆地笑道：「我可不會讓你這個人把我們狼比下去。」

他笑點了下頭，一揚馬鞭衝向隊伍最前面，升起的陽光正照在他的背上，鎧甲飛濺著萬道銀光，仿若正在疾馳的太陽，雄姿偉岸，光芒燦爛。

霍去病手下本就是虎狼之師，被霍去病一激，剽悍氣勢立起，幾萬鐵騎毫無畏懼地隨在霍去病身後，馳騁在西北大地。

全速奔跑了半日後，我納悶地側頭問陳安康：「我們怎麼在跑回頭路？」

陳安康撓著腦袋前後左右打量一圈，又仰起頭辨別了下太陽，不好意思地說：「看方向似乎是，不過這西北戈壁，前後都是一覽無餘，我看哪裡都一樣，沒什麼區別，也許將軍是在迂迴前進。」

我無奈地搖搖頭，「你去問一下將軍，他究竟知不知道自己在繞回頭路，別剛嘲笑完打了半輩子仗的公孫將軍迷路，自己又迷失在大漠中。」陳安康神色立變，點了一下頭，加速向前追去。

不一會工夫，霍去病策馬到我身旁，與我並騎而行，「根據探子回報，匈奴似乎已探知我們的位置，我不能讓他們猜出我們將往何地，一定要甩開他們。否則匈奴預先設置埋伏，以逸待勞，全軍覆沒都有可能。」

我看著天上飛旋徘徊的鷹，沉思著沒有說話。

他又道：「我從小跟著舅父看西北地圖，有目的地繞一、二個圈子還不至於迷路。如今妳在，

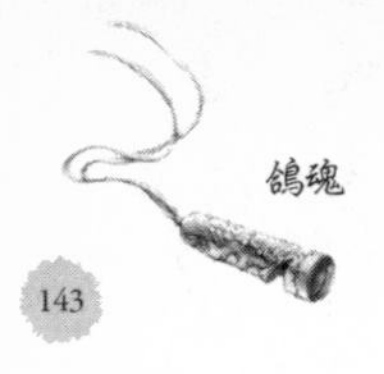



我就更可以放心大膽地亂兜圈子，索性把匈奴兜暈了，正好打他們個措手不及。」

我策馬到幫我帶鴿子的人身旁，吩咐他務必看好籠子，不能讓小謙和小淘出來。小淘不滿地直撲翅膀，我敲了牠幾下才讓牠安穩下來。

從清晨全速奔跑到夜幕低垂，霍去病的臉色漸漸凝重起來，我們在戈壁中兜了一兩圈子，匈奴在完全無可能追蹤到我們形跡的情況下，似乎依舊清楚我們大軍在何方，仍然有探子遠遠跟在後面。霍去病下令就地吃飯休息，他卻握著饅頭半天沒有咬一口，我抿嘴笑問：「琢磨什麼呢？」

「以我們的速度，又是沒章法的亂跑，匈奴怎麼可能知道我們的舉動？以前從沒碰過這樣的情形。原本該是我們去打匈奴，現在卻變成匈奴緊咬在後追擊我們。」霍去病緊鎖著眉頭，滿面困惑不解。

我指了指天上，他仰頭看向天空中兩個微不可辨的黑影若隱若現。他愣了一瞬反應過來，驚詫地看向我，「妳的意思是這兩隻扁毛畜生是匈奴的探子？」

我笑點點頭，「這些傢伙最討厭了。以前我們捉了獵物，牠們就在天上不停地轉圈子，隨時等著搶我們的食物，有的甚至就在旁邊和狼兄牠們搶。因為牠們會飛，狼兄拿牠們也無可奈何。趕走了，人家在空中打轉又落下來繼續搶。所以我和這幫傢伙也算不打不熟悉。白日裡我就覺得這兩隻茶隼不正常，不四處尋覓食物，竟時不時飛過我們頭頂。」

霍去病苦笑著搖頭，「以前只聞鴿子能做主人耳目，沒想到傳說竟然成真，我運氣偏偏這麼好，居然撞上了，不知道匈奴養了多少隻。」

「這些傢伙巢穴都建在人跡罕至的地方，人很難捕捉到幼鳥。牠們性格倨傲，又愛自由，如果不是從極小時馴養，只怕個個寧死也不會聽從人的命令，匈奴能有兩隻已經很難得。真要很容易養，怎麼會只在傳聞中有這樣的事情？上次也不會毫無提防，讓你八百人就衝進匈奴腹地。」

霍去病笑拍了下膝蓋，仰頭看著天，「就兩隻？那好辦。明天一隻給一箭，晚上我們吃烤隼。」

彎弓射隼，想來不是什麼難事，可對付經人訓練過的茶隼，卻的確不容易。從清晨起，霍去病和另一個弓箭好手就一直嘗試射落兩隻隼，可是兩隻隼高高盤旋在天上，幾乎一直在箭力之外。

等了大半日，竟然連射箭的機會都沒有，我早已心浮氣躁，氣悶地專心策馬，再不去看他們是否能射下茶隼。

霍去病卻和他以往流露出的衝動很是不同，超凡的冷靜和堅韌，此時的他像一隻經驗豐富的狼，為了獵物可以潛伏數日不急不躁，沉靜地觀察著獵物，等待對方的一個疏忽，給予致命一擊。

突然一陣歡呼響起，我立即喜悅地抬頭，一個黑點正在急遽掉落，另一隻在天空哀鳴著追著黑點俯衝，白羽箭堪堪擦過牠的身體，牠又立即騰起，在高空一圈一圈的盤旋，哀叫聲不絕，卻再沒有降落。

和霍去病一起射隼的弓箭手，滿面羞愧跪著向霍去病告罪，「卑職無能，求將軍軍法處置。」兵士雙手捧著茶隼屍體呈給霍去病，霍去病卻只是面色沉重地望著空中那隻孤隼，隨意揮了揮手讓他們下去。我發愁地看著霍去病，這下可真是麻煩了。

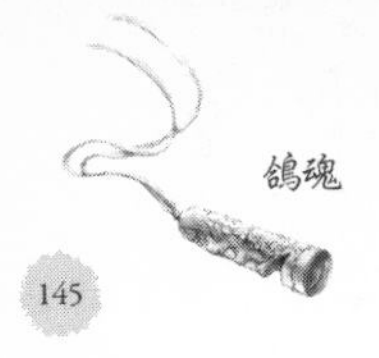


這兩隻隼經過特殊訓練，警覺性比野生隼更高，還沒牠們貪玩好奇。這隻隼受此驚嚇，絕對不會再給我們機會射牠。而且如此好的探子萬金難換，匈奴肯定會被激怒，只怕我們短時間內就有一場大仗要打，而且是在敵知我們，我們不知敵的劣勢下。

霍去病忽地側頭看向我，笑容燦爛，自信滿滿，一如此時戈壁上夏日的驕陽，照得大地沒有半絲陰暗。我被他神情感染，滿腹愁緒中也不禁綻出一絲笑。

我因為霍去病而自信忽增，愁緒略去，更何況這些跟著霍去病征戰的羽林兒郎？兩次征戰，霍去病巨大的勝利，讓這些羽林兒郎對他十分信賴，似乎只要跟著霍去病，前方不管是什麼都可以揮刀砍下。霍去病有這個信心，而且成功地把它傳給了每一個士兵。

因為大量人馬用水耗費巨大，大軍急需補充水。霍去病問了我附近的水源後，決定去居延海。居延是匈奴語中弱水流沙的意思，地處匈奴腹地。

那隻隼一直不離不棄地跟著我們，霍去病除了偶爾抬頭看牠一眼，臉上看不出任何擔心憂慮。快近居延海時，陳安康和另一個青年趙破奴結伴而來，陳安康的眼光從我臉上掃過，又迅即低下了頭，我納悶地看著他們。

霍去病淡淡道：「有事就說。」

趙破奴道：「匈奴此時肯定已經猜到我們要去居延海，這一仗無可避免，打就打，我們不怕打這一仗，可如果一直被匈奴搶到先機，對我們極其不利，末將有一計可以射殺這隻扁毛畜生。」說著他的眼光轉向我。

我明白過來，冷哼一聲扭頭看向別處。霍去病沉著臉道：「你們下去吧！此事不許再提。」

趙破奴曲膝跪下，「將軍，只是用鴿誘鷹，只要射箭及時，鴿子不會有事。即使有什麼差池，犧牲兩隻鴿子卻可以扭轉我們的劣勢。回長安後，末將願意重金為金兄弟尋購上好的鴿子。」

我恨恨瞪了趙破奴一眼，一甩袖子舉步就走，急匆匆去拿我的鴿籠，再不敢讓別人幫忙帶。要放在我身邊，我才能放心。

陳安康在我身旁騎了半天馬，看我一點都不理會他，陪著笑說：「妳別生氣了，將軍不是沒同意我們的壞主意嗎？」

我沉默地看著前方，他又陪笑說了幾句，我一句話沒有說，他只好尷尬地閉上嘴。

「李誠在哪裡？我有些不放心他，待會到湖邊時，可以讓他跟著我嗎？」我板著臉問。陳安康忙笑應好，吩咐兵士去把李誠找來。

綠草萋萋，湖面清闊，天光雲色盡在其中。風過處，蘆葦宛如輕紗，白白渺渺，起起伏伏。間或幾隻野鴨從蘆葦叢中飛出，落入湖中。淺水處還有一群仙鶴，白羽紅嘴，輕舞漫嬉。

李誠目不轉睛盯著居延海，低低讚嘆，「好美呀！原來匈奴人也有美麗的地方。」

我聲音沉沉地道：「湖裡還有很多魚，小時候我和……」忽地輕嘆口氣，把沒有說完的話吞了回去，只是看著湖面發呆。

當幾千隻水鳥驚叫著從水上與蘆葦中奮力振翅飛向高空時，霍去病第一個勾起了弓弦。

我不是沒有經歷過性命相搏，也有過不少次生死一線間的事情，可當我落入一場幾萬人的戰爭

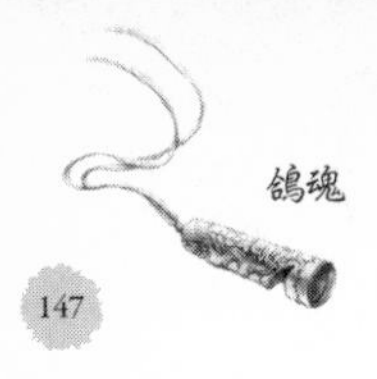



中，才知道自己以前經歷過的都不過是兒戲。

馬嘶人吼，刀光箭影，湖光天色被一道道劃過的寒光撕裂成一片片，支離破碎地重疊在一起。殷紅的鮮血濺起，宛若鮮花怒放，花開卻只一瞬，迅速凋零落下，恰如消逝的生命。一朵朵殷紅的生命之花，繽紛不絕，淒迷豔麗地蕩漾在碎裂的寒光中。

我看不清前面究竟發生了什麼，只覺滿眼都是血紅色的殘破光影。陳安康搖了我一下，笑著說：「我第一次上戰場嚇得差點尿褲子，我看妳比我強，只是臉發白。」我知道他是想轉移我的驚懼，我看著他，卻無法擠出一個字。

「李誠呢？」我突地驚叫道。陳安康四處打量了一圈，無奈地說：「這小子只怕跟著前鋒衝進匈奴人的隊伍中了。」

我惱恨地差點給自己一耳光，一夾馬就要走，陳安康死死拽住韁繩，「妳不能到前方去，這是將軍的命令。而且妳現在去也於事無補，妳根本不可能找到李誠，妳沒和大軍操練過，不懂配合，只會給周圍士兵添亂，還是好好待在這裡等戰爭結束。」

我緊緊握著韁繩，眼睛一瞬不瞬看著前方激戰。陳安康輕聲說：「一上戰場生死由天，昨日一起飲酒的夥伴，第二日就倒在面前也是常事。」

我的心立即繃緊了，身子一動不敢動，平著聲音問：「那將軍可……可能一定安全？」

陳安康沉默了一瞬道：「戰場上沒有一定的安全，不過將軍從小在羽林營中練習攻打匈奴，又是衛大將軍言傳身教，經驗豐富，不會有事。」

匈奴的血，漢人的血，我分不清我的心究竟為什麼而顫，神情木然地抬頭看向藍天，幸虧藍天和白雲依舊。

匈奴兵敗遁走，居延海恢復了寧靜，蘆葦依舊曼妙地在風中起舞，可瀰漫的血腥氣和一地屍身，卻讓仙鶴野鴨再不敢回來，反倒禿鷲漸漸在天空聚集，一圈圈盤旋著，盯著滿地美食。

我舉目四望，霍去病策馬急速奔來，「還好嗎？」

我強笑著點點頭，目光依舊在人群中搜索著。陳安康笑指右前方說：「那不是李誠嗎？」

李誠拖著刀，隔著老遠向我揮手，我心中一鬆，也向他招了招手。李誠臉上雖有血有淚，神情卻很激昂，衝著我大叫：「我為爹娘和姐姐報仇了，我報仇了，我打跑了匈奴……」

一個躺在地上的匈奴人突然強撐起身子，向李誠扔出一把匕首。「小心！」我驚叫著飛奔而去，一面拋出白絹金珠想擊落匕首，可是距離太遠，我只能眼睜睜看著匕首飛進李誠胸口。一枝箭從我身後飛出，將那個半死的匈奴士兵釘在地上。

李誠低頭看向插入胸口的匕首，又抬頭茫然地看我，似乎還不明白發生了什麼。

我伸手接住他墜落的身子，手用力捂著他的心口，可鮮血仍舊不停冒出。陳安康大叫：「軍醫、軍醫……」

霍去病蹲下查看傷口，看著我微搖搖頭，「正中心臟。」

李誠看了看自己手上的血，「我要死了嗎？」

我想搖頭卻無法，只是緊緊盯著軍醫。李誠笑著握住我的手，我反手緊緊拽著他，似乎這樣就可以拽住正在流失的生命。

「金大哥，你別難過，我很高興，我殺了匈奴，現在又可以去見爹娘和姐姐，我好想他們，好想……」

血仍在往外湧，手卻漸漸冰冷，我抱著李誠一動不動，鮮血從我手上漫過，我的心也浸在冰冷的紅色中。這全是我的錯，是我的錯……

陳安康輕聲叫道：「金……」

霍去病擺手讓他噤聲，「你先去整隊，一會準備出發。」陳安康行禮後快速退下。

霍去病一言不發安靜地站在我身側，望著居延海，我輕柔地放下李誠，走到湖邊開始洗手。霍去病默默看了我一會，回身吩咐兵士將李誠的屍身火化。

他走到我身側，蹲在我身邊也洗著手，「等仗打完，我派人將他的骨灰安葬在父母家人身側，他不會孤單。」

我抬頭看了眼盤旋著的禿鷲，那隻茶隼混在群鷲中已不可辨。

馬蹄聲急急，一路疾馳，我一直沉默不語，霍去病也一直靜靜陪在身側。我時而抬頭看一眼高高飛在上方的小黑點，再專注地策馬。

當我又一次抬頭看向天空時，霍去病道：「不是妳的錯，不要再譴責自己。戰爭中本就充滿死亡，李誠決定參軍的那日起，就應該心中有備。」

我盯著碧藍的天空，「可如果不是我承諾讓他上戰場，也許他現在還活著。」

霍去病無奈地說：「太鑽牛角尖了。沒有妳，李誠也會想方設法盡快上戰場。何況男子漢大丈夫，有所為有所不為。在報仇和苟安之間，即使讓李誠再選一次，他仍舊會選擇報仇。」

我側頭看向霍去病，「如果不射落天上那隻賊鳥，我們只怕不能順利抵達祁連山。」

霍去病抬頭看了眼天空，「慢慢等時機，牠總不能一直警惕性這麼高。」

我看著小謙和小淘，「原本兵分三路，互相策應，可如今李廣將軍和公孫敖將軍都不知所蹤，我們又在匈奴腹地，靠的就是行蹤不定的突襲，再等下去，也許我們都會死在祁連山腳下。」

我摸了摸鴿籠，緩緩打開門，小謙和小淘關得已久，都興奮地跳到我手臂上。我低頭看著牠們，定聲對霍去病吩咐，「準備好你的弓箭。」

我輕輕撫著牠們的頭，輕聲說：「對不起，要你們去冒險做一件事情。不要靠近茶隼，只需逗引牠飛低一些，你們一定要盡力飛得快些。」

「玉兒！」霍去病示意我他已經一切準備好。

我揚手讓小謙和小淘飛向天空，掏出掛在脖子上的竹哨嗚嗚吹起，命令小謙和小淘逗引茶隼，將茶隼引向低空。

小謙在空中盤旋著猶豫不前，小淘卻已經不顧一切地直衝茶隼而去，小謙無奈下也緊緊趕在小

淘身後向上飛去。

茶隼很精明，食物擺在眼前卻不為所動，依舊在高空飛翔。小淘和小謙隔著一段距離逗引了半天，茶隼卻不理不睬。小淘猛然直衝茶隼飛去，我一驚，吹哨急召牠回來，牠卻毫不理會我的命令，在茶隼眼前放肆地打了個圈子，才準備飛開。

茶隼是鳥中最兇殘的捕獵者，大概從沒遇見如此蔑視牠威嚴的鳥，被小淘激怒，一聲尖嘯，雙爪急速撲向小淘。我拚命吹哨子召牠們回來，小淘急速飛落，但是鴿子的速度完全無法和茶隼相比，還未到射程內，小淘已籠罩在茶隼的爪下，眼見身體就要被利爪貫穿。

為了救小淘，小謙沒有聽從我的哨聲飛回，反倒從一旁衝到茶隼身側，不顧茶隼充滿力量的翅膀去啄牠的眼睛。

茶隼翅膀張開，小謙哀鳴一聲被甩開，而小淘終於從茶隼爪下逃生。

茶隼瘋狂地追向小謙，小謙的身子在空中顫抖著下墜，小淘完全不聽我號令，奮不顧身地去攻擊茶隼。茶隼正要一爪揮向小謙，一枝箭直貫牠胸部，茶隼化成黑點直落向大地。

小謙也搖搖晃晃地墜落，我急急奔去接，牠未落在我身上，幾滴鮮血先滴在我伸出的手臂上。我心一抽，小謙落在我的臂上卻無法站穩，腦袋一歪就栽向地上。我趕忙捧住牠，牠雙眼緊閉，一隻翅膀連著半邊胸骨全是血，我的手不停抖著，小淘哀鳴著用頭去拱小謙的頭，小謙勉強睜開眼睛看向牠，身子一抖眼睛又閉上。

軍醫伸手探了下小謙，滿臉憂傷地朝霍去病搖搖頭。

我捧著小謙，心如刀割。小淘用嘴細心地替小謙理著羽毛，時而「咕咕」鳴叫幾聲。

我從沒見過如此耐心溫柔的小淘，眼淚再也止不住，一滴滴落在小謙身上，嘴裡斷斷續續哽咽道：「對不……起，對……不起……」

小淘抬頭看向我，頭在我手邊輕柔地蹭著，似乎安慰著我，又用嘴替小謙理了下羽毛，忽然一振翅膀向高空飛去。我疑惑地看向越飛越高的小淘，驀然反應過來，忙拚命吹哨子，回來，立即給我回來！

小淘卻只是一個勁向高處飛，我驚恐地大叫：「小淘，回來！回來！不許你丟下我！不許你丟下我！」語聲未落，高空中一個小黑點快速栽向地面，眨眼間小淘已摔落在地。

本就被鴿子與茶隼的一場大戰，引得目不轉睛的兵士被小淘烈性震懾，齊聲驚呼，我卻聲音哽在喉嚨裡，叫不出聲，眼睛瞪得大大，定定看著遠處小淘的屍身，身子緩緩滑坐在地上。

霍去病捂住我的眼睛，「不要看了。」

我狠命地拽開他的手，他強握著我的胳膊，我打向他，「都是你的錯，都是你的錯，你為什麼要逼我跟著你……」

「都是我的錯，是我的錯，我一定會向匈奴人討回這一切。」霍去病一面柔聲說著，一面將軍醫遞給他的一塊濕帕放在我鼻端。

我只聞到一陣甜甜的花香，打他的力氣漸小，腦袋一沉，靠在他肩頭昏睡過去。

# 第二十章 求親

我心中似明白似糊塗，身子變得又輕又軟，
像要飛起來，又像要墜下去，
唯有他的唇，他的手，他的身體，火一般燒著，
而我的心好冷，想要這份滾燙……

再睜開眼時，發現自己躺在霍去病懷中。

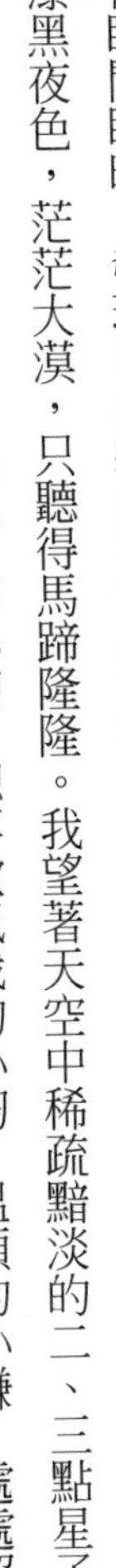

漆黑夜色，茫茫大漠，只聽得馬蹄隆隆。我望著天空中稀疏黯淡的二、三點星子，心中一片空落落。頑皮的小淘，時常弄壞東西的小淘，總喜歡氣我的小淘，溫順的小謙，處處照顧著小淘的小謙……

「醒了嗎？」霍去病低頭看著我，我沉默良久後問：「到哪裡了？小月氏嗎？」

他抬頭望著遠處，「妳已經昏睡一天一夜，小月氏已過，現在快到祁連山。妳熟悉祁連山

嗎？」

我輕輕「嗯」了一聲。身子還有些軟，我撐著馬背坐起，「我想自己騎馬。」

霍去病柔聲說：「當時看妳情緒激烈，所以下的迷藥份量很重，人雖然清醒了，但只怕還使不上力氣，我再帶妳一程。」

我沉默了一會，輕點下頭。

黑暗中佇立的山影看著越來越近，遙遙地傳來幾聲狼嘯，在馬蹄聲中隱隱可聞。我心中一動，緊握著霍去病的胳膊，扭頭道：「快一點好嗎？我聽到……」我咬了下唇，吞下已在嘴邊的話，轉頭看向祁連山。

霍去病策馬加速一路越過眾人，直向前奔馳，漸漸把眾人都甩在後面。我詫異地看向他，他低頭一笑，「希望是妳的那隻狼。」

幾隻狼立在山坡一角俯視著我們，我心緒激蕩，衝著祁連山一聲長嘯，霍去病的馬兒猛然拱背撒蹄，想把我摔下馬。此時山中遙遙傳來呼嘯，伴著我的嘯聲迴盪在山間，馬越發失控，霍去病無奈下索性棄了韁繩，帶著我躍下地。

我立即掙脫他，他也未拽我，任由我呼嘯著急急奔向山坡上的幾隻狼。沒想到牠們見到我，低低嗚嗚了幾聲，居然一甩尾巴倉皇逃走。我滿腔情感全落空，氣惱地叫起來：「狼八十九，你幹嘛躲著我？不認識我了嗎？」

幾隻小狼從林間探頭看向我，我低低招呼牠們過來。剛想走近，忽聽到母親的嗚叫，牠們又齊

齊躲了回去。我跺著腳直叫：「我才不會逼你們去烤火。」

霍去病在一旁搖頭大笑，「玉兒，我還以為妳是狼群的公主，怎麼也該群狼迎接才是，怎麼個個好像都不想見妳的樣子。」

我瞪了他一眼，側耳聽著越來越近的狼嘯聲，一聲震動山林的長嘯，一頭銀狼從林間飛躍而出，直直撲向我。我跳起去迎牠，摟著牠的脖子滾到了草地上。狼兄在我臉上脖子間嗅來嗅去，我抱著他的脖子，鼻子發澀，眼中全是淚花。

我和狼兄鬧騰了半晌，方安靜下來，牠衝著林子低叫一聲，一頭全身雪白的母狼，領著一隻通體銀白的小狼，緩緩走到我面前。我哈哈大笑著去抱小狼，扭頭對霍去病喜悅地說：「我有小侄女了，這才是我們的小公主，是不是很漂亮？」

霍去病笑著欲走近，雪狼警惕地盯著霍去病，警告地嘶鳴了一聲。我朝霍去病得意地扮了一個鬼臉，「人家不喜歡你，覺得你不像好人呢！」霍去病無奈地停住腳步。

小公主臉兒小小，全身毛茸茸的像一個雪團，在我身上滾來滾去。狼兄甩著大尾巴逗牠，小公主不停地撲騰，每每撲空跌回我懷中，齜牙咧嘴地直朝父親吐舌頭。

我忍不住笑了又笑，人與狼歡快的聲音迴盪在山中，霍去病站在一旁靜靜凝視著我們，幾分自責，幾分思量。

山腳下的馬蹄聲逐漸安靜，大隊應該已經抵達。霍去病望了一眼山腳下又看向我，「玉兒。」

我側頭看向他，他一瞬不瞬地凝視了我一會說：「我要回去了，妳……你們久別重逢，妳先和

牠們在一起吧！」

我不能置信地盯著他，他暖暖一笑，「先別離開祁連山，好嗎？」他眼中的不捨，全化作了要我快樂的笑。

我沉默地點點頭，他笑著看向狼兄，「玉兒就先拜託你們了。」說完也不管狼兄是否聽懂，竟仿若對著父輩兄長般，向狼兄深深一揖，轉身快步衝下山去。

◈ ◈ ◈

小公主跟在我和狼兄身後笨拙地撲騰著水，我們的王妃雪狼趴在湖邊大石上，溫柔地看著我們在水中嬉戲。

我踢了狼兄一腳，從哪裡拐了這麼美麗的一隻狼？狼兄一聲長嘯，舉爪掃向我的臉，我立即打向他的脖子，雪狼一驚從石塊上立起，看了一會廝打在一起的我們，又安靜坐下。

可憐的小公主卻被我們濺起的水花波及，嗆著了水，掙扎著向下沉去。我顧不上和狼兄玩鬧，忙一把揪起牠。狼兄立即收爪，小公主毛茸茸的小臉上兩隻眼睛滴溜溜的圓，此時正可憐巴巴地看著我，四隻小爪子在空中無力地揮舞，嘴裡低低哀鳴。我笑著親了一下牠的小鼻頭，拎著牠上岸。

雪狼立即替小公主舔乾身上水珠，小公主在母親身下愜意地舒展身子，肚皮朝天，舞著爪子去撓母親的臉，歡快的嗚嗚叫著，我在一旁看得直笑。

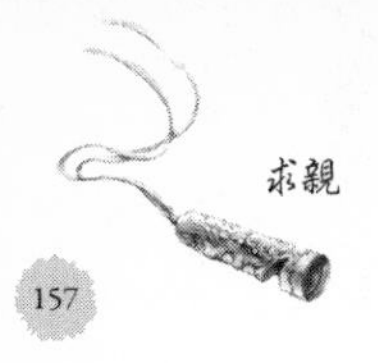



狼兄上岸後，身子一拱，我立即警覺地幾步躍開，他卻追著我硬是在我身邊抖毛，滴滴水珠飛濺到我的臉上，我無奈下又給了牠一腳。

點起篝火烘烤衣服，狼兄卻不是如以往般陪伴在我身側。因為雪狼還不能適應火，所以牠陪雪狼臥在遠處，時不時彼此親暱地蹭蹭頭，舔吻對方的皮毛。

我看著牠們，驀地明白從此狼兄陪伴的不再是我，而是雪狼，我只能孤零零一人坐在火邊。

心思慢慢飄遠，已經兩天，霍去病他們如何了？正在琢磨，林子中的狼嘯了幾聲，我回應幾聲後，牠們又各自離去。

很多很多人在打架了？我坐著默默出神，戰場上的生死沒有定數，即使他是霍去病。

突然起身披好外衣，狼兄疑惑地看向我。我把烤架上的肉取下，放到狼兄身邊。只有三成熟，不過狼兄應該無所謂。

「我要離開一會。」我摸著狼兄的頭，嗚嗚叫著。狼兄不滿地低叫了幾聲，我抱歉地拍了拍牠的背就要走，狼兄躍起想隨我一起去，我阻止牠跟隨，不要牠捲進我們人類的爭鬥。

狼兄暴躁地呼嘯著，雪狼低低嗚叫了幾聲，狼兄立即安靜下來，百煉鋼終化為繞指柔。我向狼兄嘲笑地嗚叫了一聲，趕在牠發怒前，匆匆向前掠去。

回首處三隻狼兒立在夜色下，影子交疊相映，溫暖和諧。我臉上在笑，心中卻是一酸，狼兄已經有自己的家人，我卻只有一心不願回想的回憶。

一路潛行，天明時分才接近大軍交戰處。我隱在樹上，舉目望去，激戰一日一夜已近尾聲，屍橫遍野，草木都已染成血紅色，兵器碰撞聲迴響在清晨的陽光中，這一切讓本該溫暖的太陽都變得寒意森森。

我跳下樹，穿行在一具具屍體間，這裡面有多少個漢人的李誠，多少個匈奴的李誠？這一具具屍體又會造就多少個李誠？他們會為了父兄的仇恨，拿起武器披上鎧甲衝入下一場征戰中嗎？

究竟有多少具屍身？四、五萬個生命就這麼無聲地躺在這裡了嗎？我早就做了進入人間地獄的準備，可心仍舊不受控制的發寒，走了這麼久，卻還是走不完的屍體，袍子的下擺早已被鮮血浸紅，舉目望處卻仍舊是屍體和鮮血。

看衣著應是匈奴慘敗，匈奴人的屍體數目遠遠大於漢人。幾個潰散的匈奴士兵看到我，立即驚慌地舉起殘破的兵刃，我一揮金珠打落他們手中的兵刃，從他們身邊直直走過。

一個少年掏出貼身的匕首還欲撲上來，我冷冷盯著他，用匈奴語道：「趕緊離開，有多快跑多快，你娘親還在家等著你。」他們愣了一瞬，雖有猶疑，最後卻互相攙扶著急速離去。

夏日的太陽正照在祁連山麓，映得樹碧綠亮眼。爛漫繽紛的山花中，霍去病黑袍銀甲，手握長刀，巍然而立，居高臨下地俯瞰著整個戰場。

銀色鎧甲和長刀反射的點點銀光，讓人不能直視，夾雜著血腥氣的風，吹著他的衣袍獵獵舞動，失去髮冠束縛的烏髮激烈地飛揚在風中。

低處是屍體鮮血的獰猙醜陋，高處是綠樹紅花的溫暖明豔，對比鮮明，卻因為他的身姿氣勢，兩種絕不相融的畫面，在他腳下奇妙地統一，竟有種驚心動魄的懾人之美。

傳說中的戰神之姿，也不過如此吧！

他沒有事情，我緩緩吐出一口氣，轉身欲走。

「金玉！」愉悅的大叫聲迴盪在山澗中，震破了匯聚於大地的森寒。

我回首望去。他快速地飛掠在紅花綠草間，烏黑的頭髮張揚在風中，繽紛的花瓣飄拂過身周，血腥瀰漫中，有一種近乎妖異的美。

「妳是來找我的？不放心我嗎？」

我打量著他，「你的頭髮怎麼了？」

他滿不在乎地一笑，「不小心中了一箭，髮冠被射掉了。」

我看向正在清理戰場的兵士，「匈奴大敗了嗎？」

霍去病笑著點頭，「不是大敗，是慘敗，活捉了匈奴的酋塗王和五個小王，我們以少對多，他們幾乎全軍覆沒，我軍損失卻不過十分之三。」

趙破奴上前行禮，恭聲道：「回稟將軍，已清點過匈奴死亡人數，斃敵共三萬零二百人。」霍去病點了下頭，趙破奴笑著說：「匈奴肯定再無餘力在祁連山周圍聚集大軍，今夜我們可以好好休息一下，將軍可以欣賞一下匈奴人引以為傲的祁連山風光。」

霍去病側頭看著我，揮手示意趙破奴下去，趙破奴瞟了我一眼後低頭退下。

「妳好像一點也不開心？」霍去病凝視著我的眼睛問。

「這場戰爭是皇上為了爭奪河西控制權而打，是為了開通往西域諸國的路而打，和我有什麼關

係？也許順帶報了李誠的仇，可這樣的仇恨根本就報不清。」

霍去病微挑了下眉頭，「難得碰到一個不討厭匈奴的漢人。」

我揮去心上別的思緒，指了指他的頭髮，「先梳洗一下吧！我也要換一身衣服。」

他笑著來握我的手，我躲開他，邊走邊說：「你現在可不見得打得過我，還是乖一點。」

他隨在我身後笑道：「我們比這更親密的動作都有，如今握一下手還要介意？」

我氣得瞪向他，他忙擺了擺手，笑嘻嘻地說：「不願意就算了，妳現在的樣子可比剛才有生氣的多。」

我微怔一下，反應過來，又中了他這好心壞行的計。

轉頭默默走著，霍去病靜靜在一旁相陪，離戰場漸遠，風中花草香漸重，我的心情和緩許多。斑駁的林木陰影間，我和他的影子影影綽綽相疊，我心頭掠過狼兄一家三口月下相重的影子。

山中篝火熊熊燃燒，眾人笑語高揚，酒肉香瀰漫在四周。

我和霍去病的篝火旁只有我們兩人，偶爾幾個將士過來敬一碗酒又迅速退下。

霍去病遞給我酒囊，我剛要搖頭，聞到氣味，又立即問：「這是馬奶酒？」

霍去病點了下頭，「今日的戰利品，味道和我們的酒沒有辦法比。」

我伸手接過，湊到嘴邊小小含了一口，慢慢嚥下，久別的滋味。

霍去病灌了幾口又遞給我，我搖搖頭。

他一笑，收回酒囊自顧自飲。趙破奴端著兩碗酒向我們走來，霍去病笑罵：「你是想把我灌醉

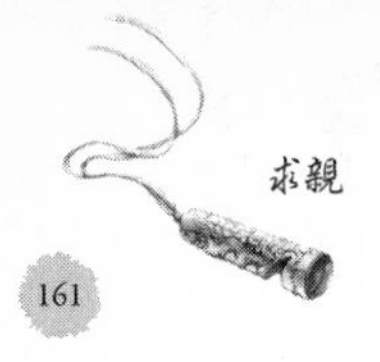



嗎？剛敬過酒怎麼又來了？」

趙破奴笑著把酒碗遞向我，「這酒可不是敬將軍，是敬金公子的。先前的事情，我對公子多有失禮處。我從未見過敢和鷹搏鬥的鴿子，也從沒想到公子的鴿子竟然剛烈至此，這樣的鴿子我們根本賠不起，請公子原諒我先前的言語冒犯。」他臉上雖然掛著笑，眼中卻滿是愧疚。

我半晌仍沒有接碗，他的笑容有些僵，「公子不肯原諒，我也明白。」說完把自己的一碗酒灌下，向我微屈半膝行了個禮欲走，我伸手拿過他手中的碗，一揚頭閉著眼睛全數喝下，側著身子咳嗽起來。

霍去病笑對趙破奴說：「很給你面子！她酒量很差，酒品又不好，一喝醉就行為失控，所以一般都不願意喝酒。」

趙破奴此時的笑意才真正到了眼睛裡，向我抱拳做禮，「多謝！」又向霍去病行了個禮，轉身離去。

我坐了會，覺得腦袋有些沉，忙站起身，「趁酒勁還未上來，我先回去了。」

霍去病立即站起，握著酒囊說：「一塊走吧！」

他的帳篷搭在背山處，因為顧及到我，特意命他人的帳篷離開一段距離。

我人未到帳篷，步子已經開始發軟，霍去病欲扶我，我推開他的手，自己卻是踉蹌欲倒。他不顧我掙扎，強抱起我，入了帳篷。

黑暗中，我的腦子似乎一派清明，過往的事情一清二楚慢慢浮現，可又似乎很糊塗，完全不能控制自己所思所想，越不想想起的事情，反倒越發清晰，心裡難受無比。

霍去病摸索著點亮燈，湊到我身邊看我，重嘆口氣，拿帕子替我擦淚，「還在為小謙小淘和李誠難受嗎？」

我拽著他的袖子只是掉眼淚，「我阿爹走了，九爺他怎麼都不肯要我，現在小淘小謙也走了，狼兄已經有自己的妻子和女兒，只剩我一個了。」

霍去病手僵了一瞬，一手拿起酒囊大喝了幾口，一手抹去我眼角的淚，「胡說！怎麼只剩妳一個了？我會陪著妳。」

我隨手扯起他的袖子擤了一把鼻涕，望著他問：「你為何要對我花費那麼多心思？」

霍去病看著自己的袖子，無奈地搖搖頭，拽開我的手，把帕子塞到我手中，脫下了外袍，「妳是真傻假傻？我雖然沒有明說過，難道妳一直不明白我想娶妳嗎？」

我探出手去拿酒囊，霍去病一把奪過，「不許再喝。」說著自己卻喝了好幾口。

我伸手去搶，他握住我的手，「回答我一個問題，我就給妳喝。妳可有一些喜歡我？」

霍去病眼睛一瞬不瞬地盯著我，我歪著腦袋想了半晌，「不知道。」

霍去病長嘆口氣，「那妳以前看我難過時可有不捨？今天有沒有擔心過我？」

我拚命點頭，「我到現在還不願意見槐花，一見它心裡就難過。我害怕你被匈奴傷著，匆匆趕了一夜的路。」

他帶著幾分苦澀笑起來，「妳心裡有我的。」說著拿起酒囊只是灌酒。

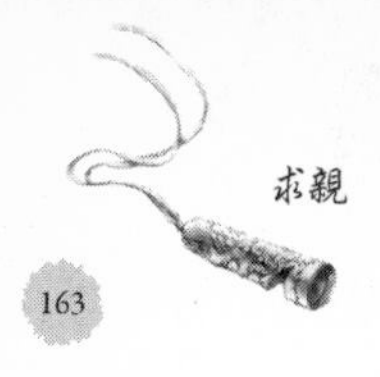



「月牙泉邊妳明明都走遠了，為什麼要回頭？回頭看我時，妳知不知道妳的臉紅了？妳為什麼臉會紅？若心裡沒有惦記著我，為何在歌舞坊內特意為我留了座位？妳不開心時，我想著法子逗妳笑，可我不開心時，妳不也是想著法子讓我移開心思嗎？當日我因為司馬遷那些文人評價不開心時，一向不與我拉扯的妳，不惜扯著我的袖子說話，明是戲謔我，其實卻只是為了讓我一笑。前段日子，妳本來因我強留下了妳，滿腦子在轉鬼主意，說到父親一事時，卻一門心思要把話題轉開，囉哩囉嗦地說閒話。玉兒，我只是錯了一次，晚了一步，如果長安城內……」

我笑指著他的臉說：「你要醉了，你的臉好紅，像猴子屁股。」

他笑著搖頭，「妳才是真醉了，不醉哪裡能一會哭一會笑？」

我又是搖頭又是擺手，「我沒有醉，我心裡很清醒。」

我望著他手中的酒囊，「我想喝，我好久好久沒有喝馬奶酒了，小時候偷喝過一次，覺得真難喝。」

「現在不覺得難喝了？」

我哭喪著臉說：「現在也難喝，可那裡面有阿爹的味道。」

他將酒囊遞給我，我扶著他的手大喝了一口，他縮回手把餘下的一飲而盡，隨手一揚將酒囊扔掉。「玉兒，不要回狼群，嫁給我吧！」霍去病側躺在地毯上，醉眼朦朧地盯著我。

我嘻嘻笑著沒有說話。

他又道：「孟九是不錯，立如芝蘭玉樹，笑似朗月入懷，的確是俗世中少見的男兒，可我也不

差，而且我一定會待妳很好，妳忘記他吧！」

我還未說話，他忽地大笑起來，「我是醉了，這些話不醉我是無論如何也說不出來，可我心裡也很清楚。」

我皺著眉頭，那個燈下溫暖的身影，那個溫文儒雅的身影，那個總是淡定從容的身影……

霍去病的臉驀然出現在我眼前，「現在是我在妳眼前，不許妳想別人。」

我望著他，眼淚又湧出。霍去病替我擦淚，手指撫過我的臉頰，猶豫了下，擱在我的唇上，他的手指立即變得滾燙，身子也僵硬起來。我愣愣看著他，他忽地長吁口氣，猛然吻下來。

我心中似明白似糊塗，身子變得又輕又軟，像要飛起來，又像要墜下去，唯有他的唇，他的手，他的身體，火一般燒著，而我的心好冷，想要這份滾燙……

◈ ◈ ◈

我在隱約的狼嘯聲中清醒過來，只覺頭重身軟，痛苦中睜開眼睛，看到我和霍去病的纏綿態，不能置信的又立即閉上眼。

滿心震驚中，昨夜一幕幕時清晰時模糊地從心中滑過。

我一動不敢動地躺著，腦子木木，又一聲狼嘯隱隱傳來。我閉著眼睛從霍去病懷中輕輕滑出，背著身子快速穿好衣服。

蠟燭還剩小半截，我無法面對這麼通亮的地方，吹熄蠟燭，在黑暗中默默立著。身後的霍去病翻了個身，我一驚下竟然幾步竄出了帳篷。

遠處巡邏的士兵列隊而來，我匆匆隱入山石間，循著時斷時續的狼嘯聲而去。

半彎殘月斜斜掛在天上，映著山澗中的一潭碧波。狼兄正立在湖邊的石頭上，半昂著頭長嘯，雪狼也伴著他時而呼嘯一聲，小公主看到我立即撲上來，到腳邊時卻只嗚嗚叫，遲疑著沒有向前。

我咬著唇彎身抱起牠，「我的氣味變了？」走到狼兄身旁坐下，狼兄在我身上嗅了幾下，疑惑地嗚叫了兩聲，看我沒有理會，無聊地趴在大石上。

我的氣味變了？因為我已經不是少女，今日起我已經是個女人了。我連著捧了幾把冰涼的潭水澆在臉上，想要藉此澆清醒自己，可清醒了又能如何？

默默地看著潭水，千頭萬緒竟然無從想起。

小公主在我懷裡扭動著身子，我卻沒有如以往一般逗著牠玩。牠不耐煩地從我懷中跳出，去咬父親的尾巴。

雪狼猛然一個轉身，衝著林間一聲充滿警告攻擊的嘶鳴，我詫異地回頭，雖然什麼都沒有看見，可暗處肯定有讓雪狼不安的東西。

一向警惕性最高的狼兄，依舊神態怡然地逗著小公主，只向雪狼低低嗚叫了一聲。我立即扭回頭，全身僵硬地坐著。雪狼聽到狼兄的嗚嗚，收了攻擊之態，卻依舊小心翼翼地護在小公主身前。半晌後，才聽到身後一個輕柔中帶著擔心害怕的聲音，「玉……玉兒，我……我……」聲音漸小，四周又陷入了沉靜，兩人一前一後，一坐一站，一動不敢動。

小公主停止了戲耍，好奇地瞪著烏黑的眼睛看看我，又望望霍去病。

狼兄不耐煩地長嘯一聲，給我身上拍了一爪子，又衝著霍去病叫了一聲，領著雪狼和小公主踱步離去。

霍去病走到我身後，「對……對不起，我……我……」

他這般的人，竟然也會緊張得連話都說不完整。我抱著膝蓋望著湖面，「沒什麼對不起，如果有錯也是一人一半，你又沒有強迫我。」我的聲音十分平穩，心卻慌亂無比。

霍去病想坐下，猶豫了下，走開幾步，隔著一段距離坐在石塊上默默望著湖水，大半晌兩人都無一句話。他隨手撿起腳邊的一塊石頭扔進湖中，恰好打中月影處，月華碎裂。

他驀地站起坐到我身側，用力握著我的肩膀讓我轉向他，目光異常堅定，「玉兒，嫁給我。」

我心中凌亂，不敢與他對視，眼光飄向湖對面，卻發現狼兄和雪狼竟然並排坐在前方，專注地看著我們，小公主也學著父母的樣子，坐在地上，歪著腦袋，瞪著烏溜溜的眼睛凝視著我們。

我滿腹說不清理不了的思緒中，不禁也迸出幾絲笑意，隨手撿起一塊石頭朝狼兄扔去，「很好看嗎？」

狼兄一動不動，眼睛一眨不眨，石頭恰恰砸在牠腳前，卻把小公主嚇了一跳，「嗚噢」一聲竄到了父親的背上。狼兄雖然不會說話，可牠的眼睛中卻帶著擔心，還有期望和鼓勵，那是盼著我能快樂幸福的眼神，和阿爹臨別時看著我的目光一模一樣。

我凝視著狼兄的眼睛，微微而笑，「好。」

霍去病一把握住我的胳膊，「妳說了好？是對我說的嗎？」

我四處張望尋找，笑看著他問：「難道這裡還有別人嗎？那我倒是要再考慮考慮。」

霍去病盯了我一會，猛然大叫一聲，抱著我從石塊上躍起，又跳又舞。狼兄對著天空愉悅地呼嘯，小公主有樣學樣，奶聲奶氣地嗚嗚叫著。

一時間山澗中迴蕩的都是快樂。我望著即將落下的月亮，此時這輪月兒也照著長安城的那個人嗎？低頭看向霍去病，正對上他盈滿快樂的雙眼，我凝視了他一會，心中幾分牽動，抿嘴一笑，伸手抱住他，頭靠在他的肩上。

霍去病安靜地擁著我，不一會他搖搖我，「妳再說一遍，妳真的答應了嗎？」

我的心中又是快樂又是心酸，仰頭看著他說：「金玉答應嫁給霍去病。」

他大聲笑著，「這是我這輩子聽到最好聽的話，妳再說一遍。」

我敲了他肩膀一下，「不說了。」

他的額頭抵著我的額頭，嘴邊滿是笑，燦若星子的眼睛盯著我，輕聲央求：「再說一遍，就一遍。」

我嗔了他一眼，嘴裡卻順著他的意思輕聲說：「我答應嫁給你。」

霍去病在我臉上親了一下，「好娘子。」

我神情怔怔，霍去病笑容略僵，疑惑地看著我。

「好娘子」三個字在心中縈繞，此時才真正明白自己的身分即將改變，我的臉漸漸燒起來，嘴角慢慢上彎。

霍去病想來已經明白我在想什麼，疑惑之色褪去，滿眼俱是溫柔地凝視著我，一言不發，只是把我緊緊地摟在懷中。

東邊的天色已經露白，山林中早起的鳥兒開始婉轉鳴唱。夜色將盡，新的一天就要開始，恰如我的生活。

# 第二十一章 吻別

即將失去他的此刻，我才知道我有多恐懼失去他，
我的心會這麼痛，痛得我整個人在他懷中簌簌抖著，
但……蒼天無情，現在只能拚盡我的熱情給他這個吻，
讓他知道我的心。

我和霍去病在前而行，狼兄和雪狼尾隨在後，小公主時而跑到前面追一會蝴蝶，時而跑到我的腳邊讓我抱牠一會，又或者學著父母的樣子，矜持優雅地慢步而行。經過兩日多的相處，雪狼對霍去病的戒備減少很多。只要我在時，牠不再阻止霍去病接觸小公主。

「再沿這個方向走下去，就進入匈奴酋塗王統治的腹地。雖然他們已經吃了敗仗，附近再無大隊兵馬，可難保不撞上殘兵。」霍去病笑著提醒我。

「我知道，匈奴逐水草而居，而祁連山麓是匈奴水草最豐美的地方，匈奴軍隊雖然敗走，可在

這裡放牧的牧人卻肯定捨不得離去，就是碰不到殘兵，也很有可能遇上牧人。」

他有些納悶地問：「妳說要帶我去見一個人，難道是匈奴人？」

我側頭看向他，「如果是匈奴人呢？」

他滿是豪氣地笑著，「玉兒，笑一笑。一路行來，妳面色越來越凝重。不要說是匈奴人，就是匈奴的單于我也陪著妳去見。」

他看了眼我的衣裙，「不過應該不是匈奴人。給妳尋的女子衣裙有漢人和西域各國的，也有匈奴的，妳卻偏偏挑了一件龜茲的衣裙。匈奴衣飾是第一個被妳扔到一旁的，好像有些憎惡的樣子。」

我輕嘆一聲，「本該穿漢人衣裙的，可龜茲衣裙有面紗。」看了眼他的打扮，「不過有你就夠了。」

一個山坳又一個山坳，我們在茂密的林木間穿行，狼兄已經明白我想去什麼地方，不耐煩地跟在我們身後，急匆匆竄出去。

沒多久，狼兄又悄無聲息地飛躍回來，挨著我低低嗚叫了幾聲，我立即停住腳步。

霍去病問道：「怎麼了？前面有人？」我點點頭，猶豫了一瞬，依舊向前行去，人和狼都收斂聲息，盡量不發出任何聲響地走著。

我和霍去病彎著身子在灌木間潛行了一段，當我剛看到墳前的身影時，猛然停住。霍去病忙也停下，從灌木叢間望去。

一座大墳挨著一座小墳，一個男子正靜靜坐在墳前飲酒，身後不遠處恭敬地立著兩個隨從。霍去病看清墳前坐著的人，帶著幾分詫異和擔心看向我，我只定定凝視著墳前坐著的伊稚斜。

漫生的荒草中時有幾聲隱隱蟲鳴，從樹葉間隙篩落的點點陽光，映照在墓上荒草和伊稚斜身上，斑駁不清，越發顯得蕭索荒涼。

他對著墳墓安靜飲酒，身影滿是寂寥，舉杯間似乎飲下的都是傷心。

伊稚斜替墳墓清理荒草，用手一把把將亂草拔去。

他身後的隨從立即上前，半跪著說：「單于，讓我們來吧！」伊稚斜沉默地揮了下手，兩個隨從彼此對視一眼又退回原處。

我的手無意識地握住身邊的灌木，越握越緊，等霍去病發現，急急把我的手從帶刺的灌木上掰開時，已是一手的血。

伊稚斜把兩座墳都清理地乾乾淨淨，他在大墳前倒了杯酒，自己也大飲了一杯，「徐兄，今日你應該很高興。祁連山大半山脈已經被漢朝奪去，也許你以後就能長眠於漢朝的土地，大概不會介意陪我喝杯酒。你以前和我提過，動盪的游牧和穩定的農業相比，終究難有積累，短期內游牧民族也許可以憑藉快速的騎兵、剽悍的武力降服農業國家，可如果游牧民族不及時扭轉自己的游牧型態，在人口、文化和財富上不能穩定積累，長期下來仍舊會敗給農業國。

我當時問你，如果攻掠後以農業國家的型態治理農業國家呢？你說如果游牧民族選擇放棄游牧習慣，轉而融入農業國，雖然可以達到統治的目的，但幾代過後，游牧民族本來的民族特性就會完全消失，同化在農業國家中。所以相較於更適合於人群繁衍生息的農業社會形態，游牧民族註定成為弱勢族群，甚至消失，只是看以哪種方式而已。

我當時很不服氣，認為我們匈奴祖祖輩輩都如此而過，只要有勇士，怎麼可能輕易消失，可現在才真正懂得幾分你所說的道理。如今一切都如你所預料，漢朝經過文景之治，國庫充裕，人丁興旺，匈奴相較漢朝，人力、財力都難以企及。」

伊稚斜又倒了杯酒給阿爹，「前有衛青，現在又出了個霍去病，匈奴卻朝中無將。我們祖先一直驕傲的騎兵也敗給了霍去病，一個農業大國的將軍居然比我們生於馬背、長於馬背的匈奴更快更狠。因為他，漢人對匈奴終於從積極防禦轉為主動進攻。」

他喝盡杯中酒，長嘆一聲，「其實這些倒也罷了，我最苦惱的是漢朝的中央集權。漢軍直接歸於皇權，而我們的兵權卻分散，表面上各個部族都受單于支配，其實手中握有兵權的藩王們各有心機。匈奴已不同於往日所向披靡、為爭奪財物奮勇而戰的時光。

一個霍去病，讓各個藩王唯恐自己的兵力被消耗，只等著他人打前鋒，沒想到卻是自己滅亡，就這一點我們已輸給漢朝。不過我不會放棄，也不能放棄。如果我能早生十幾年，趕在當今漢人皇帝前先整頓改革我們內部的體制，如今……老天似乎沒有給匈奴時間，老天似乎偏心漢朝……」

我不禁瞟了眼霍去病，原來他現在是匈奴人心中最可怕的敵人。霍去病一直在細看我的神色，低聲問：「妳聽得懂他說什麼？」我點點頭。

伊稚斜的手輕撫過小墳，眼睛半閉，似乎想著很多東西，很久後手仍擱在墳上。

看到他的神色，我心中有些困惑，應該不是他雇人來殺我的，他並沒有懷疑過我已經死了，可……轉而一想，這些並不重要，再懶得多想。

他靜靜坐了半晌，最終一言不發地站起，帶著人離去。

我蹲了一會才走出樹叢，跪倒在墓前，「阿爹，我帶一個人來見你。」

我看向霍去病，他立即也跪在墓前，磕了個頭便道：「伯父，在下霍去病，就要娶您的女兒了。」

我眼中本來含著淚水，聽到他說的話又不禁破涕而笑，「哪有你這麼毛躁的？我阿爹可不見得喜歡你。」

霍去病笑撓了撓頭，打量著墓碑上的字，「妳父親是匈奴人？」

我搖搖頭，「漢人。」

霍去病看向一旁的小墳，輕聲問：「這是妳的兄弟嗎？」

雖然伊稚斜剛擦拭過阿爹的墓碑，可我仍舊拿了帕子出來仔細擦著，霍去病忙從我手裡搶過帕子，「我來擦吧！妳爹看見妳手上的傷痕要是責怪我，一生氣，不肯把妳嫁給我，那可就慘了。」

霍去病擦完阿爹的墓又要去擦小墓，我攔住他，「那個不用擦。」

他眼中含著幾分疑惑，卻沒有多問。

我沉默了會道：「那個是我的墳墓。」

霍去病愣了一瞬，又立即明白一切，「難怪妳在長安時，那麼害怕見這個人，妳不想讓他知道

妳還活著？」我點點頭。

狼兄圍著墳墓打了幾個圈，有些無聊地帶著雪狼和小公主又跳進了灌木中，我盤膝坐於地上，「你打下了祁連山，讓阿爹能睡在漢朝的土地上，阿爹肯定會很喜歡你。」

霍去病有些喜不自勝，笑著又給阿爹磕了三個頭，「多謝岳父賞識。」

我又羞又惱，「哪有人像你這樣，改口改得這麼快？我阿爹雖性子還算灑脫，可骨子裡還是很重禮法。」

霍去病微挑了下眉頭，「妳和妳爹爹不怎麼像。」

我笑著點頭，「嗯，阿爹老說我難脫野性，我一直就不耐煩守那些人自己造出來的破規矩，就是現在，看著我表面上好像人模人樣，勉強也算循規蹈矩，其實……」

霍去病笑接道：「其實卻是狼心狗肺。」

我不屑地哼了聲，向他拱拱手，「多謝你稱讚。我從小就覺得狼心狗肺該是誇讚人的詞語，狼和狗都是很忠誠的動物，又都很機智，不明白漢人怎麼會用這個詞來罵人。」

霍去病半撐著頭大笑起來，我半帶心酸半含笑，「當年我這麼和阿爹說時，阿爹也是撐著頭直笑。」

日頭西斜，落日餘暉斜斜照在阿爹的墓上，一切都帶上一層橙紅的暖意。

霍去病一直陪在我身邊，我願意講的事情，他會側耳細聽，我不願意講的事情他也不多問。有時悲傷的情緒剛上心頭，他幾句話一說，弄得人又氣有笑，只能苦笑連連。

我瞇著雙眼看向夕陽，阿爹，你終於可以放下心了，有這個人在身邊，我還真連哭的時間都不容易找到。

想到伊稚斜在墓前的蕭索身影，側頭看向霍去病盛滿寵溺的眼睛，心中頗多感慨。

兩人目光盈盈交會，他忽地打了個響指，一臉匪氣地說：「妳這麼看著我，我會……」我閃避不及，他已在我臉上印了一吻，「……忍不住做登徒子。」

我氣惱地去打他，他笑著叫道：「岳父大人，你看到玉兒有多凶了吧？」

這一瞬，我突然發覺我真正放下了，放下了過去，放下了對伊稚斜的恨意。阿爹，女兒現在才真正明白你的叮囑原來全是對我的愛。只有放下，向前走，才會幸福。

❖ ❖ ❖

雖然匈奴大軍吃了敗仗，可普通老百姓的生活卻要繼續，牛羊依舊奔跑在藍天下，集市也依舊熱鬧。漢人、匈奴人和西域各國的人聚集在此，也依舊為生計而奔波。

一個盲眼匈奴人坐在街角，拉著馬頭琴唱歌，歌聲蒼涼悲鬱，圍聽的眾人有面露哀傷的，也有聽完微帶笑的，還有的輕嘆一聲，給盲者面前扔下一、二枚錢就匆匆離去。

霍去病丟了塊銀子，出手闊氣，引得眾人都看向我們。我忙拉著他離去，他低聲問：「那個人在唱什麼？」

我瞟了他一眼，「在唱你。」

他笑道：「唱我？矇我聽不懂匈奴話。」

我和著曲子，低聲翻唱：「失我焉支山，使我嫁婦無顏色；亡我祁連山，使我六畜不蕃息。」曲詞簡單，卻情從心發，我心下有感，也不禁帶了哀傷。

漸漸走遠，盲者的歌聲漸漸消失，一旁酒鋪中卻有人一面飲酒，一面低低哼著盲者的曲子。霍去病瞟了眼哼唱的人，「難怪我們打了勝仗，也不見妳開心。」

「我對打仗這事本來就不太高興得起來，我不反對殺戮，該殺的人絕不手軟，可一場戰爭中的殺戮仍舊讓我害怕。我小時候在匈奴人中生活過一段時間，但也算不上匈奴人。」

霍去病鬆了口氣，笑道：「那就好，我剛才聽到妳的歌聲，還有些擔心妳。」

我們進了一家漢人開的店鋪，小二笑問：「要酒嗎？」

霍去病徵詢地看向我，我臉上滾燙，撇過頭道：「隨你，我不喝。」他也面色尷尬起來，向小二擺了下手，「就上些吃的吧！」

「我們逛完這裡，妳還想去別處嗎？」霍去病吃了幾片牛肉後問道。

我搖搖頭，「不去了，和小時候已經大不一樣，不知道究竟是事物本身變了，還是我看事情的眼睛變了。」

他笑道：「恐怕是心境變了，那我們用完飯就繞道回軍中。」

一個已經有幾分醉意的匈奴男子趴在案上，斷斷續續地哼唱，「失我焉……焉支山，使……使我嫁婦無顏色；亡我祁連……連山，使我六畜不……不蕃息。」唱到悲傷處，語聲哽咽，淚水混著酒水落在桌上。

霍去病輕嘆口氣，「怎麼走到哪都聽到這首歌？」

我故做驚訝，低聲取笑，「呀！比那些文人的筆墨文章更生動，看來霍大將軍的威名要隨著歌聲傳遍漠北漠南了，不知道這首歌能否流傳千年。千年後的人一聽此曲，應該能遙想霍大將軍的風采，肯定讓人無限神往，不知是何等英姿呢！」說著向他眨眨眼睛。

霍去病嘴角帶了抹笑，湊到我耳旁，「我只要妳神往就行。」我取笑未成反被取笑。被他口鼻間的氣息一撫，耳朵火辣辣地燙著，忙藉著低頭吃菜避開了他。

另一桌的人耳朵倒是好，聽到我說霍去病，笑著向我點點頭，和同案而坐的人一碰酒杯，笑著說：「今年真是我們漢人大長威風的一年。春天時霍將軍一萬人就奪了匈奴人的焉支山，夏天又大敗匈奴幾萬人大軍，奪了祁連山。」

與他對飲的人瞅了眼趴在案上的匈奴人，譏笑道：「小時候跟著父親來這邊做生意，這幫蠻人時常趾高氣揚，譏諷漢人怯懦，要嘛靠著給他們進獻公主苟安，要嘛守著城池，不敢和他們在馬背上真打，現在不知道誰不敢和誰打了。」

沒想到趴著的匈奴漢子長得雖然粗豪，卻聽得懂漢語，聞言撐著桌子站起，指著說話的兩人怒叫道：「是漢子的，不要光說不練，我們這就到外面比試一場。你們贏了，我把腦袋割給你，讓你帶回漢朝去炫耀。」

匈奴人的這番話，雖只說自己輸了如何，但匈奴人輕生死重豪勇，這樣的話出口，對方也肯定不會示弱，雙方已立下了生死相搏的誓言。

那兩人看著昂然立於面前的大漢，都有猶豫之色，頭先向我點頭而笑的人忽一咬牙，站起道：「比就比。」

我正看得津津有味，霍去病忽地握住我的手，目光看著窗外。我怔了一瞬，立即擱下筷子，戴上面紗。

醉酒的匈奴人四處打量一圈，走出店門，攔住一行穿著匈奴衣飾、恰好經過店門的人，「草原上的兄弟，我叫黑石頭，要和兩個出言侮辱我們匈奴的人比鬥。漢人都狡猾不守信用，你們可願為我做個見證？」

伊稚斜還未開口，目達朵冷哼一聲，「當然可以，一定要割了他們的腦袋。」

消息不脛而走，街上的匈奴人越聚越多，兩個漢人都露了懼色，求助地看向店老闆。

老闆搖搖頭，低嘆道：「我們雖打了一個勝仗，可這裡自古以來一直是匈奴的地域，匈奴人的勢力豈是一個勝仗就輕易清除？你們居然在人家的地頭公然叫罵人家是蠻子，再散漫的匈奴人也會被激得受不了，何況他們剛吃了敗仗，早就窩了一肚子氣。我們在這做生意的漢人，平日對匈奴人忍讓慣了，實在幫不上忙。」

霍去病低聲問：「他們剛才說什麼？」

「這兩個漢人恐怕是活不了了，真討厭，要打就趕緊打，堵在這裡惹人厭。」

霍去病笑起來，「如果不是恰好攔住了妳害怕見的人，妳恐怕比誰都高興看熱鬧。」我嗔了他一眼，「我心裡的心結已經解開，現在根本不怕見他，如今只不過懶得惹麻煩，少一事總比多一事好。」

街上又一個匈奴漢子叫道：「你們有兩個人，我們也再出一個人，不欺負你，你在我們中間隨便挑。」街上的匈奴人齊齊慷慨應諾，毫不畏懼生死。

我撐著下巴看著桌旁的兩個人，和黑石頭約戰的那人倒是慢慢平靜下來，可他的同伴卻望著街上，身子不停地抖。他怒對同伴叫道：「事已至此，大不了一死，不要丟漢人的臉。」他的同伴卻仍然只是顫抖，遲遲未動，惹得街上眾人大笑。霍去病冷眼看著他們，我好笑地撇了下嘴。

「在下于順，這位姓陳名禮，我們都是隴西成紀人，若頭顱此次真被匈奴人拿了去，還盼這位公子念在同是漢人的情分上，給我們家中報個信。」于順向霍去病深深一揖。

霍去病看向陳禮，淡淡道：「傳聞隴西成紀出名將勇士，戰國時，秦國有名將李信，趙國有名將李牧，漢初有名將廣武君李左車，今有飛將軍李廣。成紀子弟在軍中名聲甚佳，今日倒是看到一個別樣的成紀子弟。」

于順滿面愧色地看了眼陳禮，陳禮驀然指著我，對著街上眾人大叫道：「她，她剛才也罵了匈奴，是她先說的，她誇讚霍去病，我不過隨口跟了幾句。」

雖然背對著眾人，也能感覺到數百道視線凝在我身上，大概看我是女子，一時不好洩憤，又都

怒盯向霍去病。

目達朵「啊」的一聲輕叫，忽地說道：「爺，我們走吧！這裡人太雜，不好久待。」

她話音未落，伊稚斜卻走進店中，含笑對霍去病道：「真是人生何處不相逢。」

霍去病坐著未動，沒有回應伊稚斜的問候。伊稚斜的侍衛上前，帶著怒意說：「長安城中看到公子的身手就有些手癢，在下鐵牛木，有幾把蠻力，想和公子比劃比劃。」霍去病仍舊端坐未動，對他們毫不理會，只看著我。

「哈哈……漢人就這樣子，光是嘴上功夫。」外面的鬨笑聲越發大起來，有人譏笑道：「剛才說他人時，倒很像個漢子，原來也是爛泥。」

我暗嘆一聲，如果真躲不開，那就只能面對，笑對霍去病道：「不用顧忌我，隨你心意做吧！」

霍去病點點頭，站起身對著鐵牛木朗聲道：「和你比，勝之不武！讓你們匈奴騎術和箭術最高的人來比，我若輸了就把項上人頭給你們，你們若輸了，從此這個集市再不許匈奴人對漢人有任何不敬。聽聞匈奴人最重承諾，我肯定不用擔心有諾不應的事情。」

鐵牛木既然能做伊稚斜的貼身侍衛，肯定是匈奴人中出類拔萃的角色。可霍去病仍然認為他不夠資格，他被氣得臉色鐵青，剛想說話，伊稚斜盯了他一眼，他的手緊緊握成拳頭，憤怒地瞪著霍去病，卻只能強抑怒氣。

幾百人擠在街道上，原本七嘴八舌、紛紛擾擾，此時被霍去病氣勢所震，驟然一片寧靜。

過了一瞬，圍聚在外的漢人鬨然叫好，一改剛才縮肩彎背，恨不得躲到地縫中的樣子，此時個個挺直了腰桿，意氣飛揚地看向匈奴人，真正有了大漢民族的樣子。

一些聽不懂漢語的匈奴人、西域人，趕忙問周圍的人究竟怎麼回事。待明白事情原由，匈奴人都收起輕慢之色，帶著幾分敬佩看向霍去病，一改開始時搶著比試的景象，彼此遲疑地對視著，不知道究竟誰才有資格應下這場比試。

黑石頭叫道：「這個姑娘雖讚了漢人的霍將軍，可並沒有辱及匈奴，霍將軍的確厲害，和我們馬背上真打。他雖是我們的敵人，可我也不得不承認他是條好漢。你們誰想和這位公子比就比，可我依舊要和他們二人比試，讓他們收回自己的話。」

霍去病向黑石頭抱拳為禮，「我若輸了，他們二人自該給你賠罪道歉。」

陳禮急急道：「他若輸了，我們一定道歉。」

于順看了眼霍去病，又打量了一眼我，向黑石頭道：「這位公子若輸了，我的人頭就是我的賠罪禮。」

眾人低呼一聲，黑石頭一收先前狂傲之色，讚道：「好漢子，我收回先頭說的話，你們漢人並不全是光說不練的人。」

匈奴人越聚越多，卻再無一人對漢人輕視，只小聲議論著該由何人出戰。鐵牛木又怒又急，手上青筋直跳，一看伊稚斜的神色，卻又只得靜靜站好。

伊稚斜最後見我時，我不過十二、三歲，如今早已身量長足，體形變化很大，現在又是戴著面

紗，側身對他，伊稚斜從我身上瞟過一眼後，就只靜靜打量著引人注目的霍去病。可那一眼卻讓目達朵的臉色瞬間煞白，一方面刻意地一眼也不看我，一方面又會忍不住從我臉上掃過，眼中神情複雜難解。

霍去病在眾人的各種眼光下恍若未覺，氣定神閒地坐下啜了口茶，低笑著問我：「若真把腦袋輸了怎麼辦？」

我笑道：「那也沒辦法，只能追著你到地下去了。」霍去病呆了一下，毫不避諱眾人，伸手緊緊握住我的手，我回握他，兩人相視而笑。

外面眾人仍在爭執究竟該讓誰比試，伊稚斜忽地不緊不慢地說：「公子可願與在下比試？」他的聲音不高，卻偏偏令所有爭執聲都安靜下來，上千道目光齊刷刷看向他，原本各有擁護的人們，雖面有猶疑之色，看著他的氣勢，卻都難出反駁之語。

伊稚斜身邊的侍衛立即全跪了下來勸誡，鐵牛木懇求道：「爺，他還不配您親自出手，我們任何一人就夠了。您若覺得我不行，就讓真逻去比試，我不和他爭。」

目達朵盯著我和霍去病交握的雙手，神情一時喜一時憂。聽到伊稚斜的話語，又是大驚，嘴微張，似乎想勸，卻又閉上了嘴。

霍去病感覺到我的手驟然一緊，沒有顧及回答伊稚斜，忙探詢地看向我。

伊稚斜的箭術和騎術都是匈奴中數一數二的，我雖想到他也許會對霍去病留意，但畢竟現在是一國之君，最多也就派身邊身手最好的侍衛比試，沒料到他竟然和霍去病一樣不按棋理走棋，此番

真正要生死難料了。

但握著我手的人是霍去病，即使生死難料，他又豈會退卻？

我握著霍去病的手，燦然一笑。他神情釋然，也笑起來，牽著我的手站起對伊稚斜說：「我沒有馬匹和弓箭，要煩勞你幫一下忙。」

伊稚斜淺笑著頷首，「不過如果你輸了，我不想要你的人頭，我只想請你幫我做事，與我並無主客之分，我以兄弟之禮待你，也仍會勸此地匈奴人尊重漢人。」

伊稚斜身旁的侍衛和目達朵齊齊驚呼了一聲，街上的匈奴人更是個個不解地看看伊稚斜，再看看霍去病。霍去病哈哈大笑起來，「承蒙你看得起在下，不過對不住，我是漢人，這天下我只做漢人想做的事。若輸了，還是把腦袋給你吧！」

伊稚斜沉默了一瞬，淺笑著看向我和霍去病交握的手，「夫人是龜茲人嗎？龜茲和匈奴習俗相近……」我打斷他的話，微咬著舌頭說：「只要他願意做的，就是我願意做的。」

伊稚斜眼中掠過幾絲驚詫，直直盯著我的眼睛。

我淺笑著坦然回視他。沒有迴避，沒有害怕，沒有恨怨，有的只是沒有任何情緒的平靜，像對一個陌生人無禮注視地客氣回視。

一旁的目達朵緊張地身子打顫。好一會後，伊稚斜眼中閃過失望，似乎還有些悲傷，微搖了下頭，再未多言，轉身當先而行，幾個侍衛忙匆匆跟上。

我和霍去病牽著彼此的手尾隨在後，圍聚在街上的人都自發地讓開道路。幾個侍衛偶爾回頭看我們一眼，看向我時都帶有同情悲憫之色。目達朵盯了我一眼又一眼，示意我離開，我裝作沒有看見，自顧走著。

霍去病低聲問：「他的箭術很高超嗎？這幾個傢伙怎麼看我的目光和看死魚一樣？」

我笑著點點頭，「很高超，非常高超。」

霍去病輕輕「哦」了一聲，毫不在意地聳聳肩，淡然地走著。

鐵牛木牽了匹馬過來，馬上掛著弓箭，霍去病拿起弓箭試用了一番，牽著韁繩看向我，我笑著說：「我在這裡等著你。」

他翻身上馬，燦如朝陽地一笑，「好玉兒，多謝妳！得妻若此，心滿意足。」話一說完，背著長弓，策馬而去，再未回頭。

目達朵站在我身側，眼睛望著前方，輕聲說：「姐姐，原來長安街上那一夜我們早已相逢，單……的武功妳很清楚，姐姐，妳不怕嗎？他也是個怪人，看得出他極喜歡姐姐，此去生死難料，可他竟然看都不再看妳一眼。」

我笑而未語。怕，怎麼不怕呢？可這世上總有些事情，即使怕也要做。

天空中，一群大雁遠遠飛來，伊稚斜讓設置靶子的人停下，笑指了指天上，「不如我們就以天上這群大雁定輸贏，半炷香的時間，多者得勝。」霍去病笑著抱拳，點頭同意。

香剛點燃，兩人策馬追逐大雁而去，羽箭近乎同時射出。天空中幾聲哀鳴，兩隻大雁同時墜落，其餘雁子受驚，霎時隊伍大亂，各自拚命振翅逃竄開。

天上飛，地下追，伊稚斜和霍去病都是一箭快過一箭，兩人一面要駕馭馬兒快如閃電地奔跑，來回追擊逃向四面八方的大雁，一面要快速發箭，趕在大雁逃出射程外，盡量多射落。

如此生動新鮮的比試方式，的確比對著箭靶比試刺激有趣，上千個圍觀的人竟然一絲聲響未發，屏息靜氣地盯著遠處策馬馳騁的兩人，偌大草原只聞馬蹄得得聲和大雁哀鳴。

關心則亂，論目力只怕在場的人難有比我好的，可我此時竟完全不知道霍去病究竟射落了幾隻。側頭看向目達朵，她也是一臉沮喪地搖搖頭，「數不過來，我早就亂了，早知道只數單……爺的就好了。」

我本來還一直著急地看看伊稚斜，又看看霍去病，心裡默念著，快點，再快點。此時忽地放鬆下來，既然心意已定，又何必倉皇？遂再不看伊稚斜一眼，只盯著霍去病，不去管是他跑得快還是大雁飛得快，只靜心欣賞他馬上的身姿，挽弓的姿態，一點一滴仔細地刻進心中。

半炷香燃盡，守香的人大叫了一聲「時間到」，還在挽弓的二人立即停下，策馬跑回。伊稚斜的侍衛已去四處撿雁，圍觀眾人神色緊張地盯著四處撿雁的人，反倒霍去病和伊稚斜渾不在意，兩人並騎談笑，不知說到什麼，二人同時放聲大笑，說不盡的豪氣灑脫，暢快淋漓。

跳下馬後，伊稚斜笑對霍去病道：「真是好箭法，好騎術！」

從不知謙虛為何物的霍去病罕有地抱了抱拳，笑道：「彼此，彼此。」

撿雁的人低著頭上前回稟：「白羽箭射死二十二隻，黑羽箭射死……二十三隻。」

眾人驀然大叫，只是有人喜，有人卻是傷。

我的心咯噹一下，迅即又恢復平穩，只眼光柔柔地看向霍去病。他聽到報數，嘴邊仍然不在意地含著絲笑，側頭望向我，滿是歉然。我微笑著搖搖頭，他笑點了下頭。

伊稚斜鄭重地向霍去病行了一個匈奴人的彎身禮，極其誠懇地說：「請再考慮一下我先前的提議。」他以單于的身分向霍去病行禮，跟隨他的眾人滿面驚訝震撼。

霍去病笑道：「我早已說過，我是漢人，只會做漢人想做的事情。願賭服輸，你不必再說。」說完再不理會眾人，只向我大步走來。當著眾人的面把我攬入懷中，半撩起我的面紗，低頭吻下，原本的喧鬧聲霎時沉寂。

寂靜的草原上，連風都似乎停駐，我只聽到他的心跳聲和我的心跳聲。一切都在我心中遠去，蒼茫天地間只剩下我和他，他和我。

短短一瞬，卻又像長長的一生。

從與他初次相逢時的眼神相對，到現在的一幕幕快速在腦海中滑過，這一刻，我才知道，在點點滴滴中，在無數個不經意中，他早已固執地將自己刻在我心上。

即將失去他的此刻，我才知道我有多恐懼失去他，我的心會這麼痛，痛得我整個人在他懷中簌簌抖著，但……蒼天無情，現在只能拚盡我的熱情給他這個吻，讓他知道我的心。

我們第一次真正親吻，卻也是最後一次親吻。

他盡全力抱著我，我也盡全力抱著他。可纏綿總有盡頭，他緩緩離開了我的唇，溫柔地替我把面紗理好，「玉兒，拜託妳一件事，護送我的靈柩回長安，我不想棲身異鄉。那裡還有個人在找……」他眼中幾分傷痛，思緒複雜，忽地把沒有說完的話都吞了下去，只暖暖笑著一字字道：「答應我，一定要回長安。」

我知道他是怕我實踐先前說的話，追著他到地下，所以刻意囑咐我此事。

其實我壓根沒聽進去他說什麼，但為了讓他安心，雖輕點了下頭，心中卻早定了主意。

我的心正一點點碎裂，而那些碎片都化作尖銳的刺，隨著血液滲入，全身上下都在痛，可臉上仍要堅強地微笑。我要他最後看見的是我的笑容，是我的美麗，我不要他因為我而瞻前顧後。

他又靜靜看了我好一會，眼中萬般不捨，最終在我額頭又印了一吻，緩緩放開我，轉身看向伊稚斜的侍衛，大笑道：「借把快刀一用。」

匈奴人雖豪放，可眾目睽睽下，如此驚世駭俗的舉動讓眾人都看直了眼。目達朵目瞪口呆地望著我，我向她笑笑，躍到她身前把她腰間匕首取下又立即退開，「借用一下！回頭還要拜託妹妹一件事情。」

目達朵臉色大變，嘴唇顫了顫想要勸我，卻猛地撇過頭看向伊稚斜，緊緊咬著嘴唇沉默著。

伊稚斜的侍衛呆呆站了好一會，鐵牛木才遲疑著解刀。霍去病接過刀，反手揮向自己的脖子，

我知道我該閉上眼睛，可我又絕不能放棄這最後看他的時光，眼睛瞪得老大，一口氣憋在胸口。

那把刀揮向了他的脖子，也揮向了我的脖子，死亡的窒息沒頂而來。

伊稚斜忽地叫道：「等一下。」他的眼光在拾取大雁的兩人臉上掃過，俯身細看堆在一旁的大雁，兩人立即跪倒在地。我心中一動，再顧不上其他，飛掠到伊稚斜身旁翻著大雁的屍身。

所有被白羽箭射中的大雁都是從雙眼貫穿而過，黑羽箭則是當胸而入，直刺心臟。唯獨一隻大雁被黑羽貫穿雙眼。我心中有惑，這根本不可能查清楚，除非伊稚斜自己……

伊稚斜神情澹然平靜，唇邊似乎還帶著抹笑，接過目達朵遞過的手帕，仔細地擦淨手，笑看向跪在地上的二人。

一道寒光劃過，快若閃電，其中一人的頭顱已經滴溜溜在地上打了好幾圈滾，圍觀人群才「啊」的一聲驚呼，立即又陷如死一般的寧靜，驚懼地看著伊稚斜。

殺人對這些往來各國的江湖漢子並不新鮮，可殺人前嘴角噙笑，姿態翩然，殺人後也依舊笑得雲淡風輕、姿態高貴出塵的，卻世間少有，彷彿他剛才只是揮手拈了一朵花而已。

一旁跪著的侍衛被濺得滿頭滿臉鮮血，卻依舊直挺挺地跪著，紋絲不敢動。

伊稚斜淡淡看著自己的佩刀，直到刀上的血落盡後，才緩緩地把刀插回腰間，不急不躁，語氣溫和平緩，像和好友聊天一般，「如實道來。」

侍衛磕了個頭，顫著聲音回道：「我們撿大雁時，因為……一時狗膽包天，趁著離眾人都遠，就偷偷將一枝白羽箭拔下換成了黑羽箭。」

伊稚斜抿唇笑道：「你跟在我身旁也有些年頭了，該知道我最討厭什麼。」

所有的侍衛都跪下想要求情，卻遲遲不敢開口，鐵牛木懇求地看向目達朵，目達朵無奈地輕搖下頭。

伊稚斜再不看跪著的侍衛一眼，轉身對霍去病行了一禮，歉然道：「沒想到我的屬下竟然弄出這樣的事情。」

霍去病肅容回了一禮，「兄台好氣度！」

滿面是血的侍衛對著伊稚斜的背影連磕三個頭，驀然抽出長刀用力插入胸口，刀從後背直透而過，侍衛立即僕倒在地。圍觀的眾人齊齊驚呼，伊稚斜目光淡淡一掃，眾人又都立即閉上嘴，極力迴避著伊稚斜的視線，不敢與他對視。

伊稚斜回頭淡然地看了一眼地上的屍體，「厚待他們的家人。」

一場比試，竟然弄到如此地步，漢人雖面有喜色，卻畏懼於伊稚斜，靜悄悄地一句話不敢多說，甚至有人已偷偷溜掉。

匈奴人面色沮喪，沉默地拖著步子離開。西域各國的人早在漢人和匈奴兩大帝國間掙扎求存慣了，此時更是不偏不倚，熱鬧看完也都靜靜離去。

陳禮拖著于順來給霍去病行禮道謝，霍去病冷著臉點了下頭。陳禮本還想再說幾句，但于順懼於伊稚斜，一刻不敢逗留，強拖著陳禮急急離去。

事情大起大落，剛才心心念念的都是絕不能讓他因為牽掛我而行事顧忌，既然心意已定，不過先走一步，後走一步而已。此時一顆心落下，想著稍遲一步他就會在我眼前……呆呆望著他，只是

出神。

霍去病也只看著我，兩人忽地相視而笑，同時向對方行去，伸手握住彼此的手，一言不發卻心意相同，一轉身，攜手離去。

伊稚斜在身後叫道：「請留步，敢問兩位姓名？」

霍去病朗聲而笑，「萍水相逢，有緣再見，姓名不足掛齒。」

伊稚斜笑道：「我是真心想與你們結交，只說朋友之誼，不談其他。很久沒有見過如賢伉儷這般的人物，也很久沒有如此盡興過，想請你們喝碗酒，共醉一場。」

霍去病道：「我也很佩服兄台的胸襟氣度，只是我們有事在身，要趕去迎接家中鏢隊，實在不能久留。」

伊稚斜輕嘆一聲，「那只希望有緣再相逢。」他命侍衛牽來兩匹馬，一匹馬上還掛著剛才用過的弓箭，殷勤之意盡表，「兩位既然趕路，這兩匹馬還望不要推辭。」

馬雖然是千金難尋的好馬，可霍去病也不是心繫外物的人，灑脫一笑，隨手接過，「卻之不恭，多謝。」

我們策馬離去，跑出好一段距離後，霍去病回頭望了眼伊稚斜，嘆道：「此人真是個人物！看他的舉動，結果剛出來時，他應該就對手下人起了疑心，卻為了逼我就範，假裝不知，直到最後一刻才揭破。此人心機深沉，疑心很重，手段狠辣無情，偏偏行事又透著光明磊落，看不透！」

我心中震驚，脫口而出道：「可看你後來的舉止，對他很是欽佩，似乎什麼都沒有察覺，活脫脫一副江湖豪傑的樣子……」話沒說完我已明白，霍去病和伊稚斜在那一刻後，才真是一番生死較量。之前兩人不過是鬥勇，之後卻是比謀，如果霍去病行差一步，讓伊稚斜生了忌憚，只怕他送我們的就不是馬了。

我一面策馬加速，一面苦笑起來，「那個……只怕匈奴有軍隊在附近，人數雖不見得多，但肯定都是精銳中的精銳。」

回身望去，趙信跳下馬向伊稚斜行禮，伊稚斜一行人翻身上馬。霍去病笑道：「果然如我所料，此人必定在匈奴中位居高位。」

身後的追兵越聚越多。馬蹄隆隆，踏得整個草原都在輕顫。

「他……他的名字叫伊稚斜。」我咬了咬唇。

# 第二十二章

# 故人

目達朵依舊一箭箭射來，我一下下擋開。

她的面色平靜無波，箭法精確，

我也冷靜清醒，動作迅捷。

只是，只是……我不明白，

那個在我身後叫我姐姐的人哪裡去了？

這個草原上只有背叛嗎？

霍去病「啊」了一聲，「匈奴的單于？」

我點點頭，霍去病沉默了一會，猛然大笑起來，「今日真是痛快，竟然贏了匈奴的單于，不過現在只能落荒而逃了。」

我一面觀察四周地形，一面策馬疾馳，「此處都是一覽無餘的草原，不好躲避，只要進入祁連山就有辦法甩脫他們，有狼的幫助，綿延千里的祁連山脈沒人能比我更熟悉。」霍去病笑著應好。

伊稚斜送我們的馬的確是萬中選一的好馬，幾個時辰的疾馳，雖已經有了疲態，可仍舊全速奔

跑。可後面的追兵因為有馬匹可以替換，與我們的距離已經拉近。

如果他們不放箭，我們還有希望，可如果他們放箭……我心裡正在琢磨，霍去病忽地伸手要將我拽到他的馬上，想讓我坐到他的身前，與他共騎一驥。

我揮手擋開他，怒道：「兩人兩匹馬跑得快，還是兩人一匹馬跑得快？你以為我是誰？你還在羽林營裡練習箭術的時候，我已經在這片大地上亡命奔逃了。我不需要你用背來替我擋箭，我要我們都活著。」

霍去病愣了一瞬，猛一點頭，「好！不過妳不能讓他們傷著妳。」

祁連山已經遙遙在望，我和霍去病都是精神一振，身後開始有箭飛來，射的卻是我們的馬，看來伊稚斜不到萬不得已不想殺霍去病，他想活捉霍去病。

霍去病一手策馬一手揮鞭擋開羽箭，我也是輕舞絹帶，替馬兒揮開近身的飛矢。他笑道：「玉兒，幫我擋一下箭。」拿起掛在鞍旁的弓，一手握三箭，勢如流星，奔在最前的三騎慘嘶倒地。

我揮著白絹捲開飛至的箭，笑讚道：「好箭法，難得的是射中的都是馬前額。」

霍去病得意地眨了下眼睛，「多謝夫人誇讚！」我冷哼一聲，猛然收回絹帶，他立即手忙腳亂揮鞭打箭。

看到他的狼狽樣子，我剛板起的臉不禁又帶了笑，可笑容未落，一枝箭竟直射向我的背心。我俯身避開，卻不料一箭更比一箭急，箭箭直射我的要害，再不敢大意，白絹連舞得密不透風，全力擋箭。

霍去病那邊卻依舊只是箭衝著馬去，他怒吼道：「你們要射衝我這來！」

望見目達朵挽弓箭射我的咽喉，我不敢相信，手勢一滯，一枝箭穿過絹帶縫隙，飛向前胸。霍去病顧不上替自己擋箭，甩鞭替我打開，馬臀已經中了一箭，所幸傷勢不重，反倒激得馬兒短時間內速度更快。

「玉兒！」他氣得叫道。

我茫然地轉向他，看到他的神色，立即醒悟，「對不起，再不會了。」

目達朵依舊一箭箭射來，我一下下擋開。她的面色平靜無波，箭法精確，我也冷靜清醒，動作迅捷。只是，只是……我不明白，那個在我身後叫我姐姐的人哪裡去了？這個草原上只有背叛嗎？

目達朵對身旁的人吩咐幾聲，她身旁的人猶豫了一瞬還是聽命，不再只射我的馬，而是開始射我。伊稚斜的身影竟出現在人群中，「朵兒，妳在幹什麼？」

目達朵手一顫，不敢回頭看伊稚斜，只叫道：「單于，我們活捉霍去病，可以威懾漢朝軍隊，激勵匈奴士氣。可這個女人沒有用，這樣做可以擾亂霍去病的心神，增加我們活捉他的機會。」

伊稚斜沒有說話，趙信叫道：「單于珍惜人才，想勸降霍去病，可以霍去病的性格絕對不會歸順我們。如果單于想活捉霍去病，王妃的話很有道理。」

伊稚斜看著霍去病，思量了一瞬，頷首同意。

霍去病看我面色幾變，急問道：「他們在說什麼？」

我看看近在眼前的祁連山，強笑了下，「我要賭一把了。如果我猜對，我們也許能爭取到機

會。」

霍去病點了一下頭，「但是不要幹蠢事，我不會接受。要活一塊活，要死一塊死。」

「知道！」

我一手舞著絹帶，一手緩緩去解面紗，眼睛緊緊盯著目達朵。目達朵終於面色不再平靜，臉上掠過驚恐之色，手勢越發快速，箭如流星般而來。看她的反應，我的猜測很可能是正確的。

面紗鬆開，飄揚在風中，我笑看向伊稚斜，他面色驟變，一聲斷喝：「住手！」弓箭立止，幾枝來不及停的箭也失了準頭，軟綿綿地落在地上。

我一面笑著向伊稚斜做了個鬼臉，吐吐舌頭，一面暗暗拿箭刺向馬兒的屁股。伊稚斜一臉茫然迷惑，怔怔發呆。

我的馬兒已飛一般急急竄向祁連山，霍去病緊隨身側。

伊稚斜望向目達朵，「朵兒，妳看到了嗎？那……那是玉謹嗎？」

幾百人的隊伍追在我們身後，卻再沒有一個人射箭，目達朵叫道：「不……不知道，不過應該不是。單于，玉謹已經死了，如果真是玉謹，她不會這樣的。」

伊稚斜茫然地點頭，「她應該恨我的，不會朝我笑的。」驀地衝著我大叫道：「玉謹，是妳嗎？究竟是不是妳？」

我嘻嘻笑著，側回頭嬌聲問：「你猜呢？」

趙信在馬上向伊稚斜彎身一禮，恭敬地說：「臣不知道這位姑娘究竟是誰，但那不重要。單

于，我們要捉的是霍去病。」

伊稚斜悚然一驚，面色瞬即恢復清明。我恨恨地盯了趙信一眼，我們若真有什麼事情，也一定要他陪葬。

伊稚斜望了眼祁連山，眼中寒意森森，下令道：「殺死霍去病者賞賜萬金。不要傷到那個女子。」

目達朵眼中恨意剎那迸發，如烈火般燃燒著，看得我背脊一陣陣發涼。

「去病！」生死一線，再無時間多說，我和霍去病交換了個眼神，兩人齊齊翻身貼在馬腹，箭密集如雨一般飛向霍去病。我已經盡全力用絹帶替他擋開一些，可轉瞬間他的馬已經被射得如刺蝟一般，淒聲哀鳴著軟倒。

馬兒倒地的剎那，霍去病抓著我的白絹，藉我的馬力又向前衝了一段。一入山谷，他立即飛縱入樹叢間，一挽弓又是三箭連發，三匹馬滾倒在地。

此時山勢向上，路徑漸窄，驟然跌倒的馬立即讓追在我身後的隊伍混亂。

我又打了一下馬讓牠加速，自己卻向側方一躍，迅速掩入林中。眼睛瞟到伊稚斜挽弓射箭，驚懼地轉頭看向霍去病。濃密的樹蔭中，伊稚斜完全看不見霍去病，卻只根據霍去病羽箭飛出的方向就鎖定了他的位置，連珠三箭，各取三處要害。

霍去病已經盡力閃避，卻仍舊中了一箭。

我緊緊咬著嘴唇，一聲不敢發出，只快速上前挽住霍去病。他笑著搖搖頭，示意自己還能走。

我點了下頭，藉助絹帶飛縱在林間，霍去病緊隨在我身後。

我一面奔跑，一面低低呼叫了兩聲，待山林中響起其他狼嘯時，我的心終於放下一半，回頭看向霍去病，他的衣袍已經染上大片鮮紅的血色。

林間的狼嘯聲越來越大，整座山都迴盪著狼兒淒厲的長嘯。霍去病隨在我身後左拐右彎，跑到溪旁時，我停下看他的傷口，想替他把箭拔出，他道：「等一下。」說著涉溪直到對岸，快速地跑了一段，又捂著傷口小心的沿原路返回，跳進溪水中，「現在可以拔箭了。」

我先用絹布緊緊繫住他的胳膊，一咬牙，飛快地拔出箭。鮮血濺出，落在溪中，很快就隨著水流消失不見。霍去病談笑如常，指點我如何包紮傷口，盡量止血又不影響行動。

我也算時常見血的人，可看到他的血如此飛落，卻覺得腦子發暈，手發軟。我不願讓他在這種狀況下還安慰我，只能力求面色淡然，手勢穩定，一句話不說地替他包紮好傷口。

為了隱去兩人的氣味，我們逆流涉溪而上。

因為伊稚斜勁力很大，傷口較深，包紮後，血雖然流得慢了，卻仍舊沒有止住。霍去病臉上雖若無其事，可臉色卻越來越白。

我看了看四周的地勢，「天已快黑，我們先找個地方休息一下吧！」他點頭。

一道黑影驀然竄出，我驚得立即擋在霍去病身前，霍去病又一個閃身護住了我。兩人都是一般心思，唯恐對方受到傷害。待看清是狼兄，我輕呼一聲，喜得撲了上去。

狼兄領著我們又行了一段路，到了一個不大不小的瀑布前，牠回頭輕叫一聲，跳入瀑布中消失不見。

我牽著霍去病也躍進瀑布，沒想到一道水簾之後竟別有洞天，雖然洞中有些潮濕，可的確是藏身的好地方。一般人絕難想到瀑布後還有個如此隱密的洞，水又隔斷了氣味，即使有獵狗也不怕。

我撿了塊高處的地方，讓霍去病坐下，仔細看了他的胳膊，轉身想走，「這附近應該有止血的藥草，我去尋一下。」

他立即拉住我，「這點傷勢我還撐得住，伊稚斜對我志在必得，雖然有狼替妳嚇阻他們，可畜牲畢竟鬥不過這些訓練有素的軍人，我們現在還沒有甩脫他們……」

我捂住了他的嘴，「正因為我們還沒有甩掉他們，才更要替你止血。再這麼流下去，難道你想讓我背著你逃命？做將軍的人難道連輕重緩急都分不清嗎？」

他盯著我一句話不說，我笑道：「我帶狼兄一塊去，不會有事的。」

他把弓箭遞給我，「妳會射箭嗎？」我本想拒絕，可為了讓他放心一些，伸手接過，「會用。」

◈　◈　◈

清風明月，溪水潺潺，蟲鳴陣陣。一個美麗祥和的夏日夜晚，似乎沒有任何危險。

狼兄迅捷地在山石草木間遊走，我跟在牠身後蹦來跳去，隨手摘著能吃的果子，最後還是狼兄

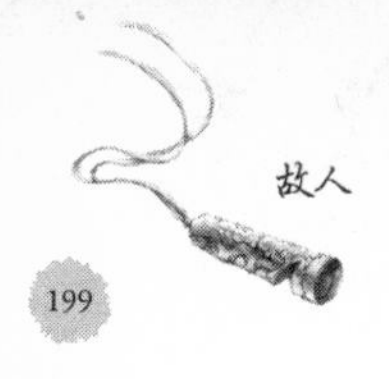



的目力比我好，先發現了長在崖壁間的療傷草。其實我也不知道這個草究竟叫什麼名字，因為狼兒受了傷總會尋它來替自己治傷，所以我就隨口給它起了名字叫療傷草。

一邊咬著果子，一邊急匆匆往回跑，人還未到瀑布前，狼兄一聲低吼，擋在我身前，幾條大黑狗和狼兄對峙著。

伊稚斜和目達朵一前一後從樹叢中走出。我們隔著黑狗和狼兄凝視著彼此，我的眼睛刻意先望望後面，再望望四周，表面上想確定他們究竟有多少人，其實只是確認他們有沒有留意到瀑布。

伊稚斜望著我一聲不吭，目達朵問道：「霍去病呢？」

我把手中吃完的果子丟進樹叢，「為了擾亂你們的注意，我們分開走了。」

目達朵看向伊稚斜，伊稚斜盯著我的眼睛，一瞬不瞬，目達朵的臉色漸漸蒼白。伊稚斜聲音輕軟，似乎怕聲音一大就會嚇跑了我一般，「妳是玉謹嗎？」

相隔多年，他似乎變化不大，依舊是匈奴人中最英俊的男子，可我已經不是那個滿心滿眼盯著他看的女孩。我沉默了一會，搖搖頭，「我不是。」

目達朵似乎鬆了口氣，伊稚斜想上前，狼兄警告地一聲低嗚，谷中響起其他狼嘯聲，那幾條狗雖然懼怕，卻頑強地吠叫著。

我惱恨下踢了狼兄一腳，也叫了一聲，谷中狼嘯又迅速平息。原本隔著瀑布的聲音，霍去病不見得知道外面發生的事情，可狼兄這一叫，霍去病肯定已經聽見了。

伊稚斜一小步一小步地輕輕向我走來，我的話是對著霍去病說的，卻衝著伊稚斜大叫：「不許

過來！你要過來，我就立即……立即……」我隨手抽了枝箭對著自己心口，「不要活了。」

伊稚斜忙退了幾步，微帶著喜悅說：「妳是玉謹。」

我看了眼目達朵，問道：「伊稚斜，我是不是玉謹很重要嗎？我是玉謹，你又能如何？」

他有些茫然，喃喃道：「妳還活著，妳居然真的活著。」他盯著我看了一會，似乎想再次確認我是真的活著，「可妳不恨我？」

我笑道：「我已經說了我不是玉謹，玉謹已經死了，現在的我和你沒有關係。你想抓的是霍去病，如果你還是那個曾經豪氣干雲的左谷蠡王，就請不要為難我一個女子，放我走！」

伊稚斜說的是匈奴話，我卻一直用漢語回答他，只為了讓霍去病明白，我正在設法脫身，不要輕舉妄動。

伊稚斜微仰頭凝視著天空的半彎月，目達朵痴痴地看著他，眼中滿是淚水，卻咬著唇硬是不讓淚水掉下。

伊稚斜的袍袖衣角在微風中輕輕飄動，起落之間滿是蕭索。他微笑著對月亮說：「玉謹，我寧可妳一見我就要打要殺，寧可妳滿是恨意地看著我，至少證明我一直在妳心中，妳從沒忘記過我，可是……可是我怎麼都沒有想到，妳看我竟然像看一個陌生人。」

他低頭看向我的眼睛，「不管是什麼場合，不管是匈奴帝國的君王單于，還是未來的君王太子，當其他人只留意他們時，妳的眼睛卻只盯著我看，滿是敬佩信賴。妳的年紀雖小，可眼裡卻好像什麼都懂，我的難過，我的隱忍，我的焦慮，都落在妳眼裡。妳會為我喜，也會為我愁，現在什麼都沒有了嗎？」

我下意識地摸了摸自己的眼睛，看向目達朵，「也許以前的玉謹的確如此看你，可現在只有另一個人這樣看你了。她眼裡的東西也許和當年的玉謹不一樣，可她也是滿心滿眼只有一個你。」

伊稚斜側頭看向目達朵，目達朵再也沒忍住，淚水淌落，低著頭急急擦淚。伊稚斜怔了一瞬，臉上諸般神色複雜，掏出一條絹帕塞進目達朵手中。

伊稚斜忽道：「玉謹，既然妳不恨我了，就跟我回去。」

我笑著用匈奴話道：「除非我死。你若想帶一具屍體回去，請便！」轉而又用漢語，「伊稚斜，我阿爹是漢人，你該知道他一直想帶我回漢朝的。我現在過得很好，不要逼迫我，如果你真有些許內疚的話。」

伊稚斜問：「霍去病就這麼丟下妳走了嗎？妳……妳嫁給他了嗎？算了，這不重要，匈奴人不在乎這些。」

我帶著氣，怒道：「他是丟下我了，他中了你一箭，行動已經不便，他不想牽累我，騙我說他走不動，要我去尋東西給他吃，結果我回轉時他已不見了。」我咬著唇，眼中含淚，臉上卻強笑著說：「不要讓我找到他，否則我一定再刺他一箭。」

這番話半真半假，似乎也符合霍去病和我的性子，伊稚斜顯然已相信，沉默了會，一步步向我走來，絲毫不理狼兄的警告。「玉謹，跟我回去。」

他的眼神堅定不移，我一時方寸大亂，倉皇下舉箭對著他，「不要過來，我絕對不會跟你回

去。」

他笑著搖搖頭，輕柔地問：「玉謹，妳要用我教妳的箭術來射我嗎？還記得妳小時候坐在我的馬上，我握著妳的手教妳射箭……」

他一面說著，一面步伐絲毫不慢地向我走來，毫不理會我手中的箭。幾條狗團團圍住狼兄，我手抖著用匈奴話叫道：「站住！我不會跟你回去，不會……」聽到狼兄的叫聲，告訴我霍去病正在接近我們，我心中一急，腦中還沒有想清楚，箭已飛射而出。

我驚恐地看著飛出去的箭，伊稚斜定定看著我，眼中全是悲傷和不能相信。目達朵飛身撲出，一聲嬌呼，軟軟倒在地上。羽箭插在她的胸上，霎時胸前已經紅了一片。我雙手抖著，全身無力跪倒在地。

伊稚斜愣了一瞬，好似才真正明白發生了什麼，神情驚慌地幾步上前抱起了目達朵。我一步步挪到他們身旁，「對不起，目達朵，我……」我聲音顫得說不下去。

我們怎麼會自相殘殺呢？我忽地伸手狠打向伊稚斜，以他的身手，居然沒有避開我，任由我的拳頭巴掌落在他的身上。

「都是你，你為什麼總要做這樣的事情？總是逼得我們不能好好活著？為什麼不能放過我阿爹，為什麼不能放過我？現在又因為你，目達朵和我姐妹反目……」

伊稚斜對我的話聽而不聞，低著頭只是查看目達朵的傷口。目達朵喘了幾口氣，望著我道：「姐姐，對不起，我不該恨妳，其實不關妳的事情，我還雇了西域人去長安城……」

我搖頭再搖頭，「不是妳的錯，有錯也全是伊稚斜的錯。」目達朵的淚珠如斷線珍珠紛紛而落，「不怪他，是我自己。他寵愛我只因我的性子像妳，他又對妳滿是愧疚，我卻不甘心，都是我的錯……」

伊稚斜輕輕捂住目達朵的嘴，「不要說話了，玉謹沒說錯，是我錯了。」口中打了幾個呼哨，抱起目達朵就走，「朵兒，妳不會死的，我一定能讓妳活下去。妳不是一直想就我們兩人去碎葉湖玩嗎？等妳好了，我們立即去。」

伊稚斜轉身間，視線看向我，彷彿有千言萬語未能說出口。目達朵握著他的胳膊，咳嗽著道：「真……的嗎？我的身子好冷，好冷……」

伊稚斜低頭看向目達朵，「真的，我立即帶妳去找大夫，妳不會有事的……」

他抱著目達朵漸行漸遠，隱入叢林前，他又回頭看向我，卻只聞目達朵猛一陣咳嗽，血似乎流得更多，他再不敢遲疑，加快步子，轉瞬間人已消失在鬱鬱蔥蔥的樹林中。

冷月清風下，只有我怔怔看著他們消失的地方。霍去病從身後攬住我，「只要救治及時，她肯定能活下去。她雖然血流得多，可那一箭並沒有射中要害，況且妳射箭時心中沒有殺意，手勢又不穩，她中箭不會太深。」

流血？我立即清醒，四處望了一眼，急急拽著他躲回洞中，把懷中的果子遞給他，然後幫他上藥。

霍去病道：「把妳的衣服撕一片下來，招一隻狼來，繫在牠的身上，讓牠從妳剛才站過的地方

開始跑。伊稚斜為了顧及那女子的情緒，暫時顧不上妳，但他肯定會立即命人轉回來追妳。我們索性按兵不動，在這裡再躲二、三日，等他們把這一帶全部搜完再走。」我忙依照他的話去做。

療傷草不負我所望，看到他不再流血，我心中稍安，又想起了剛才的事情，「目達朵真的不會有事嗎？」

霍去病笑攬住我，「堂堂匈奴帝國的單于，難道還救不回一個女子？肯定沒事的。妳是關心則亂，仔細想想剛才的情形，妳不覺得那女子的表現很有些意思嗎？居然短短一瞬間就因勢利導，活用了苦肉計，這樣的人精得很，哪那麼容易死？」

我沉默了半晌，往他懷裡靠了靠，「對不起，我們應該祭拜完阿爹就走的。我不該一時興起動了玩心，惹來這麼多麻煩。」

霍去病輕撫著我的臉頰，笑道：「對不起的是我才對。夫人要玩，我沒護好駕，反倒讓夫人受驚。等我把匈奴趕出漠南，把漠南全部變成大漢的天下，妳以後愛怎麼玩，都不會有人驚擾。」

我猛地抓住他的手用力咬下去，他齜牙咧嘴地呼痛，我悻悻地道：「不許你再叫我夫人。」

他想了想道：「那就叫娘子？」我作勢要再咬，他忙道：「玉兒，叫玉兒。」

我瞪了他一眼，臉靠在他的手上笑起來，笑聲未斷，眼淚卻嘩啦啦地流下來。

他一言未發，只輕柔地順著我的頭髮。

「去病，你應該知道於單是誰吧？我阿爹是他的先生，我不是阿爹的親生女兒，是被他從狼群中撿回去的，當時我還不樂意……我第一次見伊稚斜時，他……」

第一次講述自己的過去，說到高興時，會傻傻地笑；說到傷心處，眼淚止也止不住地流。從聽聞阿爹死訊，大哭過一場後，我再沒有為過去掉淚。

總怕自己不夠堅強，怕眼淚一落，好不容易凝聚的勇氣就會全部消失，裝作自己再不傷心地生活著。今日我卻不再怕，毫不顧忌地笑著哭著，絮絮講述聲中，究竟什麼時候睡去也完全不知道。

第二十三章

# 歸途

我的世界一片沉靜，只剩他風中飛翔的身姿。
這一瞬我知道，終其一生我也不會忘記今日所見。
即使髮絲盡白，眼睛昏花，
我依舊能細緻描繪出他的每一個動作。

「在想什麼？」霍去病柔聲問。

我收回目光，放下車簾回頭一笑，「有些捨不得狼兄。」

霍去病握住我的手道：「這次能從祁連山活著出來，的確要多謝狼兄，可我看妳是更不想回長安。」我眉頭蹙著沒有說話。

霍去病沉默了好半晌，方道：「我也不想回長安。」

我思索了一會才醒覺他話中的意思，半欣悅半心酸，笑著說：「只有你才把我當寶，沒人和你

搶。」霍去病若有所思地淡笑著，未發一言，只是伸手把我攬進懷中。

我俯在他膝蓋上，有些疲憊地閉上眼睛。霍去病微微挪動了下身子，讓我躺得更舒服些，「累了就睡一會。」

我道：「坐馬車肯定有些悶，你覺得無聊就騎馬去吧！不用特意陪我。」

霍去病手指在我眉目間溫柔地輕撫，「對著妳哪裡還有悶字？安心睡覺。」我嘴邊含著笑沉入睡鄉。

正睡得迷糊，車外趙破奴低聲叫道：「將軍。」

霍去病隨手挑起簾子問：「有消息了嗎？」我嗔了霍去病一眼，忙撐著身子起來，霍去病促狹一笑，手輕拍了下我的背，看向趙破奴和陳安康。

趙破奴和陳安康並騎而行，看到車內剛剛分開的我們，陳安康嘴角帶笑移開眼光，趙破奴卻是一驚，低下頭強自若無其事地恭聲回道：「已有博望侯張騫和李廣將軍的消息。從右北平出發後，李將軍率軍四千先行，博望侯率一萬騎隨後。李將軍出發未久，就遇到匈奴左賢王的四萬大軍，四千人陷入重圍中。」

我輕吸口氣，掩嘴看著趙破奴。匈奴以左為尊，左賢王的軍隊是除單于的軍隊外，匈奴最精銳所在。李敢肯定隨在父親身旁，他可安全？霍去病瞟了我一眼，神色淡然地聽著。

「當時全軍皆亂，甚至有人嚷該投降，李敢卻凜然不懼，求李將軍命他出戰，李敢只率了十幾騎，策馬奔突於匈奴大軍中，斬殺兩百多名匈奴人後安然而還，把匈奴的頭顱丟到驚懼洩氣者面前，慨然大笑著問眾人：『胡虜有何難殺？我們雖已陷入重圍，但只要堅持到博望侯大軍趕至，內外合擊，棄刀而降的該是匈奴。』眾人面露愧色，軍心立穩，齊齊拔刀大叫『願與匈奴死戰。』」

霍去病輕拍了下掌，點頭讚道：「好個李三哥！」趙破奴和陳安康也是神色激昂。

趙破奴道：「當時匈奴激怒，箭如雨下，從天明直打到日落，我軍死傷過半，箭矢都已用完，卻在李將軍的率領下依然堅持，第二日又打了一日，死傷一半，直到日暮時分，博望侯的軍隊趕至，匈奴方匆匆退去。」

霍去病冷哼一聲，「張騫的這個行軍速度可真讓人嘆服。」趙破奴雖沒有說話，可臉上也微有不屑之色，陳安康神色溫和，倒未有任何情緒。

霍去病道：「李廣是因為遭遇重圍未能按預定接應我，公孫敖呢？」

陳安康躬身回道：「公孫將軍確如將軍所料，是因為迷路在大漠中，所以未能與我軍按計劃配合。」

霍去病輕聳肩，無所謂地笑說：「笑話大了，舅父有得頭疼了。」

趙破奴笑說：「皇上此次攻打匈奴，主要意圖就是控制河西地區，把匈奴的勢力逐出河西，開通往西域各國的道路。公孫敖和李廣將軍雖未真正參戰，可我們已順利實現皇上的預定目標，以少勝多，不但把匈奴打了個落花流水，連匈奴人引以為傲的祁連山都歸於大漢版圖，龍顏肯定大悅，應該不會重責公孫將軍。」

霍去病嘴角輕抿了絲笑意，沒有說話，揮揮手讓他們退下。

他靜靜坐著，不知道在想什麼，半晌一動未動。

我搖了下他的胳膊，「在想什麼呢？這次立下這麼大的功勞，想皇上賞賜你什麼嗎？」

他笑著猛一翻身把我壓在身下，「我只要皇上賜婚，就要妳。」

我又羞又急，握住他欲探向我衣內的手，「你不是說，我們成婚前，不……」

他笑著在我唇上吻著，「我說不那個，可沒說不能親，不能抱，不能摸。」

我推著他道：「車外有人呢！你別發瘋。」他長嘆口氣，側身躺在我胳膊上，朝外面大吼道：「命大軍快速前進，早點紮營休息。」

我笑罵：「以權謀私！」

他側頭直往我耳朵裡輕輕呵氣，我一笑他肯定更來勁，所以強忍著不笑，板著臉問：「你剛才在想什麼？」

他沒有回答我的話，手指輕撚著我的耳垂，「聽人講耳垂大的人有福氣，妳的福氣看來很多，嫁給我肯定是大福氣。」

我哼道：「胡扯！人家還說唇薄的薄情呢！如此說，我倒真不敢嫁給你。」

他笑吟吟地睨著我，「現在還敢和我講這種話？」說著輕含住我的耳垂，一點點啃噬，舌尖輕攏慢撚。我只覺半邊身子酥麻，半邊身子輕顫，他的呼吸漸重，有些情難自禁，我忙顫著聲音說：「我知道你剛才在想什麼。你肯定在想皇上和衛大將軍，還有你夾在他們兩人之中，該如何處理好彼此關係。」

他停下動作，笑著在我臉上輕擰了下，「挺會圍魏救趙的。」

我緩了半晌，急速跳動的心才平穩下來，「你不否認，那就是我猜對了。」

他輕嘆口氣，望著馬車頂，撐著雙手展了個懶腰，「這些事情回長安再煩吧！先不想這些。」

我沉默一會，重重點頭，「對，先不想這些。即使要愁，回長安城再愁。」

他一手半撐起身子，一手輕撫著我的眉間，低頭凝視著我，「我不管妳心裡究竟為什麼犯愁，怕些什麼，但妳記住，以後我是妳的夫君，天大的事情有我。不管是苦是樂，我們都一起擔當。以後不是妳一人面對一切，而是我們一起面對一切。」

我們的視線凝聚在一起，我鼻子發酸，喉嚨乾澀，一句話也說不出，伸手握住他的手，兩人五指緊握。

從此以後，我不再是飄泊孤鴻，天地間不再只有自己的影子相隨，我有他。

◈ ◈ ◈

夜晚的營帳篝火點點，時有放浪形骸者哭哭笑笑地在營帳間穿行，也有一言不合大打出手者。我看得驚訝萬分，霍去病卻是司空見慣，淡淡對我解釋：「戰爭後，活下來的人都不無僥倖。在我的軍隊中，只要活著就是榮華富貴，從生死之間出來，又在長安瞬即富貴，大起大落，意志不十分堅強的人總是需要發洩一下。」

我納悶地說：「可是我看兵法上講，治軍一定要軍紀嚴明，軍容整齊，這樣打仗方能氣勢如虹，這樣可有些違背書上的道理呢！我看過周亞夫將軍的故事，他率領的軍隊可是紀律嚴明，韓信大將軍也是治軍嚴謹。」

霍去病輕咳兩聲，拳抵著下巴只是笑，我被他笑得有些羞惱，瞪了他一眼便走，霍去病快步來握我的手，笑著說：「好夫人，休要氣惱，為夫這就給妳細細道來。」

我甩開他的手，「誰是你的夫人？你若再欺負嘲弄我，我才不要做你的夫人。」霍去病強摟著我，笑著俯在我耳邊正要說話，我看到陳安康從遠處匆匆而來，忙推開他。

陳安康行禮後，稟道：「將軍，李廣將軍前來稟報軍務。」

霍去病看向眉頭已經皺成一團的我，含笑道：「躲終究不是辦法。」

我嘆口氣，「你去忙你的正事，我自己再四處走走。」他明白我想藉此避開和李敢見面，便不再勉強，只叮囑了我幾句，轉身和陳安康離去。

避開篝火明亮的光線，我藏身於陰暗處隨意行走。一路行去，帳篷漸密，人越發多，粗言穢語的聲浪不絕於耳。前面的帳篷雖也有酩酊大醉和指天罵地的人，可和此處一比，卻實在文雅多了，看來我已闖入下等兵士的營地。

一處篝火上正烤著一隻兔子，十幾道視線如餓虎般盯著兔子，突然一人按捺不住伸手去拿，其餘幾人立即開始搶。我還未看清楚怎麼回事，兔子已分崩離析。

各人急急往嘴裡送，一個人大罵道：「你們這幫孫子，還沒熟就搶。」

另一人截道：「有肉吃，你就笑吧！還計較這麼多幹嘛？一個月沒聞到肉味了，現在就是塊生肉我也能吃下去。」

眾人都哈哈大笑起來，一人忙著仔細地舔著骨頭，一面回道：「你去做校尉大人的狗吧！我看校尉大人的狗每天都有塊肉吃。」眾人又放聲大笑，一人「呸」的一聲吐出口中骨頭，摸了摸肚子笑著說：「忍一忍，回長安想吃什麼都行。娘的！老子還要去落玉坊叫個娘們好好唱一曲，老子也當一回大爺。」

一旁的人笑嚷：「去落玉坊有什麼勁，只能看不能摸，不如去娼妓館爽落。天香坊還敢藉酒裝瘋占個小便宜，落玉坊你敢嗎？聽說落玉坊的坊主護短得厲害，只要姑娘不願意，任你是誰都休想。多少王侯公子打落玉坊姑娘的主意都落了空，恨得牙癢癢，偏偏人家背後有娘娘撐腰，只能乾瞪眼。剛拿命換來的榮華富貴，我可不想為個娘們就沒命享受。」眾人笑著點頭，說起哪家娼妓館的姑娘模樣標緻，摸著如何，話語不堪，不能再聽，我忙悄悄離開。

原來落玉坊不知不覺竟已經得罪了很多人，我長嘆口氣。真要讓那些公子們得到，也不過二、三夜就甩到腦後，可因為得不到，偏偏惦記不休，甚至生恨。

正低頭默思，忽覺得有人盯著我看，抬頭望去，李敢和公孫敖一行人正隨在霍去病身後而行。李敢滿面納悶地仔細打量著我，見到我的臉，一驚後望向霍去病，霍去病看了他一眼，嘴邊噙著絲淺笑，有些無可奈何地向我搖搖頭。

公孫敖看李敢停了步子，也看向我，細看幾眼後方認出我來，滿臉不信之色地看向霍去病，待看到霍去病的神情，滿腔不信立即化為驚訝。

我轉過臉，匆匆轉入帳篷，該來的事情果然躲不過。

「睡下了嗎？」霍去病摸黑進了帳，輕聲問道。

「沒有。」

他從背後摟住我，「怎麼一個人坐在黑暗中發呆？」

我沉默了一會，輕聲說：「公孫敖將軍看到我，似乎不大高興的樣子。」

霍去病道：「他這次出了這麼大的漏子，按律當斬。回朝後，有眾人求情，雖然不會死，但貶為平民肯定是無法避免的。當年若非他，舅父早死在館陶公主手中，舅父一直對他心懷感激，一定會設法幫他再建軍功，讓他再次封侯，可他也肯定高興不起來。再說，就算不高興，關他何事？我們自己高興就行。」

我靠在他懷裡，掰著指頭笑道：「我就一個人，可你呢？姨母是皇后，一個姨父是皇上，另一個姨父是將軍，舅父是大將軍，繼父也是朝中重臣，再加上你姨父、舅父的親隨們，我這十根指頭根本不夠算。」

霍去病胳膊上加了把力氣，我嚷痛，他佯怒地說：「讓妳再胡思亂想！我的事情我自己作主，別人的話說得順耳不妨聽聽，說得不順耳我才懶得聽。何況妳還有狼群，我還怕妳一不順心就跑回西域，哪裡敢讓人給妳半絲氣？」

我轉過身子，趴在他的肩頭，「我覺得你對長安城裡的爭權奪利也不是很喜歡，我們不如跑掉

吧！塞北江南，大漠草原，願意去哪就去哪，不是更好？」

他沉默了好一會，緩緩說道：「看來長安真的傷著了妳。以前的妳總是一往無前，似乎前方不管是什麼妳都敢爭、敢面對，現在卻只想著躲避，連長安都不敢回。」

我心裡愧疚，強笑著說：「大概只是心有些累，我……」

他捂住我嘴，「我沒有別的意思，妳也不用趕著解釋。正如妳所說，我不是孤零零的一個人。外祖母和母親都是低賤出身，衛家的女子連嫁人都困難，母親、姨母和舅父都是沒有爹的，我也是個私生子。若非姨母，我只怕還頂著私生子的名聲在公主府做賤役，也說不定和舅父年幼時一樣，實在活不下去便跑到親生父親家牧馬，被當家主母當小畜牲一樣使喚，吃得連家中的狗都不如。」

霍去病第一次談及自己的身世，平時的倨傲在這一瞬蕩然無存。我心中疼惜，緊緊環住他的腰，他笑搖搖頭，「沒有姨母，舅父再有本事只怕也沒機會一展身手；而沒有姨母和舅父，我再有雄心壯志，也不可能十八歲就領兵出征。這些事情，司馬遷那幫人沒有說錯。玉兒，我自小的夢想雖然在接近但還未實現，再則，太子現今才八歲，年紀還小，根基不穩，雖有舅父，可舅父現在處境尷尬。我從小受家族庇蔭，不可能只受不報，等我做完我該做的一切，我一定陪妳離開長安。而且以皇上的脾性……」

他輕嘆口氣，「其實古往今來，真正聰明的臣子只有一個范蠡，於國家危難時出世，收復殘破山河，盡展大丈夫志氣，理想實現後，又逍遙於江河湖海間，創造另一番傳奇人生，他的一生竟比別人兩輩子都精彩。」

「我明白了。等匈奴再無能力侵漢，你的心願實現時，再說其他。」

霍去病笑著低頭在我臉上親了下，「妳這是不是嫁雞隨雞，嫁狗隨狗？」

我笑哼道：「你若願意把自己比作雞狗，隨你！不過別拿我比，我可要好好地做我冰雪姿花月貌的美人。」

他大笑起來，我忙去捂他的嘴，「公孫敖和李廣將軍他們的帳篷就在附近。」

他仍舊毫不在意地笑著，我瞪了他一眼，轉身點燈鋪被褥。霍去病笑看著我忙，「雖說各睡各的，可我有些想你，我們不做那個……就親熱一下。」

我紅著臉啐道：「整日都不知道想些什麼！」

霍去病嘻嘻笑著挨到我身旁，湊在脖間輕嗅，一手恰捂在我胸上，低聲喃喃道：「食、色，性也，不想才不正常。若不是怕妳有孕，我實在……嗯……」

我身子軟在他懷中，鋪了一半的被褥被扯得凌亂不堪。他忽地停住，頭埋在我脖間，僵著身子，只聽到急促的喘氣聲，好一會後，粗重的呼吸才慢慢平穩。他抬起頭笑道：「一回長安立即成婚，否則遲早忍出病來。」

我輕觸著他的眉頭，很是心疼。衛氏一門，從皇后到大將軍都是私生子，他也是個私生子。眾人不敢當著他們的面說什麼，背後卻議論不斷。他雖然現在毫不在乎，可小時候只怕也一再疑惑過自己的父親為什麼沒有娶母親，為什麼別人都有父親，可他沒有？所以如今再不願自己的孩子將來被人議論，不願讓孩子未成婚前就出生。

他握住我的手指，湊到唇邊輕吻了下，迅速放開我站起，隔著一段距離凝視著我道：「玉兒，妳有時候真魅惑人心。看到妳這般的姿態，我真正明白為何會有君王要美人不要江山了。」

我無意之舉，卻被他說得好像我刻意挑逗他一樣。我啐了他一聲，立即起身整理被褥，板著臉再不理會他。

他默默看了會，笑問道：「我看妳晚上吃得少，今夜又睡得有些晚，半夜大概會餓，命廚子烤一些羊小腿肉送來？」

我停下手中的動作，搖搖頭，「不用，倒是有件事想和你說。我今夜聽到軍士說吃不飽呢！言詞間好似校尉高不識養的狗都比他們吃得好，皇上前幾日不是剛送了十幾車食物來犒勞你嗎？如果軍糧不足，反正已經快回長安，那些食物肯定吃不完，不如……」

霍去病笑著俯身幫我把褥子捋平，「先前妳提起高祖皇帝手下的韓信，文帝、景帝手下的周亞夫，誇他們軍紀嚴明，這些都不錯。韓信手下的士兵被訓練得只知韓信，不知皇帝，周亞夫手下的兵士也是如此，皇上的命令不肯執行，回說軍中只能以將軍馬首是瞻，把皇帝堵在兵營外。他們都是名動一時的名將，可他們的下場是什麼？舅父待人寬厚，律己甚嚴，在軍中的風評也很好，很得人心，可皇上如今對他……」他停下手中動作，搖搖頭未再多語。

我默默坐了會，嘆道：「明白了。孫子講得都對，卻漏掉很重要的一點，沒有教那些將軍打完勝仗，功勞越來越高時，如何保住自己的腦袋。古往今來，打勝仗的將軍不少，能安身而退的卻沒有幾個。」

霍去病坐到我身旁，笑點點頭，「那些兵丁在軍營裡不敢直接張口唾罵，但暗地裡肯定對我有怨氣。皇上賞賜我十幾車食物，若我分下去，倒是贏得愛兵如子的稱讚，可我要他們這個稱讚幹嘛？所謂民心這種東西，天下只能皇帝有，特別是我們這種手中握有重兵的人更是大忌諱。我如果拿了皇帝的賞賜去做人情，日後害的是自己。李廣敢和兵丁共用皇上賞賜，也許是出於本性仁厚，可也因為他根本沒打過幾個勝仗，年紀老大還沒有封侯，職位是我們當中最低的，皇上根本不會忌憚他。妳不妨想想，皇上如果知道軍中兵丁對我交口稱讚，再加上他對舅父有忌憚，我還有機會再領兵出征嗎？」他輕嘆口氣，「所以呀！那十幾車食物就是吃不完爛掉，也只能我自己吃。」

我轉身拿玉石枕，「一路行來，你要求古怪，一會命軍士給你建蹴鞠場，一會又要大家陪著你去打獵玩樂，奢靡浪費四字用在你身上一點都不過分，我心中還有些納悶呢！不過想著幾場生死大戰，只要你開心，就是想摘星星也無所謂，不料內裡卻這麼多東西。現在想來，就我那點自以為是的心思，在長安城冒衝冒撞，一半竟都是運氣。」

霍去病接過玉石枕擺好，微猶豫了下，還是決定直說：「妳後來行事還算穩妥，但剛開始時，手段卻過於明目張膽。妳最大的運氣就是一到長安就有石舫護著妳。如果我沒有猜錯，石舫暗中肯定替妳清了不少絆腳石，否則在李妍得勢前，妳的歌舞坊生意不可能那麼順利。長安城裡哪個商家背後沒幾個有勢力的權貴？一個態度當時還不明確的公主，根本不足以護住妳。至於以後，既然妳救過我，那即使妳做的事情失了些許分寸，公主看在我的面子上，肯定也不會和妳計較。我當日急著把一切原委告訴公主，態度明確地表示妳和我關係不一般，也是怕妳行事過於心急，手段又太過直白而得罪人，讓公主能護著妳。否則妳在長安城冒得那麼快，對長安這樣勢力交錯的地方根本不正常。」

我正背對著霍去病尋薰籠，聞言手不自禁地緊握成拳，忙又趕緊鬆開，笑著回身將銀薰籠掛好，神態輕鬆地說：「原來這樣，我當年還真以為全是憑藉自己的聰明呢！」

霍去病默默看著我，我心下忐忑，試探地看向他，他忽一搖頭，笑著說：「歇息吧！」

黑暗中，我睜著雙眼靜靜看著帳頂，薰籠中的青煙在頭頂絲絲縷縷地氤氳開。回到長安城，肯定會再見他，他仍舊喜歡坐在翠竹旁看白鴿飛飛落落嗎？

睡在帳篷另一頭的霍去病低聲問：「睡著了嗎？」我忙閉上眼睛，倉皇間竟沒有回答，待自覺反應有些怪，想回答時，卻又覺得過了好一會才答更是古怪，遂只能沉默地躺著。

一聲低不可聞的輕嘆，霍去病翻了個身，帳內又恢復了寧靜。

❖ ❖ ❖

我站在山坡高處，遙遙望著長安城的方向，明天就要到長安了。

身後的荒草悉窣作響，回頭一望，李敢快步而來，笑著向我拱手一禮。我也抱拳回了一禮，有些詫異地問：「霍將軍召集眾人蹋蹴鞠，你沒有玩嗎？」

李敢走到我身邊站定，笑道：「怎麼沒有玩？被他踢得灰頭土臉，再踢下去，我今年下半年該

喝西北風了，就隨意找了個藉口溜出來。都說『情場得意，賭場失意』，他怎麼腳風還這麼順？他那一隊的人嘴都要笑歪了，贏得我們其他人快要連喝酒的錢都沒有。」

我沉默地看著遠處沒有答話，李敢問：「妳想長安了？」我隨意點點頭，李敢凝視著長安的方向，緩緩道：「我倒不想回去，寧願在西北打一輩子的仗。」

李敢抿著絲笑，似苦似甜，「明知道永遠不可能，卻夢裡夢外都是她的身影。不敢說出來，只能一個人在心裡反覆琢磨。時間流逝，一顰一笑，一嗔一怒只越發分明。那個李字，彷彿一粒種子掉進心中，見不到陽光，不能向外發芽開花，就只能向裡去，然後牢牢生了根。有時候我也困惑，難道是世人常說的因為得不到，所以才日日惦記嗎？這一戰，穿行於幾萬匈奴人中，在生死瞬間竟然有解脫感，所以……所以我居然愛上了打仗。以前是為家族榮譽和個人前程而戰，可這次我是享受那種生死間的全然忘我，其實是忘了她。」

我苦惱地問：「真的會一輩子都忘不掉一個人嗎？努力忘也忘不掉嗎？」

李敢皺了眉頭思索，「我努力想忘記她嗎？我究竟是想忘記她？還是想記著她？」

我覺得我們倆各懷心思，自說自話，甩了甩頭把腦中紛雜的心思甩掉，笑問道：「你出征前，李……她可曾對你說過什麼？嗯……有沒有提起過我？」

李敢眼神恍惚，脣邊一個迷離的笑，「有次我出宮時，恰好撞見她。行禮請安後，她隨口說了句『戰場兇險，一切小心』，明知她只是聽我說要去打匈奴的客套話，可我就是很開心。」

我同情地看著他，李妍只怕是刻意製造了一場偶遇，或者給了他機會讓他去製造一場偶遇。

「沒有提到我嗎？」

李敢好像才回過神來，搖搖頭，「沒有提過妳，怎麼了？」

我微笑著說：「沒什麼。」

也對，他們見面機會本就少，偶有相逢，沒什麼特殊情況沒必要談我這個外人。

趙破奴的貼身隨從匆匆跑來，行禮道：「李大人，霍將軍、高大人和我家大人都找您呢！霍將軍說您若怕輸，就跟他一隊，他保管你把輸的錢都贏回來。』」

李敢哼了兩聲，笑罵道：「讓他幾局，他倒真當我怕了他，走！當年我踢蹴鞠的名氣可比我射箭的名氣大。」

兵士嘻嘻笑著領路先行，李敢回頭笑問：「妳不去看他踢蹴鞠嗎？長安城出了名的身姿俊俏風流，和他平時沉默冷淡的模樣截然不同。」

我猶豫了一瞬，搖搖頭，「他們等著你呢！你先去吧！」

回帳篷時，經過蹴鞠場。雖然霍去病下令一般士兵不能離隊觀看，可依舊圍了不少人，隔著老遠就聽見下注的聲音，吵架的聲音，一個個挽袖揮拳，全無半點儀態。

我笑了起來，讓孫子看到這樣的帶兵將軍，搞得軍營像賭場，不知是否會氣得從地下爬出來。

本想徑直離去，可想著李敢所說：「長安城出名的身姿俊俏風流」，又實在好奇，忍不住靜靜穿梭在人群中，想揀塊僻靜地方看一看，究竟怎麼個俊俏風流法？

剛揀了塊位置，還沒來得及仔細看場上，一個人走到我身側，「衛大將軍治軍嚴謹，若看到這一切不知道作何感慨。」

我嘆口氣，迴避來迴避去，還是撞到了一起。

「公孫將軍如果對霍將軍不滿，可以直接告訴他，在我這裡說起不了作用。」

公孫敖笑得眼睛縮在一起，「世人常說『家有賢妻，無災無禍』，妳雖只是去病身邊沒名沒分的女人，可也該……」他還要繼續嘮叨，蹴鞠挾著呼呼風聲直擊他的腦袋。他忙躍起，一腳踢回場中，再顧不上呱噪。

霍去病金冠束髮，身著束身白衣，上用金線繡著一隻出水四爪游龍。身形修長挺拔，俊逸軒昂宛如天將，令人一望竟生出塵之感，只是臉上神情卻讓人一見又立即跌回塵世。

他嘴邊掛著一絲壞笑，吊兒郎當地看著公孫敖叫道：「公孫將軍，一時腳誤，見諒見諒！身法不錯，下場來玩幾局。」公孫敖連連擺手，卻早有好事者來拽他下場。

霍去病跑到我身旁，等著公孫敖換衣服，低聲笑說：「這局我和李敢合踢，保證讓公孫敖輸得去喝西北風，以後好好琢磨著怎麼籌錢還帳，再無工夫來煩我們。」

李敢與霍去病一擊掌，握著拳搖了下。兩人都笑得不懷好意，望著公孫敖的眼光，像狼看見一隻肥美的兔子。我開始明白為何兩個看著性格截然不同的人竟如此要好，看他們這麼默契的樣子，這樣的勾當只怕幹了不少次。

李敢笑說：「好弟妹，幸虧妳來，否則去病這小子還不忍心讓公孫將軍下場。」

我臉騰地滾燙，啐道：「你胡說八道什麼？」

李敢攤著雙手，一臉無辜地看著霍去病問：「我說錯了嗎？」

霍去病笑吟吟地搖頭，「沒錯，說得很對。」

我一甩袖子就要走，霍去病忙拉我，看臺上的官兵眼光都瞟向我們，我立即站住，抽回衣袖板著臉說：「踢你的蹴鞠去！別在這裡拉拉扯扯。」

霍去病忙退回去站好，李敢指著霍去病哈哈大笑。霍去病冷著臉瞪去，他舉雙手認錯，卻依舊忍不住地笑。

霍去病驀然飛起一腳踢向李敢，李敢似早有防備，閃身避開，快跑著離開，笑聲卻依舊傳來。

公孫敖換好衣服，比賽正式開始，霍去病回頭向我笑了笑，神色一整，跑向場中。第一次看蹴鞠，規則全不懂，何為好何為壞，我也辨別不出來，輸贏更不關心，只盯著霍去病。

他若風之子，身法輕盈靈動，變幻莫測，時而充滿力量，矯健若游龍，時而以柔克剛，翩翩若驚鴻。如雪白衣過處，輕快敏捷如脫兔、灑脫飄逸如處子。宛若一柄絕世利劍，出時雷霆收震怒，罷時江海凝清光，吞吐間無人能擋。

他姿態閒適，瀟灑隨意，白衣未染寸塵，對手卻已血濺四方。

金色陽光下，他的身姿美得觸目驚心。四周雷鳴般的喝彩聲、助威聲，一切都在我耳邊消失，我的世界一片沉靜，只剩他風中飛翔的身姿。這一瞬我知道，終其一生我也不會忘記今日所見。即使髮絲盡白，眼睛昏花，我依舊能細緻描繪出他的每一個動作。

# 第二十四章 心許

我心下別有一番滋味，
他說長安城真正傷到了我，
其實他又何嘗沒有受傷？
他沒有具體說究竟想了些什麼，
可我能坦然接受他的歉意嗎？

「我不和你一塊進城，我自己先走。」

霍去病想了一瞬，「也好，進城時免不了一番紛擾，我還要先進宮見皇上。妳是回落玉坊嗎？」

我嘆口氣，「不回落玉坊還能去哪裡？肯定要被紅姑罵死。」

霍去病笑得幸災樂禍，「本就是妳的錯，罵罵也應該。不過妳若還想耳根清靜幾日，不妨直接去我府上，陳叔自會安頓好妳。以後我的家才是妳的家，長安城裡怎麼可能只有一個落玉坊可去？」

我搖搖頭，「該是面對一切的時候了，不是你說的嗎？躲不是辦法，若讓紅姑知道我回了長安卻沒去見她，更添罪過。」

霍去病笑點點頭，「終於又看到有些勇氣的金玉了。」

◈ ◈ ◈

闊別半年，長安的一切似乎沒有任何變化。來往行人紛紛湧向城門通向宮廷的道路，等著看打得匈奴膽破心驚的霍去病和抓獲的匈奴王爺、王子。

我逆著人流而行，出了一身汗，花了平常三倍的時間才到落玉坊。

側門半開，守門的兩個漢子正躲在蔭涼處納涼。一壺涼茶，胡天胡地聊著，好不自在。我要進門，兩人忙跳起，陪笑道：「公子，要看歌舞從正門進，自有姑娘婆子服侍，這裡是我們雜役出入的。」

我笑著側頭道：「連我也認不出來了嗎？」

兩人仔細打量了我幾眼，忙連連行禮，「聽園裡姑娘說坊主出外做生意，我們一時沒想到竟然是坊主。」

園中柳蔭濃密，湖水清澄，微風一吹頓覺涼爽。心硯正在清掃院子，我在她身邊站了好一會她

才驚覺，抬頭看向我，愣了一瞬，驀然大叫起來。

我被她嚇了一跳，趕緊捂住耳朵等她叫完，才笑道：「先別掃地了，幫我準備水，我洗個澡，這天真是熱。」心硯愣愣點頭。

心硯的水未到，紅姑已經衝進屋中，一手叉腰，一手翹著蘭花指，遙遙戳著我的鼻尖就開罵，「妳這個殺千刀、沒良心的……」

心硯捧了碗綠豆涼湯給我，兩人都不敢多語，只用眼神交流。我向她眨一下眼睛，謝她想得周到，一面聽著紅姑的罵聲，一面慢慢喝著涼湯。

「……妳怎麼那麼心狠，就這麼不聲不響地丟下我們一園子弱女老婦，不管我們死活，全不顧往日情誼……這段日子，我是日日盼，夜夜想……」

我一碗湯喝完，紅姑依舊罵著。我聽了會，實在沒忍住，「噗哧」笑出來，紅姑眼眶立紅，「妳還笑得出來？」

我忙連連擺手作揖，「我只是覺得妳把我罵得像個負心漢。」

紅姑側頭一想，覺得也是，有些禁不住地露了笑意，可笑還未全綻，眼淚卻掉下來。我忙肅容站起，「紅姑，這次是我錯。」

紅姑立即用帕子抹去淚，沉默了會，方道：「玉娘，我不是怪妳走，天下沒有不散的筵席，這園子裡的姑娘來來回回都已經幾撥，妳也終歸要離去的。我還一直盼著妳能嫁人生子，安穩度日。可妳實在不該一句不說，扔下一封信就走，連當面道別都沒有。妳是灑脫的人，我不是。」

我上前握住紅姑的手，「我行事全憑一時喜好，沒有顧及妳的感受，以後再不會了。妳就看在我年紀小，還不懂事的分上原諒我一次。」

紅姑狠瞪了我幾眼，眼中終於含了笑意，睨著我問：「聽說霍大將軍今日進城，妳怎麼也這麼恰巧今日回來？」我似被長輩看破心事的女子，幾絲羞幾絲喜，低著頭沒有回話。

紅姑細看著我的神色，一下明白過來，緊握著我的手，喜悅地問：「妳和霍將軍……妳和他……真的？」

我笑著抽出手，轉身去尋換洗衣服，依舊沒有說話。

紅姑撫掌而笑，「好了！好了！我總算放下一樁心事。走得好！跑得好！這一趟離家出走真值得。」

我隔著屏風沐浴，紅姑在屏風外絮絮地和我說閒話，「……玉娘，拜妳出走所賜，我居然見到了石舫舫主，沒想到竟然是芝蘭玉樹般的一個人，說話舉止都很溫和，對著我這麼個下人也極客氣有禮……」

「匡噹」一聲，手中水瓢掉到地上，紅姑忙問：「怎麼了？」

我緩緩撿起水瓢，舀了冷水兜頭澆下，「沒什麼，不小心掉了水瓢。舫主找妳所為何事？」

紅姑哼道：「還不是為妳。他讓我把妳走前的事情細細告訴他，因為妳的囑咐，妳留給我的第一封信已經燒了，所以沒敢提，不過我當時氣得要死，巴望著不管是誰，只要能把妳揪出來讓我狠狠罵一通就行。所以特意告訴舫主妳給霍將軍也留了信，我已經一早送到霍府。」

他還需要問別人我是怎麼離開長安城的？既然本就無情，為何總是做出幾分有情的樣子？又舀了一瓢冷水澆在身上，似乎想要徹底澆滅很多東西，「紅姑，叮囑見過我的人，我回來的事情先不要透露出去。」

紅姑爽快地應道：「好！妳好好休息幾日吧！不過之後妳最好能進宮當面謝一下李夫人。妳離開的這段時間，她雖沒有直接出面，卻讓李樂師特意來奏過一次曲子，就她這一個舉動，不知道為我擋了多少麻煩。李夫人倒是個長情的人，一般人總是急得想甩掉不光彩的過去，可她卻一直念著舊情，明知道妳走了，卻還是特意照拂我。」

我怔怔發呆，以後……以後會如何呢？李妍，因為明白幾分妳的痛，知道妳的艱辛，所以越發不想傷妳，可我最終是不是一定要選一個立場？

和紅姑說了很多雜七雜八的閒話，時間過得飛快，不經意已是晚上。紅姑陪著我用完晚飯，囑咐我好好休息便匆匆離開，去忙白日未做的事情。

大概是這段時間一直和霍去病朝夕相處，突然一個人在屋子裡，竟然覺得心裡幾分空落，腦裡胡思亂想不停。既然睡不著，我遂悄悄出了園子去霍府。

剛從院牆躍下，幾條大黑狗已經撲到腳邊，圍著我轉圈，嗅了幾圈才確定我是熟識，又各自散去。相較白日長安街上的熱鬧勁，霍府倒是一派無事的寧靜。霍去病的屋子一片漆黑，看來人還在宮中。

輕輕推門進去，屋子顯然剛剛打掃過，熏爐的餘煙依舊嫋嫋，白玉盤裡的葡萄還帶著水珠。推開窗戶，晚風撲面，比白日涼快不少。我擺好墊子靠枕，半躺在窗邊的榻上，一面吃葡萄，一面看著天空的一輪玉盤。

等到月上中天，霍去病依舊未回，我心下納悶，按理不可能在宮中逗留到此時，難道被別人叫去吃酒？可他的性子，一般人哪裡請得動他？

有些撐不住睏意，迷糊地睡了過去。正睡得香甜時，聽到人語聲，我忙跳起藏好。伴著霍去病進來的丫頭一看屋子，連燈都沒顧上點，嚇得立即跪下請罪，頭磕得咚咚響。

霍去病看著吃了一半的葡萄，凌亂的靠榻，嘴角露了笑意，聲音卻依舊冷著，「都下去吧！」他等人都退下後，歪躺到榻上笑道：「人都走了，可以出來了。」

我從屏風後走出，他笑著招手讓我坐到他的身旁，我問道：「怎麼這麼晚？」

他只拿眼瞅著我，一言不發，眼裡全是笑。

我剛開始還能和他坦然對視，慢慢地卻再也禁不住，只覺心越跳越快，忙別開頭看向窗外。

他忽地拽了一把，我不及防備，倒在他懷中，「你幹嘛？」

撐著身子欲起，他摟著我不放，「乖乖躺著，我給你講件事情。我在宮中時因惦記著妳，酒也未敢多喝。出宮後，沒有回府，先到落玉坊轉了一圈，看到妳屋裡沒燈，人也不在，心裡當時……當時頗有些不痛快，後來我跑到一個地方坐了很久，心中胡思亂想了很多，所以回來得晚，卻不料根本就是自己多心。」

他輕撫著我的頭髮，聲音低低，「我太驕傲，天下的事情總覺得沒幾件不能掌握，一直不願意承認自己的患得患失。這件事情本可以不告訴妳，但我覺得對妳有愧，不該胡思亂想，所以不想瞞妳。」

我心下別有一番滋味，他說長安城真正傷到了我，其實他又何嘗沒有受傷？他沒有具體說究竟想了些什麼，可我能坦然接受他的歉意嗎？

在他的肩頭輕嗅了幾下，拍開他的手，似笑非笑地問：「好濃的脂粉氣，不知道是哪家出品？你既然這麼喜歡，我也索性換用這家的好了。」

霍去病一下坐直身子，急急道：「只是宮中獻舞的歌伎敬酒時，挨了幾下。」

我笑吟吟地問：「是嗎？你不是說到一個地方坐了很久嗎？」

霍去病在我額頭彈了下，哈哈笑著問：「妳是在嫉妒嗎？」

我瞪了他一眼，撇過頭。

他強拖我入懷，我使勁地推開他，「我就是嫉妒了又如何？反正你身上若有別人的脂粉香，就不要出現在我眼前。」

他忙鬆開了我，眼睛裡全是笑意，「不如何，就是我喜歡而已。」

我哼了一聲，啐道：「有病！」

他雙手交握放在腦後，躺得愜意無比，「如果這是病，我寧願天天病著。」

和他比臉皮厚，我實在比不過，索性不再搭理他。他笑吟吟地說：「今日實在太晚，明日一早我帶妳去看一個地方。」

我站起身要走，「那我回去了，明天你來叫我。」

他忙拖住我的手，「要不了兩個時辰，天就該亮了，何必來回跑？就在這裡睡一覺，我在靠榻上湊合一下。」我想了一瞬，點點頭。

我一向覺得自己精神好，是個少眠的人，可和霍去病一比，實在算不得什麼。天還黑著，他就搖醒了我，我有些身懶，賴著不肯起，嘟囔著央求：「看什麼都等太陽升起來再說，我好睏，再讓我睡一會。」

他在一旁一遍遍地叫我，我卻只一個勁往被子裡縮，蒙著頭頑強地抓緊被子和睡意，摒絕一切聲音。他靜靜地坐了會，忽地拉開門大叫道：「來人！侍候洗漱起身。」

我忙一骨碌坐起，他嬉皮笑臉地說：「妳不怕我，倒是怕我家的丫頭。」看我惡狠狠地瞪著他，忙笑著又掩好門，「覺什麼時候都能睡，日出卻每日只有一次。」

◈ ◈ ◈

一整座山都種著鴛鴦藤，薄薄的晨曦中，清香盈盈。碧玉般的綠流淌在山中，金、銀二色若隱若現地跳動在山嵐霧靄中。

在這個靜謐清晨，一切美得像一個夢，彷彿一碰就會碎。

太陽跳上山頭的一瞬，霧靄消散，色彩驟然明朗，碎金流動，銀光輕舞，滿山彷彿灑滿金銀，

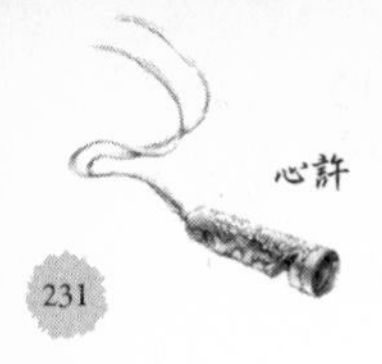


華麗炫目。

「值得妳早起吧？」霍去病含笑問，我怔怔看著眼前的一切。他牽起我的手，慢走在藤蔓下，得意地說：「就猜到妳肯定看得目瞪口呆，昨晚我自己都看得很震驚，去年秋天開始種時，還真想不到能如此漂亮。」

我已經從開始的難以置信與滿心感動中回過神來，看到他的樣子，故意說道：「有什麼稀罕？又不是你自己種的。」

他聞言卻並未動氣，依舊得意地說：「早知道妳會如此說，特意留了一手。」指著北邊的一小片說：「那邊的全是我自己種的，賠給妳該綽綽有餘。」

鴛鴦藤正在陽光下歡笑著，金銀相映，燦爛無比，卻全比不上他此時的笑容，溫暖明亮，讓人的心再無一絲陰翳。

我忽然雙手攏在嘴邊，對著山谷高叫道：「我很快樂，很快樂！」

霍去病呆了一瞬，眉眼間俱是笑意，也對著山谷大叫道：「我也很快樂！」

兩人「很快樂，很快樂」的聲音在山谷間一起一落，隱隱相和。他側身大笑著抱起我在花叢間打著轉，我也不禁大聲笑起來。笑聲在山澗迴響，在滿山遍野的鴛鴦藤間蕩漾。

◈ ◈ ◈

博望侯張騫帶兵不當，按照漢律法當死，開恩贖為庶人。合騎侯公孫敖未與驃騎將軍會合，當斬，開恩贖為庶人。李廣無賞無罰。加封驃騎將軍霍去病食邑五千戶，封其裨將有功者：鷹擊司馬趙破奴為從票侯，校尉高不識為宜冠侯，校尉僕多為輝渠侯。

經此一役，霍去病在朝中地位已與衛青大將軍相當，並隱隱有超過之勢。李廣將軍轉戰一生，一直盼著能封侯，卻直到現在仍未得償夙願。而隨霍去病出戰的從將居然一戰封侯，其餘眾人也是各有豐厚賞賜。

長安城裡對霍去病越發議論紛紛，一面是以年輕武官居多的讚譽豔羨，少壯兒郎都盼著能跟隨霍驃騎出戰，封侯拜將，博取功名；另一面卻是文官儒生和普通兵士的唾罵，議論霍去病不知道愛惜士兵，自己酒池肉林，奢靡取樂，皇上賞賜給他的食物幾大車地爛在車中，士兵卻一面餓著肚子，一面還要為他搭建蹴鞠場地。

我正在看離開這段時日的收支帳，霍去病匆匆進來，有些歉意地說：「我過會就要離開長安，婚事要往後稍拖一下。」

我皺著鼻子哼了一聲，「你別說得我好像急不可耐地想嫁你。剛回長安不過三天，怎麼又要走？」

他笑道：「妳不急，可我急。此次事關重大，又事出意外，只好匆匆起程。匈奴的渾邪王和休屠王想投降我朝，兩王兵力相加近十萬，皇上怕他們是詐降，但萬一是真的，接受兩王投降，匈奴在漠南勢力就會遭受重創，所以皇上舉棋不定。我主動請纓去迎接兩王，看他們究竟是真投降還是假投降。」

「你說什麼？為什麼？」我滿心疑惑地問，霍去病道：「據渾邪王和休屠王的說詞，是因為他們治轄的地區連連吃敗仗，單于想治他們的罪，所以兩人商量後決定索性歸順我朝。」

霍去病看我默默思索，握住我的手道：「我速去速回，我想娶妳的意思已經和皇后娘娘說過，皇后雖很意外，但已答應了，原本想等一個合適的機會和皇上說，可還沒來得及，只能等我回來了。」

我嗔了他一眼，「我哪裡在想這些？我小時候見過渾邪王和休屠王，而且……」霍去病忙凝神細聽，「而且和休屠王的太子日磾很要好，太子日磾自小就是一個極有主意的人，但休屠王為人怯懦，耳根子很軟。此次投降漢朝如果是真的，那肯定不是他自己的主意，他沒有這個膽子，你要小心他左右搖擺。渾邪王沒太多心眼，性子很豪爽，但脾氣比較暴躁，看著兇惡，實際卻是個下不了狠手的人，若當面商談，你不妨細查他的言談舉止，確定真假。」

霍去病舉起我的手親了下，笑道：「多謝夫人軍師。」

這一幕恰被進屋的趙破奴撞見，他立即低頭盯著自己的腳尖，沉聲道：「將軍，我們都已經準備好。」我欲抽手，霍去病卻握著不放，牽著我向外行去。

門外一眾兵丁看了都急急避開眼光。我的臉慢慢燙起來，霍去病卻毫不在意，只顧低聲叮囑我別後事宜。

我在軍中一直著男裝，趙破奴此時顯然還未認出已經換了女裝的我，等行到府門口，霍去病檢

查馬鞍時，他匆匆瞟了我一眼，一臉震驚地失聲叫道：「金公子？」

我斂衽一禮，笑道：「還未給侯爺道喜呢！」

霍去病側身笑道：「以後改口叫弟妹吧！」

趙破奴怔了好一會，低下頭訕訕道：「末將不敢。」

我冷臉盯著霍去病，霍去病滿不在乎地笑著說：「我就要出征了，妳也不給我個好臉色看嗎？」

我望著他，半晌後才輕聲說道：「一切小心。」他斂了嘻笑神色，鄭重地點點頭，上前用力抱了我一下後，策馬離去。

身後一眾護衛剛才一直不敢看我們，聽到馬蹄聲方反應過來，忙急急打馬，隨在霍去病身後呼嘯而去。

# 第二十五章 情亂

他來幹什麼？我曾多少次苦苦盼望過，
有一日能在這個園子裡聽到他的聲音。
時間過去得太久，幾經傷心，我早已放棄，
這個聲音居然在身後猝不及防地響起。

我已在下方跪了一個時辰，李妍仍舊一言不發。我思量著，如此僵持終究不是辦法，磕了個頭，「娘娘，不知道召見民女究竟所為何事？」

李妍臉上的冷意忽地散去，竟頗有哀淒之色，「金玉，怎麼會這樣？聽人告知此事，我怎麼都不敢相信。妳中意的不是石舫孟九嗎？妳答應過我的，可妳現在居然和霍去病在一起，妳真的要嫁他嗎？」

「對不起，我……我……」我只能又重重磕了個頭，「不過，無論如何我都不會洩漏妳的身

世，我只當我從不知道此事。」

李妍冷笑道：「可如果霍去病要阻止髆兒呢？」

我抬頭凝視著李妍，「我不想叫妳娘娘，李妍，我希望我還是以朋友的身分再和妳說一次話。請放棄謀奪太子之位。妳過得這麼辛苦，難道還忍心讓自己的孩子也這麼過一生嗎？」

李妍緊盯著我，「我只問妳，如果霍去病有一日要傷害我們，妳會幫他嗎？」

我無奈地說：「如果妳不去傷害太子，霍去病不會傷害妳。而我……我不會讓妳傷害霍去病。」

李妍側著頭輕笑起來，笑顏明媚動人，「金玉，妳可以回去了。今後我們各走各的路，但妳可要記清楚妳的誓言了，老天的記性是很好的。」

她有她想守護的人，我有我想守護的人，我們終於走到了這一步。我靜靜給她磕了個頭，起身離開。

◈ ◈ ◈

紅姑吩咐廚房專撿往日我愛吃的做，可對著一桌美味佳餚，我卻食難下嚥。「紅姑，娼妓坊和當鋪的生意可都結束了？」

紅姑回道：「自妳回來這才幾天？哪裡有那麼快？脫手也要一段時日，不過我已經盡量了，好

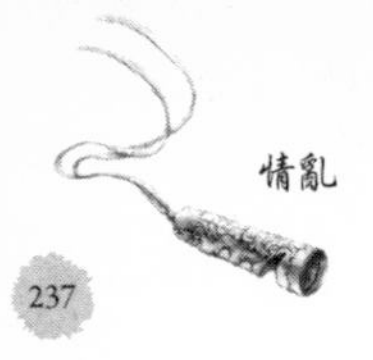


多都已經談得差不多。」

我輕頷下首，「以後約束好歌舞坊的姑娘，行事能忍時都盡量忍一下。歌舞坊的生意，我也打算尋了穩妥的商家，慢慢出售。」

紅姑擱下筷子，「玉娘，究竟出了什麼事情？我實在想不出妳如今在長安城有什麼要怕的？霍大將軍豈能讓人欺負妳？不說衛氏在朝廷中的力量，就只是李夫人，也沒有人敢招惹我們。」

「我和李夫人鬧翻了。李妍的心智計謀，妳也了解一二。即使有去病護著我，可如果行事真有點滴錯處被李妍逮住，再點火煽風，小事化大地一鬧，以皇上對李妍的寵愛，追究下來，我也許可以躲過，但妳們卻……如今的李妍早已不是未進宮前的李妍，她根本不會介意幾條人命。」

我想著當日在軍營偷聽到的對落玉坊的議論，「紅姑，落玉坊表面看著風光，但其實我們已經得罪了很多富豪貴冑，只因為有個寵冠後宮的娘娘，很多人的怨氣都忍住了。如果李妍開始對付我們，只要善於引導這些怨恨，只怕園子裡的姑娘都要遭罪。我現在恨不得立即解散歌舞坊，可坊裡的姑娘都是孤苦無依的人，安排不妥當，讓她們何以為生？」

紅姑神色怔怔，「怎麼會這樣？」

我搖搖頭，苦笑道：「人算不如天算，我怎麼也沒有料到會有今日。」

◈ ◈ ◈

伊稚斜得到渾邪王和休屠王欲降漢的消息，立即派人去遊說兩王。休屠王禁不得使者勸說，決定放棄降漢，與渾邪王起了爭執。

兩王反目，渾邪王在混亂中殺死了休屠王，引起休屠王部眾譁變，再加上伊稚斜使者有意煽動，引得渾邪王的兵士也紛紛臨陣倒戈，主降派和主戰派的匈奴兵士彼此對峙，惡戰一觸即發。

消息傳到仍在路上的漢軍，趙破奴等人建議應該隔著黃河，等匈奴人自相殘殺後，再伺機殲滅對方，既不費己方兵力，又一舉攻破匈奴二王的勢力。

霍去病卻拒絕了這個最安全的提議，言道：「皇上一直厚待歸降的胡人，廣施恩澤，恩威並用，臣服各國。此次渾邪王真心歸順我朝，若見死不救，未免讓日後有心歸順者齒冷。」言畢不理會眾將苦勸，毅然帶著一萬士兵直渡黃河，衝入四萬多人的匈奴陣營中。

霍去病以萬夫難擋之勇，在四萬多人的匈奴軍隊中衝殺。又一次以少勝多，又一次幾近不可能的勝利，霍去病在匈奴人心中變成了一個不可能失敗的殺神。許多匈奴人被殺得膽寒，甚至一聽見「霍去病」三字就轉身逃了。

霍去病救出渾邪王後，又以鐵血手段命渾邪王立即下令斬殺最初主戰的八千多士兵，飛濺的鮮血、掉落的人頭，再加上渾邪王的命令，匈奴人終於全部放下了手中兵器。

霍去病派兵護送渾邪王及休屠王的家眷提前去長安。自己則等候劉徹的命令，妥善安置四萬多投降的匈奴兵士後才起程返回長安。

劉徹厚封了渾邪王和他的將領，讓他們在長安城享有最好的一切。把歸附的匈奴部眾安置在隴西等五郡關塞附近，又沿祁連山至鹽澤築邊防城寨，在原休屠王、渾邪王的駐地分設武威、張掖兩郡，與酒泉、敦煌總稱河西四郡。

至此匈奴人在黃河、漠南的勢力全部肅清，既進一步孤立了匈奴，又打開了通往西域的道路。

劉徹對霍去病此次做法極為激賞，霍去病載功而返時，劉徹親自出長安城迎接，又增封霍去病食邑一千七百戶。

霍去病總共用食邑一萬一千六百戶，超過衛青大將軍，貴極全朝。

◈　◈　◈

已是秋天，可仍熱氣不減，我懨懨地側臥在榻上，閉著眼睛，有一下沒一下地搧著團扇。

一個人坐到我身旁，我依舊閉著眼睛沒有理會，他俯身欲親我，我扇子一擋，讓他和扇上的美人溫存了一下。來人半氣惱半無奈地看著我。我翻了個身，把玩著扇子問：「難道她比我長得美？」

霍去病含笑道：「美不美不知道，不過比妳知情識趣倒是真的。多日未見，連投懷送抱都不會。」

我哼了一聲，用扇子擋住臉，不理會他。

他湊到我耳邊問：「怎麼了？怎麼整個人沒精打采的？」

我幽幽地嘆口氣，「我在學做閨中思婦、怨婦，你沒看出來嗎？」

「別賴在榻上，人越躺越懶，陪我出去逛一逛。」他笑著把扇子奪走扔到一旁，拖我起身，「編瞎話的本事越發高了。一回長安就聽陳叔說落玉坊似乎在倉促收縮生意，不知道妳琢磨些什麼，竟把過錯栽到我頭上。」

自從回到長安，因為心中有顧忌，除了被李妍召進宮了一回，我一直都是深居簡出。此時雖也不太想上街，可看霍去病興致勃勃，不願掃他的興致，遂打起精神陪他出了門。

兩人坐在一品居的臨窗雅座，一壺清茶，幾碟小菜，輕聲慢語，他笑講起為何酒泉被命名為酒泉。皇上賜酒一罈，奈何當時人多，實在不夠分，他索性把酒倒入泉中，同飲皇上賞賜的美酒，泉因而被叫做酒泉，當地也因此得了個漢名，把本來的匈奴名丟到了一邊。

我笑問：「泉水真的因此有了酒香？」

霍去病抿了口茶，笑吟吟地說：「皇上賞賜的酒豈能一般？眾人都說品出了酒香，那肯定有酒香了。」

他伸手要替我擦嘴角的糕點屑，酒樓中還有其他人，我不好意思地扭頭避開，自己用手指抹去。他沒有碰到我的臉，卻笑著順勢握住了我的手，我抽了兩下沒抽掉，只能嘟著嘴由他去。

霍去病輕笑著，眼光柔似水，神情忽地一變，雖仍笑著，可笑意卻有些僵。

我詫異地順著他的目光側頭望去，心彷彿被什麼東西大力地一揪，只覺一陣疼痛，腦子一片空白，人定在當地。

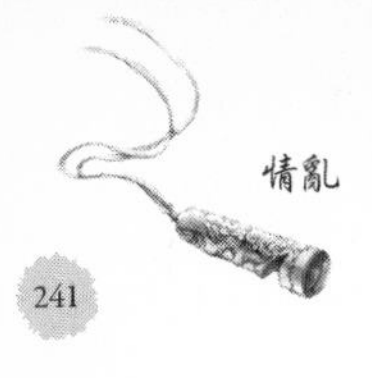



九爺臉色煞白，眼光凝在我和霍去病交握的雙手上，全是不能相信。

我心下慌亂，下意識地就要抽手，霍去病緊緊握著我，絲毫不鬆，宛如鐵箍，竟似要勒進肉中的感覺。我疼得心都在顫，可人卻清醒過來，默默地任由霍去病握住，一動不動地坐著。

石風看看九爺，又看看我，「玉姐姐，妳……妳什麼時候回來長安？妳可知道九爺……聽人說妳在長安，我們都不敢相信妳竟然和……」

九爺語聲雖輕，卻強而有力地截斷了小風未說完的話，「知道妳平安無事就好。」臉上一個虛無飄渺的淡笑，看得人心中滿是苦澀。

我強自若無其事地說：「讓你掛心了。」

霍去病笑道：「孟兄何不坐過來，一起飲杯茶？」

九爺想拒絕，天照卻飛快地說：「好呀！」

石風一臉不滿，帶著怒氣盯了我好幾眼，示威地瞪向霍去病。

九爺臉色依舊蒼白，舉止卻已恢復如常，淺笑著和霍去病互敬了一杯茶，溫和儒雅地與霍去病說著無關緊要的話，只是視線一到我身旁就自動避開，一眼都不看我。

我一直低頭靜靜看著膝下的竹蓆面，霍去病自始至終握著我的手。我只覺胸間滾滾如冰侵炭焚，對霍去病道：「我們回去吧！」霍去病盯了我一瞬，眼中又是痛又是憐，放開我的手，輕點了下頭。

「金玉，真是巧呢！我正打算過兩日去看妳。」李廣利和其他幾個長安城中遊手好閒的豪門浪

蕩子走進雅座，和我打過招呼後，才看到霍去病。

其他幾個少年都立即收了嬉笑之色，紛紛給霍去病行禮，只有李廣利滿不在乎，甚至帶著一絲強作的傲慢，對霍去病拱了拱手道：「霍大將軍好雅興。」霍去病一個正眼都未瞧他，彷彿沒有聽見他的話。

我笑道：「正要回去，若有什麼事情到園子來找我吧！」

李廣利睨著我只是笑，笑得我莫名其妙，「怎麼了？」

他抿著唇，微帶了些不好意思，「沒什麼，過幾日妳就知道了。」

霍去病冷冷看向李廣利，李廣利一個哆嗦，惶惶移開視線，卻又立即強鼓起勇氣，毫不示弱地瞪回去。不料霍去病早已沒看他，只目光注視著我示意離去。

李廣利的一時之勇落空，神態忿忿，看向我時忽又透出一絲得意。

李廣利是個藏不住心事的人，他的神色如此古怪，顧及李妍，我不敢輕視，便拿話激他，「二哥平日行事豪爽俐落，今日怎如此小家子氣了？說個話比大姑娘上花轎還扭捏。」

一旁的少年都想笑，卻又忙忍住，李廣利臉漲得通紅，嚷道：「不是我不想說，是妹妹事先叮囑過。」

我心下越發忐忑，笑道：「娘娘叮囑過你，你自然不能不聽。既然你不敢說，我就不迫你了。」說完就要走。

「誰說我不敢了？」

李廣利走到我身側，猶豫了一瞬，不敢看我，側頭看向別處哼道：「妹妹說要求皇上給我作主賜婚，要把妳……妳嫁給我。」

一直淡然自若品著茶，好似全未留心過我們的九爺手一抖，茶杯摔裂在地，側頭盯向李廣利。霍去病好像聽見最荒謬的笑話般，怔了一瞬後，不屑地大笑起來。

李廣利神情惶惶，畏懼地躲開九爺的視線，看到霍去病的反應，神情越發複雜。

石風愣了會，大罵道：「你癩蛤蟆想吃天鵝肉！」

事情太過意外，我怔怔立在原地，腦子裡急速地思量著對策，聽到石風的罵聲才清醒過來幾分，忙厲聲斥道：「小風，立即賠罪。」我從未對小風用過重聲，這是第一次疾言厲色，小風委屈地瞪著我。

九爺淡笑一下，溫和地說：「做錯了事情才需要賠罪，小風既未做錯事，何來賠罪一說？」

霍去病點點頭，冷冷地說：「此話甚合我心。」

他們二人竟然口徑一致，我再不敢多說，只好自己向李廣利欠身行禮。李廣利一臉羞惱，恨恨地盯向九爺和霍去病，一甩袖子轉身大步離去。

我跺了下腳，對霍去病道：「李廣利心腸不壞，若軟言相求，他自己肯定就會不同意，現在不是逼得他非要做意氣之爭嗎！」

霍去病神情不屑至極，冷哼一聲：「軟言相求？若不是妳在，我非當場卸了他腦袋不可。」

我無奈地嘆口氣，霍去病拖著我向外行去，「我現在就去找皇上把話講清楚。好一個李夫

人……哼！」

匆忙間始終都不敢回頭，可我知道，身後的兩道目光毫不避諱地盯在我身上。心下無措，不高的門檻，我也被絆了下。

霍去病立即扶住我，回頭迎上九爺的目光，一冷一溫，彼此都絲毫不避讓地看著對方，四周彷彿有細小的火花爆開。

我忙擠出一絲笑握著霍去病的胳膊，出了一品居。

人剛進宮，還未見到皇上，一個中年宮女就匆匆攔住了我們，向霍去病行禮請安。

滿心憋著氣只想見皇上的霍去病神色微微一緩，微側身子避開，只受了半禮，對我道：「這是皇后娘娘身邊的女官，我小時候喚雲姨，現在她怎麼都不肯讓我如此叫她，以後妳幫我叫吧！」

我忙斂衽行禮，「雲姨。」

雲姨側身讓了半禮，笑道：「是玉兒吧？上次霍將軍和皇后娘娘說了妳半晌，我早就盼著能見妳一面。」

霍去病的神色又冷起來，雲姨笑著牽起我的手，「先去拜見皇后娘娘可好？娘娘也想見見妳。」我看了眼霍去病，見他沒有反對的意思，遂點點頭。

青石牆、毛竹籬，幾叢秋菊開得正好，白白黃黃鋪得滿庭幽香。東風過處，捲起無數落花殘蕊乍浮乍沉，蹁躚來去。

一抹斜陽恰映在庭院一角的賞花人身上，倒是人比菊花還淡。

我們不禁慢了腳步，雲姨輕聲道：「娘娘。」

衛皇后未等我們行禮，轉身指了指菊花旁的矮几竹蓆，「都坐吧！」

衛皇后坐到我們對面，仔細看了會我，輕嘆一聲，「跟著去病，委屈妳了。」

霍去病道：「我可不會讓她受委屈。」

衛皇后唇邊一絲若有若無的笑，「皇上沒有答應替李廣利賜婚。」

霍去病笑道：「待會就去謝皇上。我雖還沒來得及和皇上說婚事，可皇上早知道我對金玉的心意，當年還打趣我，如果我自己得不到金玉，他幫我來個搶人。」

衛皇后眼中幾分憐惜，「皇上是要給你作主賜婚，可……不是金玉。」

霍去病猛地站起來，「除了金玉，我誰都不要。」

衛皇后道：「皇上的意思是你可以娶金玉做妾，正室卻絕對不可能。」

天邊晚霞緋豔，對對燕子低旋徘徊，暗影投在微黃的蓆面，疏落闌珊。

我低著頭茫然地數著蓆子上交錯的竹篾個數，一個，二個，五個……我數到哪裡了？重頭再來，一個，三個，二個……

霍去病拉著我要走，衛皇后輕聲說：「去病，這比戰場更複雜，不是你揮著刀就可以殺開一條路的，你不怕一個不周到就傷到金玉嗎？」

霍去病立了一瞬，復又坐下，「皇上是什麼意思？」

衛皇后緩緩回道：「皇上為什麼一意重用你？幾次出戰都把最好的兵士給了你，一有戰功就大賞，短短兩年時間，你的地位就直逼你舅父。」

霍去病沉默著沒有說話。劉徹對衛青在軍中近乎獨攬兵權的地位很是忌憚，一直想分化衛青的兵權，可良將難尋，一般人怎麼可能壓過衛青？霍去病的出現恰給他提供了這個契機。

霍去病又正好和衛青性格不合，反倒與劉徹性格相投，所以劉徹刻意扶植霍去病在軍中的勢力，彈壓衛青的門人，以此將兵權逐漸二分，也以此讓衛青和霍去病彼此越走越遠。

衛皇后徐徐揮袖，拂去几上琴旁的落花，「皇上想選一個公主嫁給你。」

當年劉徹為了對抗竇氏和王氏外戚在朝中的勢力，重用衛青，盡力扶植衛青的勢力，但當竇氏和王氏紛紛倒臺，衛青軍功越來越多，在軍中威望越來越高時，一切起了微妙的變化。

究竟為何衛青娶了年長他許多的公主，真正的原因任人猜測。事隔多年，如今的霍去病又要娶一個公主。

一輪落日，半邊紅霞，幾行離雁，三個人一徑地沉默。

霍去病微仰頭，凝視著天空的大雁，「正因為有舅父的前車之鑒，我已經盡力小心謹慎，可還……」他側頭向我暖暖一笑，「除了妳，我誰都不會娶，管他公豬母豬。」衛皇后微一蹙眉，卻沒有吭聲。

霍去病向衛皇后微欠了下身子，牽起我向外行去，衛皇后只一聲輕嘆，未再多言，低眉信手拂過琴。

咿咿呀呀，嗚嗚咽咽，一時起，一時落，琴音漂泊不定若風絮，吹得愁緒滿庭。

抬眼望去，殘陽映處，幾朵落花，兀自隨風。

❖ ❖ ❖

淡漠的月光，沉沉的暗夜，幾道微綠的螢火，渺茫閃爍。枯葉片片墜落，一時無聲，一時欷歔。心就如這夜般暗沉沉地，些微螢光怎能照亮前方？

我呆站良久，驀然起身去追流螢，彩袖翩飛，風聲流動，握住那點微弱螢火的剎那，卻又立即鬆了勁，放牠離去。

「玉兒……」聲音柔且輕，似怕驚破模糊的夜色。我心一震，身形立停，卻不能回頭。

他來幹什麼？我曾多少次苦苦盼望過，有一日能在這個園子裡聽到他的聲音。時間過去得太久，幾經傷心，我早已放棄，這個聲音居然在身後猝不及防地響起。

「你來幹什麼？」

「玉兒，我……對不起。」九爺拄著拐杖，走到我身前，「我……想求妳原諒我，妳能再給我一次機會嗎？」

我滿心震驚，不能相信地瞪著他，「你說什麼？我沒有聽懂。」

他的眉間滿是憂傷，眼裡卻燃燒著一簇簇火焰，灼得我心疼。

「我錯在太自以為是，從沒真正把心裡事情說給妳聽。我自認做了對彼此最好的選擇，可從沒

問過妳，我的選擇正確嗎？是妳想要的嗎？玉兒，我喜歡妳的，我心裡一直有妳。」

事情太過可笑，這曾經是我願意用生命去交換的話語，如今聽到，卻只有滿心悲憤。

我禁不住哈哈大笑起來，「九爺，你不要逗我了。我已經答應霍去病要嫁給他。」

他的手緊緊握住拐杖，面色蒼白，語氣卻堅定有力，「不是還沒有嫁嗎？而且他如今兵權在握，他的家人親戚又錯綜複雜，他的婚事已經不僅僅是婚事，而是各方利益的較量和均衡，絕不是他自己說了算的。玉兒，以前全是我的錯，但這次我不想再錯過。」

我怔怔發呆，事情怎麼會這樣？以前怎麼求也求不到，如今怎麼全變了？

九爺伸手替我拂去頭上的落葉，手指輕觸了下我的臉頰。我猛地側頭避開，他的手指落空，僵了一瞬，緩緩收回。

我心中一震，幾分清醒，退後一步硬下心腸道：「九爺，我已經……已經和去病……我已經是他的人了。」

他愣了一下，眼中情緒複雜，隨即滿不在乎地一笑，「妳忘了我祖父的故事嗎？祖母在嫁給祖父前也曾是他人的小妾，妳想我會在乎嗎？」

我太過吃驚，搖頭再搖頭，喃喃自問：「這究竟是為什麼？為什麼以前……」

九爺向前走了兩步，凝視著我，「玉兒，我最初的顧慮是因為我的身分。自祖父創建石舫以來，石舫收入絕大部分都花費在西域，一部分救助百姓，一部分卻是幫西域各國擴充軍備。到我手中後，我開始盡力疏遠西域各國，但仍舊有千絲萬縷的聯繫，這些事情如果洩漏，人頭落地都是輕

的。我理智上明白應該疏遠妳，可心卻仍舊想看到妳，甚至控制不住地試探妳，看妳是否可能接受我。」

我咬著唇，「我沒有通過你的試探嗎？」

他搖搖頭，「通過了，遠遠超出我的期望。」

我不明白地看著他。

「可就是妳太好了，好得讓我自慚形穢，唯恐這輩子不能讓妳幸福，自以為是地又把自己劃在了妳的圈子外。」天下居然有這種解釋？我冷笑起來。

九爺急急地想握我的手，我用力揮開，他臉上閃過傷痛，低垂目光看著地面，緩緩道：「玉兒，我身子有殘疾，不僅僅是我的腿，我還……還不能有孩子，我不能給妳一個正常的家。」

他苦笑一下，臉上竟露了幾分自嘲，「不是不能行房，而是孩子會遺傳我的病，也很難養活。娘親曾生過五個孩子，我是唯一活下來的，五個中有四個一出生就腿有殘疾。父親和母親的早逝和這些打擊有很大關係。後來我自己學醫後，查過母親那邊的親戚，她是外祖母唯一活下來的孩子，外祖母也因傷心過度而早逝。我從小一直看著父親和母親的悒鬱，看著母親每次有孕的開心，每次失去孩子後的痛不欲生，我不想這樣的事情再重演。」

原來他只是為了這個而一再拒絕我，他為什麼自以為是地認為我一定會和多數女人一樣，非要孩子不可？難道沒有孩子就不能幸福嗎？他為什麼不問問我的意思？

我心中百般滋味，千種酸楚，他居然還能自嘲地笑出來。

我揮手去打他，拳頭落在他的肩上、胸口，「你為什麼……為什麼不早說？我會在乎這些嗎？我更在乎的是你呀！」

他一動不動地站著，任由我的拳頭落在他身上。

我滿心傷痛，只覺身上力氣一絲絲全被悲傷吞沒，身子微微搖晃，哪裡再打得動他？他忙伸手攙住我，我的拳頭軟軟鬆開，淚終究不受控制地落下。

他急急替我拭淚，「玉兒，我以後再不會讓妳掉淚。自妳走後，我一直在設法安置石舫的大小生意，等安置妥當，我們買幾匹馬離開長安，一定比老子的青驢跑得更快，也一定消失得更徹底。漠北江南，妳願意去哪裡都可以。以後肯定還會有很多風險，但我知道我們可以攜手與命運抗爭。」

我淚如雨下，怎麼擦都擦不乾。不一會，九爺的肩頭已經濕了一片。

傍晚從宮裡出來後，我心中就如灌了鉛般沉重，此時我不知道自己究竟在哭什麼，只知道心如刀割，好難過，好難過。

一隻手猛地把我拽開，太過用力，我身子直直往後跌，驚呼聲未出口，已經跌進一個熟悉的懷抱。霍去病身子僵硬，胳膊摟得我要喘不過氣來，他一眼不看我，只對著九爺笑道：「玉兒的眼淚以後我會替她擦，不勞煩閣下了。」

九爺與霍去病對視半晌，眼光移向我，霍去病也盯向我。我閉上眼睛，誰都不敢看，只眼淚紛紛，身子顫個不停。

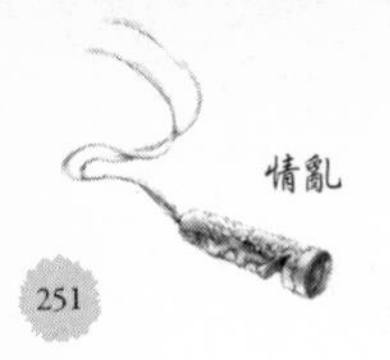



霍去病說了聲「失陪」，抱起我轉身離開，腳步匆匆，身後傳來九爺的聲音，「玉兒，這次換我來爭取妳的心。」

霍去病的腳步猛然一頓，又立即加快了步伐。

——大漠謠（卷二）情寄鴛鴦藤　卷終

茶蘼坊 5

作　　者　桐　華

總 編 輯　張瑩瑩
主　　編　蔡麗真

責任編輯　呂美雲
校　　對　仙境工作室
封面繪圖　李堃
美術設計　洪素貞(suzan1009@gmail.com)
封面設計　周家瑤
行銷企畫　黃煜智

社　　長　郭重興
發行人兼出版總監　曾大福
出　　版　野人文化股份有限公司
　　地址：231台北縣新店市中正路506號4樓
　　電子信箱：yeren@sinobooks.com.tw
發　　行　遠足文化事業股份有限公司
　　地址：231台北縣新店市中正路506號4樓
　　電話：（02）2218-1417　傳真：（02）2218-1142
　　電子信箱：service@sinobooks.com.tw
　　網址：www.sinobooks.com.tw
　　郵撥帳號：19504465　戶名：遠足文化事業股份有限公司
　　客服專線：0800-221-029
法律顧問　華洋國際專利商標事務所 蘇文生律師
印　　製　成陽印刷股份有限公司
初　　版　2010年12月
初版二刷　2010年12月

定　　價　220元

ISBN　978-986-6158-09-4　
歡迎團體訂購，另有優惠，請洽業務部（02）22181417分機120、123

國家圖書館出版品預行編目資料

大漠謠〔卷二〕情寄鴛鴦藤／桐華作——初版.
——臺北縣新店市：野人文化出版：
遠足文化發行，2010.12
256面；15×21公分.——（茶蘼坊；5）

ISBN　978-986-6158-09-4（平裝）

857.7　　99017763

# 大漠謠

野人文化
讀者回函卡

野人

姓　名　　　　　　　　　　□女 □男　生日

地　址

電　話　公　　　　　宅　　　　　手機

Email

學　歷　□國中(含以下)　□高中職　□大專　□研究所以上

職　業　□生產/製造　□金融/商業　□傳播/廣告　□軍警/公務員
　　　　□教育/文化　□旅遊/運輸　□醫療/保健　□仲介/服務
　　　　□學生　□自由/家管　□其他

◆你從何處知道此書？
□書店　□書訊　□書評　□報紙　□廣播　□電視　□網路
□廣告DM　□親友介紹　□其他

◆你通常以何種方式購書？
□逛書店　□網路　□郵購　□劃撥　□信用卡傳真　□其他

◆你的閱讀習慣：
□百科　□生態　□文學　□藝術　□社會科學　□地理地圖
□民俗采風　□休閒生活　□圖鑑　□歷史　□建築　□傳記
□自然科學　□戲劇舞蹈　□宗教哲學　□其他

◆你對本書的評價：（請填代號，1. 非常滿意　2. 滿意　3. 尚可　4. 待改進）
書名_____封面設計_____版面編排_____印刷_____內容_____
整體評價_____

◆你對本書的建議：

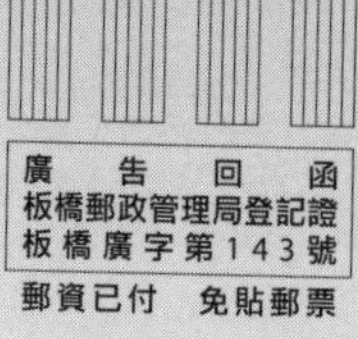

23141
台北縣新店市中正路506號4樓
野人文化股份有限公司 收

請沿線撕下對折寄回

書名：大漠謠〔卷二〕情寄鴛鴦藤　　書號：0NRR0005